Autores varios

Calila y Dimna

Este libro es llamado de Calila y Dimna, el cual departe por ejemplos de hombres, y aves, y animalias

Edición y prólogo de Antonio García de Solalinde

Barcelona **2024**
Linkgua-ediciones.com

Créditos

Título: Calila e Dimna.

© 2024, Red ediciones S.L.
Edición, prólogo y vocabulario de: Antonio García de So-lalinde

e-mail: info@linkgua.com

Diseño de cubierta: Michel Mallard.

ISBN rústica: 978-84-96428-64-5.
ISBN ebook: 978-84-9897-134-7.

Sumario

Prólogo de Antonio García Solalinde

La manifestación oral de la eterna tradición popular ha cristalizado, de tiempo en tiempo, en esas colecciones más o menos eruditas, que se traducen a todas las lenguas y que manejan todos los pueblos. Así nacieron las famosas recopilaciones de cuentos, que los budistas ensartaban al predicar la nueva moral religiosa para hacer más plástica y educativa su misión. Así se llegó al «Panchatantra», al «Mahabarata», a otros compendios del tesoro folklórico de la India; y CALILA Y DIMNA no es sino el más extenso de todos estos libros recopilatorios, ya que los aprovecha total o parcialmente.

La complicada genealogía del CALILA ha venido precisándose con lentitud y paciencia a través de un siglo entero de críticas investigaciones, inauguradas en 1816 por Sacy, editor del texto árabe.

Baste saber, como resumen de tantos desvelos, que a quien parece debérsele la reunión de las distintas fuentes sánscritas antes aludidas, es a Berzebuey, filósofo y médico del siglo VI de nuestra era, que las tradujo al pehlvi, dialecto persa reconocido como lengua oficial del imperio.

El libro se difundió extraordinariamente merced a las muchas traducciones que de él se hicieron en lenguas orientales y europeas. Para nosotros tiene una especial importancia la versión árabe que Abdalla ben Almocafa realizó a mediados del siglo VIII, pues de ella deriva la antigua versión castellana que publicamos.

En la nota final de nuestro texto se afirma también esta procedencia, aunque añadiendo que se hizo por intermedio del latín. Podríamos darle crédito, aunque sea difícil admitir esta supuesta versión intermedia, si aquella nota no fuese en todas sus partes inexacta, lo que nos lleva a declararla apócrifa, pues también atribuye la traducción a Alfonso X. No es este el único caso de atribuciones semejantes. La enorme fama alcanzada por el sabio monarca, impulsor de la poesía, de la legislación, de la historia, de las ciencias, moldeador del idioma, al que dio una flexibilidad capaz de expresar con épicos acentos los instantes más inspirados de nuestras gestas, capaz de traducir a Ovidio con elegancia y emoción, capaz de dar nuevo calor a las páginas bíblicas, esa fama bien merecida atrajo hacia él la atribución de obras anónimas, ya por el solo antojo del copista firmante del códice, ya por el más inteligente deseo de dar autoridad a las obras salidas de manos ignoradas. Pero Alfonso X no aprovecha esa traducción en su «General Estoria» o historia universal, redactada hacia 1270, donde da a conocer otro texto distinto del capítulo I del CALILA, y de existir aquella sin ningún género de duda la hubiera aprovechado, sin tener que recurrir a otra nueva. Quizá por esta misma razón halla que rectificar también la fecha de 1251 que da la nota final que discutimos, y adelantarla en unos treinta años más.

Claro es que en la complicada transmisión de la obra fue ésta modificándose con adiciones, amplificaciones y retoques. Aparte de la transformación de detalles, alterando y suprimiendo todo aquello que podía chocar a hombres de otras latitudes para ir acomodando el libro a las distintas civilizaciones, los traductores, aunque no todos ni con mucha frecuencia, superpusieron algo propio. Y así el libro, que comenzó por estar constituido por doce capítulos, llega en la versión castellana a tener dieciocho.

El título proviene de los nombres dados a los protagonistas —dos lobos cervales— de una larga historia de infidelidad y ambición, comprendida en nuestros capítulos III y IV. Las demás narraciones no se relacionan con esta primera, y solo sustentan la unidad de ser, como ella, rimeros de fábulas y consejos. Este título, al parecer, tiene tan larga vida como el libro mismo.

La ficticia unidad hállase asegurada por las palabras que Berzebuey y los sucesivos interpoladores han puesto en boca de un rey que inquiere y da a su interlocutor, el filósofo, como pie forzado, el tema del apólogo siguiente, que éste desarrolla desprendiendo los consejos propios para el rey. Del nombre siriaco de este filósofo, Bidwag, nació el de Bidbai, Pilpai o Bidpai, al que se le supuso escritor indio.

Ya dentro de aquella fábula principal, los personajes mismos relatan nuevos cuentos; poco a poco se pierde el hilo de la primitiva historia, hasta que un personaje lo recoge para volver a dar vida a otras nuevas moralizaciones. Esta concatenación produce alguna fatiga, y no es ni lo más claro ni lo más apropiado a nuestro sistematizado modelo de una narración única; pero el procedimiento ha sido eterno, y aunque nunca llegó a los extremos de los fabulistas indios, ha producido, sin remontarnos mucho en nuestro recuerdo, la interpolación dentro del «Quijote», de novelas tan deliciosas como la del cautivo capitán o la del «Curioso impertinente».

Los protagonistas de todos estos cuentos son animales, pues las personas —rey, filósofo, brachmanes— tienen un carácter secundario, y si alguna fábula está solo representada por personajes humanos, es —con las excepciones consiguientes— porque procede de las interpolaciones sucesivas, y más generalmente del traductor árabe, como se puede comprobar con todos los cuentos comprendidos en nuestro capítulo IV, que fue añadido para éste. Las fábulas indias no hacen, pues, sino dar la pauta, que ha de ser seguida con religiosa aquiescencia por todos los fabulistas, hasta llegar a un La Fontaine o un Iriarte.

He aquí, pues, en vuestras manos un libro de fama antiquísima y universal, un libro cuyo esencial valor reside en presentarnos recubierta de la pátina literaria la tradición inagotable del pueblo. Cada uno de estos apólogos ha recorrido el mundo por extraños caminos y ha surgido aquí y allá como flor imperecedera. Muchos no tendrán novedad alguna para un lector moderno; en mil libros, en boca de los maravillosos narradores rústicos que aún quedan, surgen con la viva espontaneidad de la fuente siempre rumorosa. Y así reconoceréis, aunque sea otro el protagonista, la fábula de «La lechera» en el cuento de «El religioso que vertió la miel y la manteca sobre su cabeza». Lo exótico de estos apólogos y su mismo recargamiento de máximas y moralizaciones no empaña en nada lo popular de ellos; se cuentan casi todos con gracia y ligereza, y no hay que enojarse porque la uniforme repetición de la fórmula para intercalar los cuentos dé cierta pesadez a la lectura. A un lector moderno y presuroso no se le podrá pedir que lea este libro de seguido; por ello he procurado singularizar cada cuento, escondido en los largos relatos, a fin de facilitar su lectura aislada.

Bien definida está la moralidad relativa del libro por Gastón Paris, el admirado erudito francés que estudió en la *Histoire Littéraire de la France* (París, 1906, tomo XXXIII) con su certero criterio las versiones del CALILA, a propósito de una de Raimond de Béziers —del siglo XIV— hecha sobre la castellana. «Sus enseñanzas —dice— son poco elevadas y bastante vanas; se refieren, casi en su totalidad, a estos preceptos: hay que ser prudentes, ceder a la fuerza, saber aprovechar las ocasiones, y ante todo y sobre todo, hay que desconfiar de todo y de todos. Reconozcamos, sin embargo, que la honestidad se recomienda frecuentemente y señalemos un rasgo simpático que reaparece a través de toda la colección, y que es tan propio del carácter indio: la preciada amistad.»

Y otro crítico francés, Derenbourg, el editor de una versión latina del CALILA, escribe que «las ideas religiosas profesadas en nuestro libro han permanecido —a través de las distintas nacionalidades y de religiones diferentes porque ha pasado— sin ningún cambio notable. Dios es uno y todo poderoso, recompensa el bien y castiga el mal; la retribución está reservada ciertamente a un mundo futuro; el hombre no sabrá evitar las decisiones del destino, y debe, sin embargo, conducirse como si fuera libre. La contradicción entre la presciencia de Dios y el libre albedrío está planteada en el CALILA y tan imperfectamente resuelta como en toda la teología medieval. Al lado de esta uniformidad, poco importa que se hable por acaso de un religioso o de un confesor, que se cite un versículo del Nuevo Testamento o que se añada un cuento cuyo asunto sea el descanso dominical».

La Edad Media vio en este libro una colección de consejos saludables para su rey y para su pueblo, y no vaciló en traducirlo y asimilarlo a la literatura más afortunada del tiempo, la de consejos y castigos. *El conde Lucanor*, del infante don Juan Manuel; los *Castigos y documentos*, atribuidos a Sancho IV; el *Libro de los gatos*, o de los cuentos; el *Libro de ejemplos por a. b. c.* y otros muchos, entre ellos el *De los engaños e los asayamientos de las mugeres* y también el del Arcipreste de Hita, son muestras variadas y eminentes de la predilección medieval por esta literatura moralizadora, y aún encontraríamos en estos libros y en mayor o menor cantidad el recuerdo directo o vago de los cuentos del CALILA Y DIMNA.

Esta edición se ha hecho sobre las dos anteriores del erudito americano Allen (Macon, 1906) y del académico Alemany (Madrid, 1915). El primero copió exactamente los dos manuscritos conservados en El Escorial (ms. A = h. III. 9 y ms. B = x. III. 4); el segundo avaloró su nueva edición con el cotejo del texto árabe y decidió las divergencias de los dos manuscritos casi siempre a favor del más extenso, B. Hay otra edición anterior, de Gayangos (Madrid, 1860), que ha sido anulada por estas dos. Procuro en esta mía dar un texto único, combinando las lecturas de ambos manuscritos, pero decidiéndome a no alterar el texto de A que me sirve de base, sino cuando el sentido quede incompleto o esté manifiestamente estropeado por el copista. No me aventuro por mi cuenta a hacer sino las correcciones más evidentes, pues todas las restantes están fundadas en las ediciones anteriores. Los eruditos harán bien en seguir consultando las citadas ediciones, y en ésta encontrarán un texto modernizado en la ortografía, y en el que se destacan unos de otros los diversos cuentos de la colección, a fin de dar facilidad al público a que se dirige esta Biblioteca y para el que también damos un sencillo vocabulario.

Introducción de Abdalla Ben Almocafa

Los filósofos entendidos de cualquier ley y de cualquier lengua siempre pugnaron y se trabajaron de buscar el saber, y de representar y ordenar la filosofía; y eran tenidos de hacer esto. Y acordaron y disputaron sobre ello unos con otros, y amábanlo más que todas las otras cosas de que los hombres trabajan, y placíales más de aquello que de ninguna juglería ni de otro placer; ca tenían que no era ninguna cosa de las que ellos se trabajaban, de mejor premia ni de mejor galardón que aquello de que las sus ánimas trabajaban y enseñaban. Y pusieron ejemplos y semejanzas en la arte que alcanzaron y llegaron por alongamiento de nuestras vidas y por largos pensamientos y por largo estudio; y demandaron cosas para sacar de aquí lo que quisieron con palabras apuestas y con razones sanas y firmes; y pusieron y compararon los más destos ejemplos a las bestias salvajes y a las aves.

Y ayuntáronseles para esto tres cosas buenas: la primera, que los fallaran usados en razonar, y trobáronlos, según lo que se usaban, para decir encubiertamente lo que querían, y por afirmar buenas razones; y la segunda es, que lo fallaron por buena manera con los entendidos por que les crezca el sabor en aquello que les mostraron de la filosofía cuando en ella pensaban y conocían su entender; la tercera es, que los fallaron por juglaría a los discípulos y a los niños. Y por esto lo amaron y lo tuvieron por extraña cosa, y quisieron estudiar en ello y saberlo; que cuando el mozo hubiere edad: y su entendimiento cumplido, y pensare en lo que dello hubiere decorado en los días que en ello estudió, y amare lo que ende ha notado en su corazón, sabrá ende que habrá alcanzado cosa que es más provechosa que los tesoros del haber y sería atal como el hombre que llega a edad y falla que su padre le ha dejado gran tesoro de oro y de plata y de piedras preciosas, por donde le excusaría de demandar ayuda en vida.

Pues el que este libro leyere sepa la manera en que fue compuesto, y cual fue la intención de los filósofos y de los entendidos en sus ejemplos de las cosas que son ahí dichas. Ca aquel que esto no supiere no sabrá que será su fin en este libro. Y sepas que la primera cosa que conviene al que este libro leyere, es que se quiera guiar por sus antecesores que son los filósofos y los sabios, y que lo lea, y que lo entienda bien, y que no sea su intento de leerlo hasta el cabo sin saber lo que ende leyere. Ca aquel que la su intención será de leerlo hasta en cabo, y no lo entendiere ni obrare por él, no hará pro el leer, ni habrá dél cosa de que se pueda ayudar.

Y aquel que se trabajare de demandar el saber perfectamente, leyendo, los libros estudiosamente si no se trabajase en hacer derecho, y seguir la verdad, no habrá dél fruto que cogiere si no el trabajo y el lacerio.

El hombre que encontró un tesoro y es engañado por los cargadores

Y será atal como el hombre que dijeron los sabios que pasara por un campo, y le apareció un tesoro, y después que lo hubo, vino un tal tesoro cual hombre no viera, y dijo en su corazón: «Si yo me tomare a levar esto que he fallado, y lo levare poco a poco, hacérseme ha perder el gran sabor que he dello. Mas llegaré peones que me lo lleven a mi posada, y desí iré en pos dellos». Y hízolo así, y levó cada uno dellos lo que pudo levar a su posada, e hiciéronlo desta guisa hasta que hubieron levado todo el tesoro. Y desí esto hecho, fuese el hombre para su posada y no falló nada, mas falló que cada uno de aquéllos había apartado para sí lo que levara, y así no hubo dende salvo el lacerio de sacarlo. Y esto por cuanto se acuitó, y no sopo hacer bien su hacienda por no ser enviso.

Y por ende, si el entendido alguna cosa leyere deste libro, es menester que lo afirme bien y que entienda lo que leyere, o que sepa que ha otro seso encubierto. Ca si no lo supiere, no le terná pro lo que leyere, así como si hombre levase nueces sanas con sus cascas, y no se puede dellas aprovechar hasta que las parta y saque dellas lo que en ellas yace.

El ignorante que quiere pasar sabio

Y no sea atal como el hombre porque decía que quería leer gramática, que se fue para un su amigo que era sabio, y escribióle una carta en que eran las partes de fablar, y el escolar fuese con ella a su posada, y leyóla mucho; pero no conoció ni entendió el entendimiento que era en aquella carta, y la decoró, y súpola bien leer. Y acertóse con unos sabios cuidando que sabía tanto como ellos, y dijo una palabra en que yerró. Y dijo uno de aquellos sabios: «Tú yerraste en lo que decías, ca debías decir así». Y dijo él: «¿Cómo yerré? Ca yo he decorado lo que era en una carta». Y ellos burlaron dél por que no la sabía entender, y los sabios tuviéronlo por muy gran necio.

Y por esto cualquier hombre que este libro leyere y lo entendiere, llegará a la fin de su intención, y se puede dél aprovechar bien, y lo tenga por ejemplo, y que lo guarde bien. Ca dicen que el hombre entendido no tiene en mucho lo que sabe ni lo que aprendió dello, maguer que mucho sea. Ca el saber esclarece mucho el entendimiento, así bien como el óleo que alumbra la tiniebla, ca es la oscuridad de la noche. Ca el enseñamiento mejora su estado de aquel que quiere aprender. Y aquel que supiere la cosa y no usare de su saber, no le aprovechará.

El que se duerme mientras le roban

Y es atal como el hombre que dicen que entró el ladrón en su casa de noche y sopo el lugar donde estaba el ladrón, y dijo: «Quiero callar hasta ver lo que hará, y de que hubiere acabado de tomar lo que quisiere, levantarme he para se lo quitar». Y el ladrón anduvo por casa, y tomó lo que falló, y entre tanto el dueño dormióse; y el ladrón fuese con todo cuanto falló en su casa, y después despertó y falló que había el ladrón levado cuanto tenía. Y entonces comenzó el hombre bueno a culparse y maltraerse, y entendió que el su saber no le tenía pro, pues que no usara dél.

Ca dicen que el saber no se acaba si no con la obra. Y el saber es como el árbol, y la obra es la fruta; y el sabio no demanda el saber si no por aprovecharse dél. Ca si no usare de lo que sabe, no le tendrá pro. Y si un hombre dijese que otro hombre sabía otra carrera provechosa, y andodiera por ella diciendo que tal era, y no fuese así, haberlo hían por simple, y atal como el hombre que sabe cuál es la vianda buena y mala, y desí véncele la golosina y el sabor de comer, y come la vianda mala, y deja de usar de la buena. Y el hombre que más culpado es en hacer las malas obras y dejar las buenas, así como si dos hombres fuesen que sirviese el uno al otro, y fuese el uno ciego, y cayesen amos a dos en un hoyo; que más culpa habría el que tenía ojos que no el ciego en caer.

Y el sabio debe castigar primero a sí, y después enseñar a los otros. Ca sería en esto atal como la fuente que beben todos della y aprovecha a todos, y ella no ha de aquel provecho cosa ninguna; ca el sabio, después que adereza bien su hacienda, mejor adereza a los otros con su saber. Ca dicen que tres maneras de cosas debe el seglar ganar y dar: la primera es ciencia, la segunda riquezas, y la tercera codiciar de hacer bien. Y no conviene a ningún sabio profazar de ninguna cosa, haciendo él lo semejante ca será atal como el ciego que profazaba al tuerto.

ni debe trabajar provecho para sí por dañar a otro, ca este atal que esto hiciese sería derecho que le aconteciese lo que aconteció a un hombre.

El que queriendo robar a su compañero, resultó robado

Y dicen que un especiero tenía sésamo, él y un su compañero, cada uno dellos tenía una bujeta dello, y no lo había en toda esa tierra más de lo que ellos tenían. Y el uno dellos pensó en su corazón que hurtase lo de su compañero, y puso una señal sobre una bujeta, en que estaba el sésamo de su compañero, por que, de que viniese de, noche a lo hurtar, que la conociese por la señal. Y puso una sábana blanca encima dello por señal. Y descubrió esto que quería hacer a un su amigo, por que fuese con él de noche a lo hurtar. Y el otro no quiso ir con él hasta que le prometió de darle la mitad dello.

Y después su compañero vino, y falló la sábana cubierta sobre su sésamo, y dijo: «Verés qué ha hecho mi compañero por guardar mi sésamo de polvo; púsole esta sábana, y dejó lo suyo descubierto». Y dijo: «Mas razón es que esté lo suyo guardado que no lo mío». Y quitó la sábana y púsola sobre el sésamo de su compañero. Y después que fue de noche vinieron su compañero y el otro a hurtar el sésamo. Y anduvo catando y atentando hasta que topó en la señal que tenía puesta; y entonces tomó el sésamo que estaba debajo, pensando que era lo de su compañero, y era lo suyo, y dio la mitad dello a aquel amigo que entró con él a lo hurtar. Y luego, cuando fue de día, vinieron él y su compañero amos a dos a la botica. Y cuando vio que el sésamo que levara era lo suyo, calló y no osó decir nada, ca tuvo que en saberlo su compañero era mayor pérdida que el sésamo.

Y pues el que alguna cosa demanda, debe de demandar cosa que haya fin y término que fenezca; ca dicen que el que corre sin fin, aína le puede fallecer su bestia. Y es derecho que no se trabaje en demandar lo que término no ha, ni lo que otro no hubo ante que él, ni se desespere de lo que puede ser y puede haber. Y que ame más el otro siglo que a este mundo; ca quien ama a este mundo poca mancilla ha cuando se parte dél. Y dicen que dos cosas están bien a cada un hombre: la una es religión y la otra es riqueza. Y esto semeja al fuego ardiente que toda leña que le echan arde mejor.

Y el entendido no se debe desesperar ni desfiuzarse; ca por aventura será acorrido cuando no pensare.

El pobre que se aprovecha de lo que robaban

Y esto semeja a lo que dicen que era un hombre muy pobre, y ninguno de sus parientes no le acorrien a le dar ninguna cosa. Y seyendo así una noche en su posada vio un ladrón. Y dijo entre sí: «En verdad no hay en mi casa cosa que este ladrón tome, ni pueda levar. Pues trabájese cuanto pudiere». Y buscando por casa qué tomase, vio una tinaja en que había un poco de trigo. Y dijo entre sí: «¡Par Dios!, no quiero yo que mi trabajo vaya de balde». Y tomó una sábana que traía cubierta, y tendióla en el suelo, y vació el trigo que estaba en la tinaja en ella para lo levar. Y cuando el hombre vio que el ladrón había vaciado el trigo en la sábana para se ir con ello, dijo: «A esta cosa no hay sufrimiento. Ca si se me va este ladrón con el trigo, allegar se me ha mayor pobreza y hambre; que nunca estas dos cosas se allegaron a hombre que no lo llegasen a punto de muerte». Y desí dio voces al ladrón, y tomó una vara que tenía a la cabecera del lecho, y arremetió para el ladrón. Y el ladrón, cuando lo vio, comenzó a huir, y por huir cayósele la sábana en que levaba el trigo, y tomóla el hombre y tomó el trigo a su lugar.

Mas el hombre entendido no debe allegarse a tal ejemplo como aquéste, y dejar de buscar y hacer lo que debe para demandar su vida; ni se debe guiar por aquellos a quien vienen las aventuras sin albedrío de sí o trabajo; ca pocos son los hombres que trabajan en demandar las cosas en que alleguen grandes haciendas. Ca todo hombre que entendimiento haya, y pugne que su ganancia sea de las mejores y de las más leales, que esquive todas las que probó trabajosas y le hicieron haber cuidado y tristeza. Y no sea tal como la paloma que le toman sus palominos y se los degüellan y por eso no deja de hacer otros luego. Ca dicen que Dios, cuyo nombre sea bendicho, puso a toda cosa término a que hombre llegue. Y el que pasa dellas es atal como el que no llegó a ellas, ca dicen que quien se trabaja deste siglo es la su vida contra sí, y al que se trabaja deste siglo y del otro es su vida a par de sí o contra sí.

Y dicen que en tres cosas debe el seglar enmendar en la su vida: y afiar la su ánima por ella, la segunda es por la hacienda deste siglo, y por la hacienda de su vida y vivir entre los hombres. Y dicen que algunas cosas hay en que nunca se endereza buena obra: la una es gran vagar; la otra es menospreciar los mandamientos de Dios; la otra es creer a todo hombre lisonjero; la otra es desmentir a otro sabio. Y el hombre entendido debe siempre sospechar en su asmamiento y no creer a ninguno, maguer verdadero sea, y de buena fama, salvo de cosa que le semeje verdad; y cuando alguna cosa dudare, porfíe y no otorgue hasta que sepa bien la verdad. Y no sea atal como el hombre que deja la carrera y la ha perdido, y cuanto más se trabaja en andar, tanto más se aluenga del lugar donde quería llegar; y es atal como el hombre que le cae alguna cosa en el ojo, y no queda de le rascar hasta que le pierde; ca debe el hombre entendido creer la aventura, y estar apercibido, y no querer para los otros lo que no querría para sí.

Pues el que este libro leyere piense en este ejemplo, y comience en él. Ca quien supiere lo que en él está, excusará con él otros, si Dios quisiere.

Y nos, pues leemos en este libro, trabajamos de le trasladar del lenguaje de Persia al lenguaje arábigo, y quisimos y tuvimos por bien de atraer en él un capítulo de arábigo en que se mostrase el escolar discípulo en la hacienda deste libro; y es esto el capítulo.

Capítulo I. Cómo el rey Sirechuel envió a Berzebuy a tierra de India

Dicen que en tiempo de los reyes de los gentiles, reinando el rey Sirechuel, que fue hijo de Cades, fue un hombre a que decían Berzebuey, que era físico y príncipe de los físicos del reino; y había con el rey gran dignidad y honra, y cátedra conocida. Y como quier que era físico conocido, era sabio y filósofo, y dio al rey de India una petición, la cual decía que fallaba en escrituras de los filósofos que en tierra de India había unos montes en que había tantas yerbas de muchas maneras, y que si conocidas fuesen y sacadas y confacionadas, que se sacarían dellas melecinas con que resucitasen los muertos; e hizo al rey que le diese licencia para ir buscarlas, y que le ayudase para la despensa, y que le diese sus cartas para todos los reyes de India, que le ayudasen por que él pudiese recaudar aquello por que iba.

Y el rey otorgóselo y aguciólo; y envió con él sus presentes para los reyes donde iba, según que era costumbre de los reyes cuando unos enviaban a otros sus mandaderos con sus cartas por lo que habían menester. Y fuese Berzebuey por su mandado, y anduvo tanto hasta que llegó a tierra de India. Desí dio las cartas y los presentes que traía a cada uno de aquellos reyes, y demandóles licencia para ir buscar aquello por que era venido. Y ellos diéronle todos licencia y ayuda. Y duró en coger estas yerbas y plantas gran tiempo, más de un año, y volviéndolas con las melecinas que decían sus libros, y haciendo esto con gran diligencia. Desí probólas en los finados, y no resucitaron ningunos; y entonces dudó en sus escrituras, y cayó en gran escándalo, y tuvo por cosa vergonzosa de tornar a su señor el rey con tan mal recaudo.

Y quejóse desto a los filósofos de los reyes de India. Y ellos dijéronle que eso mismo fallaron ellos en sus escrituras que él había fallado, y propiamente el entendimiento de los libros de la su filosofía y el saber que Dios puso en ellos son las yerbas, y que la melecina que en ellos decía son los buenos castigos y el saber, y los muertos que resucitasen,con aquellas yerbas son los hombres necios que no saben cuándo son melecinados en el saber, y les hacen entender las cosas, y explanándolas aprenden de aquellas cosas que son tomadas de los sabios, y luego, en leyendo aprenden el saber y alumbran sus entendimientos.

Y cuando esto sopo Berzebuey buscó aquellas escrituras y hallólas en lenguaje de India y trasladólas en lenguaje de Persia, y concertólas. Desí tornóse al rey su señor. Y este rey era muy acucioso en allegar el saber, y en amar los filósofos más que a otri, y trabajábase en aprender el saber, y amábalo más que a muchos deleites en que los reyes se entremeten. Y cuando fue Berzebuey en su tierra, mandó a todo el pueblo que tomase aquellos escritos y que los leyesen, y rogasen a Dios que les diese gracia con que los entendiesen, y dioles aquellos que eran más privados en la casa del rey. Y el uno de aquellos escritos es aqueste libro de Calila y Dimna.

Desí puso en este libro lo que trasladó de los libros de India, unas cuestiones que hizo un rey de India que había nombre Dicelem, y al su alguacil decían Burduben; y era filósofo a quien él más amaba. Y mandóle que respondiese a ellas capítulo por capítulo, y respuesta verdadera y apuesta, y que le diese ejemplos y semejanzas y por tal que viese la certidumbre de su respuesta, y que lo ayuntase en un libro entero, por que lo él tomase por castigo para sí, y que lo dejase después de su vida a los que dél descendiesen.

Y era el primero capítulo del león y del buey, que es después de la historia de Berzebuey el menge.

Capítulo II. Historia del médico Berzebuey

Mío padre fue de Mercecilia, y mi madre fue de las hijasdalgo de Azemosuna y de los legistas. Y una de las cosas en que Dios me hizo merced, es que fui yo el mejor de sus hijos. Y ellos criáronme lo mejor que pudieron, gobernándome de la mejores viandas que pudieron hasta que hube nueve años cumplidos; y desí pusieron me con los maestros. Y yo no cesé de continuar en aprender la gramática y de meter la mi cara a sutileza y a buen entendimiento, a tanto que vencí a mis compañeros y a mis iguales y valí más que ellos, y leí libros y conocí y sope sus entendimientos, y afirmóse en el mi corazón lo que leí de las escrituras de los filósofos. Y decoré las palabras de los sabios, y las cuestiones que hacían unos a otros, y las disputaciones que hacían entre sí.

Y mantuve esto con mi entendimiento y concertélo con la opinión que yo tenía, y sope que eran acordados en los cursos del año y de los meses y de los días, y en las naturas de los cuerpos y en las cosas de las enfermedades y en las maneras de sus melecinamientos y de su salud. Y pusiéronlo por escrito y plúgome de lo saber. Y comencé a leer sus libros hasta que los entendí; y vi las maneras de los cuerpos, las cosas de las maletías y las maneras del melecinamiento. Y sope en ello a tanto que me metí a melecinar enfermos. Y después que lo comencé, di a mi alma a escoger en estas cuatro cosas que los hombres demandan en este siglo y se trabajan de las haber y las codician. Y dije: «¿Cuál destas cuatro cosas debo demandar según la cuantidad del mi saber, y cuál es la que me hará alcanzar lo que he menester, y si lo pudiere haber, deleites o fama o riqueza o galardón del otro siglo?».

Y vi que demandando ayuntado todas cuatro cosas, el que demanda llega a cualquier dellas que quisiere. Y fallé que la melecina era cosa loada cerca de los entendidos, y no denostada de los sabios y de las leyes y de las setas. Y fallé que el más santo de los físicos es aquel que no quiere haber por su física salvo el galardón del otro siglo. Y comedí en mi corazón, y fallé que todas las cosas en que los hombres se trabajan son fallecederas. Y yo no vi a ninguno de, mis antecesores que su allegar lo hiciese durable en este mundo, ni que lo librase de la muerte y de lo que aviene después della. Y fallé en los libros de la física quel más piadoso físico es aquel que primeramente comienza a melecinar su alma y sus enfermedades; y el que es en mejor estado es aquel que con su física trabaja en enmendar su estado para el otro siglo, y que no torna el arte de la física por mercaduría y por ganar la riqueza deste mundo.

Y el que quiere por su física haber el galardón en el otro siglo, no le menguaba riqueza en este mundo. Y es en aquesto atal como el labrador que siembra las legumbres en la tierra por haber mieses y ha de aquesto cuanto quiere. Con todo aquesto no le mengua y de haber algunas yerbas de que se ayude y se aproveche. Y tuve por bien de perseverar en esto por haber galardón en el otro siglo, y merecimiento de Dios. Y no quise por esto haber el apostura deste mundo; que sería tal como el mercader perdidoso que vendió sus piedras preciosas por vidrio que no valía nada, y pudiera haber del precio dellas gran riqueza para en toda su vida.

Y comencé a melecinar los enfermos so esperanza del galardón del otro siglo; así que no dejé enfermo que yo hubiese esperanza de lo guarecer y de lo sanar de su enfermedad con mi melecinamiento, que no metiese mi poder en lo guarecer. Y al que yo por mí mismo pude sanar, hícelo y no le metí en mano de otri; y al que no pude esto hacer dejé y su melecinamiento y déjele las melecinas que había menester, y no quise haber galardón ni merecimiento de aquellos a quien esto hice. Y no había envidia de mis iguales ni de los que habían más haber que yo, ni del bien que Dios les había dado. Mas era el mío mayor cuidado y a lo que más me inclinaba y de lo que más me trabajaba, que pugnase más quél en saber, y en me trabajar en haber galardón de Dios.

Y estuve en esto un tiempo hasta que vencí al saber deste mundo, y contendí conmigo por el algo que veía haber a los otros. Y yo no quise al salvo contender con mi alma y defenderla de no se apartar de las cosas que nunca hubo ninguno que por ellas no apocase su algo y que no acreciese su lacerio. Y remembraron me las penas que había de sufrir después que deste mundo partiese por la hacer olvidar aquellas cosas de que había sabor. Y díjele: «¡Ay alma!, que no has vergüenza de hacer comunidad con los perezosos, necios, en amar este mundo fallecedero; ca aquel que alguna cosa ha dél no es suyo ni finca con él, y no lo aman salvo los engañados negligentes. Conviértete desta necedad y desta locura, y métete con toda tu fuerza a hacer algún bien para el otro siglo, y guárdate de lo llevar en traspaso, y no te asegures en él.

»Y miémbrate en cómo en este cuerpo ha muchas ocasiones y cómo es lleno de malas cosas lijosas; y son, por todas, cuatro humores que sostienen la vida mezquina que ha de fallecer, así como el ídolo descoyuntado que cuando sus miembros son compuestos y puestos cada uno en su lugar, ayuntan los con engrudo, que los hace tener unos con otros, y cuando es quebrantado el plego cáensele las juntaduras y deshácese todo: ¡ay alma!, no te engañes en la compañía de tus amigos y de tus bien querientes y no hayas desto gran codicia; pues que a la fin la tu compañía se ha de partir. Y esto es atal como la cuchara de palo que es siempre usada en la calentura y en cabo quiébrase sirviendo y encímase su hacienda a ser quemada en fuego.

»¡Ay alma!, no tomes placer en ser ayuntada con tus querientes y con tus amados en ayuntar haberes, ayuntándolos por haber amor y gracia de ellos, que serías en esto atal como el sahumerio que quema a sí y han holgura los hombres con su olor. ¡Ay alma!, no te fíes en las riquezas y en las dignidades en que se alegran los mundanos; ca éstos no saben en cuán pequeñas cosas están hasta que las pierden. Y acaece así como a los cabellos, que cuando los hombres tienen en la cabeza péinalos y úntalos con las mejores unturas que puede, y después que son fuera de la cabeza, halos hombre asco de ver.

»¡Ay alma!, persevera en melecinar los enfermos y no te tire dello el afán de la física porque los hombres no lo saben. Mas asma de un hombre que librase a otro de algún mal o lo escapase de alguna cuita hasta que lo tornase a la paz y a la forgura en que era, si este atal debe haber galardón según Dios: pues ¿cuánto debe haber de galardón el físico que por galardón de Dios melecina muchos y los saca de gran peligro con la ayuda de Dios? ¡Ay alma!, no se te aluengue el otro siglo por que hayas a inclinar a éste; ca serías en tomar lo poco y dar por él lo mucho, así como el mercader que había una casa llena de oro y de plata, y dijo en sí: "Si la vendiere a peso alongarse me ha", y vendióla a ojo por mal precio».

Y habiendo esta contienda con mi alma, no falló carrera ninguna para me vencer, y confesóse y conoció el menosprecio de aquellas cosas a que se acostaba, y perseveró en bien por ganar el otro siglo. Y no me estorbó esto de haber buena parte de este mundo y de la privanza de los reyes ante que fuese a India; y después que torné hube más de lo que quería. Y estudié en la física, y fallé que el físico no puede melecinar a ninguno con melecina que le asegure de enfermedad toda su vida; y no sope cómo el guarecer tuviese pro, no seyendo el hombre seguro de no tornar a la enfermedad, le de acrecentar en otra cosa más fuerte.

Y por ende fallé que las obras del otro siglo son las cosas que libran a los hombres de sus enfermedades. Y fallé que la enfermedad del ánima es la mayor enfermedad. Y por eso desprecié la física y trabajéme de la ley, y hube ende sabor; y dudé en la física y no fallé en sus escrituras mejoría de ninguna ley. Y fallé las leyes mucho alongadas, y las setas muchas, y aquellos que las tenían habíanlas heredado de sus padres, y otros que las tenían habidas por fuerza, y otros que querían haber por ellas este mundo y que se trabajaban a ganar con ellas en sus vidas, y otros entendidos de simples voluntades que no dudan que tienen la verdad, y no tienen buena razón a quien les hiciese cuestión sobre ello. Y todos se enfingíen que tenían derecho y que los que contra ellos eran que yacían en yerro y en perdimiento. Y vi entre ellos gran contrariedad en el criador y en las criaturas, y en el comienzo en la fin del mundo.

Y tuve por bien de otorgar a los sabios de cada una ley, sus comenzamientos y ver qué dirían, por razón de saber departir la verdad de la mentira, y escoger y amparar la una de la otra; y, conocida la verdad, obligarme a ella verdaderamente, y no creer lo que no cumpliese y ni seguir lo que no entendiese. E hice esto, y pregunté y pensé y no fallé ninguno dellos que me diese más que alabar a sí y a su ley y denostar al ajena. Y vi manifiestamente que se inclinaban a sus sabores, y que por su sabor trabajaban y no por derecho; y ni fallé en ninguno dellos razón que fuese verdadera ni derecha, ni tal que la creyese hombre entendido y no la contradijese con razón. Y después que esto vi no fallé carrera por donde siguiese a ninguno dellos; y sope que sí yo creyese a alguno dellos lo que no supiese, que sería atal como el ladrón engañado que habla en un ejemplo.

Del ladrón a quien hacen creer que la Luna sirve de escala

Y fue así que andaba una noche, un ladrón sobre una casa de un hombre rico, y hacía Luna, andaban algunos compañeros con él. Y en aquesta casa había una finiestra por donde entraba la luz de la Luna al hombre bueno. Y despertó el dueño de la casa y sintiólos y pensó que tal hora no andarían por sus tejados salvo ladrones. Y despertó a su mujer y díjole: «Habla quedo, que yo he sentido ladrones que andan encima de nuestro tejado; y dime cuando los sintieres cerca de aquí: ¡Ay marido! ¿No me dirás de qué llegaste tantas riquezas como habemos? Y cuando yo no te quisiere responder, sigue me preguntando hasta que te lo diga». Y hízolo así como le mandó el marido, y oyó el ladrón lo que ella dijo. Y entonces recudió el hombre a su mujer: «Tú, ¿por qué lo demandas? Ca la ventura te trajo gran algo; come, bebe y alégrate, y no me demandes tal cosa, ca si te lo yo dijere, no so seguro que lo no oiga alguno, y podría acaecer cosa por ello que pesara a mí y a ti». Y dijo la mujer: «Por la fe que me debes que me lo digas, ca no oirá ninguno lo que dijéremos a tal hora». Dijo el marido: «Yo te lo diré, pues que tanto lo quieres saber. Sepas que yo no ayunté todas estas riquezas, salvo de ladronía». Y dijo la mujer: «¿Cómo puede eso ser, ca las gentes te tenían por hombre bueno?».

Y dijo él: «Esto fue por una sabiduría que yo fallé al hurtar, y es cosa muy encubierta y sutil de guisa que ninguno no sospechaba de mí tal cosa». Y dijo la mujer: «¿Cómo fue eso?». Respondió él y dijo: «Yo andaba la noche que hacía Luna y mis compañeros conmigo, hasta que subía en somo de la casa do quería entrar, y llegaba a alguna finiestra por donde entraba la Luna y decía siete veces: "saulan, saulan". Desí abrazábame con la Luna y entraba por la finiestra y descendía por ella a la casa, y no me sentía ninguno cuando caía; e iba de aquella casa a todas las otras casas. Y después que tomaba lo que fallaba, tornaba al lugar donde descendía, y abrazábame con la Luna y subía a la finiestra; y en este estado gané todo esto que tú ves».

Y cuando esto oyeron los ladrones plógoles mucho dello y dijeron: «Más habemos ganado desta casa que nos no queríamos, y deste saber que nos dende habemos, nos debemos más preciar que de todo cuanto ende ganaremos». Desí estuvieron grande hora quedos, hasta que cuidaron que el dueño de la casa era adormecido y su mujer otrosí, y después que cuidaron ser ciertos desto, levantóse el caudiello dellos y fuese para la finiestra, que estaba en somo de casa, por do entraba la luz de la Luna, y dijo siete veces: «saulan, saulan», y abrazóse con la luz por descender por ella a la casa, y cayó cabeza ayuso. Y levantóse el dueño de la casa y dióle tantos de golpes hasta que le quedó, diciendo el ladrón: «Yo merezco cuanto mal me has hecho, porque creí lo que me dijiste y me engañé con vanidad».

Y yo, después que me guardé de no creer las cosas de que no era seguro de no caer en peligro de muerte, dejéme de todas las cosas dudosas y metíme en hacer pesquisas de las leyes y en buscar las más derechas. Y no fallé en ninguno de aquellos con quien yo hablé esto, buena respuesta quel yo debiese creer. Y dije en mi corazón: «Tengo por seso, pues así es, de me obligar a la ley de míos padres». Pero fue buscando si habría a esto alguna excusación y no la fallé. Y mémbrome el dicho de un hombre que comía feo y era tragón, y dijéronle que comía mal y feo, y él dijo: «Así comían mis padres y mis abuelos». Y no fallé ninguna excusación porque no debiese fincar en la ley del padre, y quíseme dejar de todo y meterme a hacer pesquisas de las leyes y estudiar en ellas. Y estorbóme la fin que es cerca y la muerte que acaece tan aína como cerrar el ojo y abrirlo. Y había fechas algunas obras que no sabría si eran buenas, donde por aventura mientras me trabajase de pesquerir las leyes detenerme hía de hacer algún bien, y morría ante que viese lo que quería.

El amante que cae en manos del marido

Y por ventura, en dudando, acaecerme hía lo que dicen que acaeció a un hombre que amaba una mujer casada. Y ella había cavado para él un caño de su casa hasta la calle, y el caño era del pozo cerca; e hizo una puerta al caño porque si su marido viniese asoras que pusiese ahí su amigo y lo cerrase dentro. Y acaeció así que un día estando él dentro con ella dijéronle que su marido estaba a la puerta. Y dijo la mujer al amigo: «Vete aína por el caño que está cerca del pozo». Y él detúvose de ir a aquel lugar. Y acaeció que el pozo era derrundiado. Y él tornóse a ella y díjole: «Ya llegué hasta el caño y fallé el pozo caído». Y dijo la mujer: «No te dije yo del pozo salvo por te guiar al caño. Aguija y vete». Y dijo él: «No debieras tú decir cerca del pozo, pues yo había de ir al caño». Dijo ella: «Ve y deja la locura de ir y devenir». Dijo él: «¿Cómo iré, habiéndome tú conturbado?». Y no cesó de decir hasta que entró el marido y prendiólos, e hiriólos muy mal, y llevólos a la justicia.

Así yo temíme de ir acá y allá y después ser preso por mi culpa, y hube por bien de no me temer de aquello de que me temía, y tuve me por pagado de toda obra que solamente las almas atestiguan que es buena en que se acuerdan las almas de las leyes. Y detuve mi mano de herir, y de aviltar, y de robar, y de hurtar, y falsar. Y guardé el mi cuerpo de las mujeres, y mi lengua de mentir y de toda razón que daño fuese a alguno. Y detúveme de hacer mal a los hombres ni de burlar y escarnecer de ninguno, y de cuantas malas costumbres pude. Y trabajéme con mi razón de no querer mal a ninguno y de no desmentir la resurrección ni el día del juicio, y el galardón y la pena.

Y con esto sosegué y aseguré mi corazón. Y vi que no hay ningún amigo tal como hacer buena vida, y vi que era ligera de ganar cuando Dios quiere ayudar, y vi que es gran bien a quien la hace, y que es mejor cosa que el tesoro que el padre y la madre le dejan, y que no mengua por la despender, ante se hace más hermosa y más nueva. Y fallé que el hombre que desprecia la bondad y la fin della, que le no destorba della salvo el flaco entendimiento.

El que desea hacer tallar una piedra y se le va el tiempo en oír cantar al jornalero

Y es tal en perder y despender lo suyo como un mercader que dicen que había piedras preciosas, y aquiló un hombre que se las foradase y adobase por 100 maravedís, y llevólo para su casa. Y entrando por casa vido un salterio y atoleólo, y díjole el señor de la posada si lo sabía tañer. Dijo él: «Más que tú no piensas». Y era gran maestro de le tañer. Y díjole el mercader: «Toma y táñelo». Y tomó el hombre el salterio y comenzó a lo tañer muy bien hasta la noche. Y dejó el mercader la caja de las piedras abierta y comenzó de holgar y de reír oyendo aquel tañer. Y desque fue noche dijo el hombre: «Págame mi jornal». Dijo el mercader: «No hiciste cosa por que merezcas jornal». Dijo el hombre: «Yo hice lo que tú me mandaste hacer». Y por razón hubo le a dar los 100 maravedís y quedaron sus piedras por adobar.

Y cuanto más pensé en las cosas deste mundo y en sus sabores, tanto más lo desprecié; y tuve por bien de me amparar con la religión y despreciar este mundo. Y vi que la religión endereza carrera para el otro siglo, así como enderezan los buenos padres a sus hijos para vivir. Y vi que en la religión pensar es bien; por que el que en ella pensare humíllase y tiénese por pagado con lo que ha, y enriquece y plácele con lo que Dios hace, y pierde cuidado y despójase deste mundo y estuerce del daño que desecha sus sabores, y hácese manso; y es librado de sus dolores y menosprecia la envidia y muéstrasele el amor y la caridad, y es su alma tendimiento, y ve la paz; y es seguro de ser no tentado. Y cuanto más pensé en la religión tanto más me pagué della, tanto que cuidé ser dellos. Desí temí me que no podría sufrir la su vida, y que me tornaría a la costumbre en que fuera criado, y no fue seguro que si me dejase del mundo y tomase religión que lo no pudiese cumplir, y dejaría algunas cosas que tenía comenzadas, de que habría provecho.

El can engañado por el reflejo agua

Y sería en esto atal como un del can que dicen que iba por un río y llevaba una pieza de carne en la boca, y vido la sombra que hacía. Y por abarzar la sombra abrió la boca y cayósele la que llevaba, y llevósela el agua y no falló cosa ninguna.

Donde hube muy gran pavor de la religión. Temí me de la no poder sufrir y no osé fincar en el estado en que estaba. Desí pensé en asmar cuál era más fuerte cosa: en me temer de no poder sufrir la religión y la vida que le pertenece por el desabor y por el angostura que en ella ha, y en lo que acontece al seglar de tribulaciones. Y vi que no es ningún sabor ni deleite en este mundo que se no torne en desabor y que no sea con dolor. Donde el mundo tal es como el agua salada, que cuanto más el hombre bebe della, tanto más sed mete. Y es tal como el hueso en que el can falla que se le quebrantan las encías y revienta la sangre, y cuanto más roe tanto más sangre le sale. Y es tal como el milano que busca la carne, y después que la tiene, ayúntanse las aves a él y no cesa de huir y de trabajar hasta que se la hacen echar después que la falla con trabajo. Y es atal como la jarra de la miel, que yace en ella en su fondón muerte supitaña. Y es tal como los sueños del que duerme, que le hacen alegría en soñando, y cuando despierta pierde el sabor por que no falla nada. Y es tal como el relámpago que alumbra un poco y vase luego, y queda el que lo atiende en tinieblas. Y es atal como el gusano del sirgo, que cuanto más teje sobre sí, tanto más se aluenga de la vida.

Y cuando pensé en estas cosas y torné en mi escoger la religión y me inclinar a ella, contradije me, y dije: «Esto no vale cosa, huir del siglo a la religión y de la religión al siglo». Y si yo pensare en la estrechura de la religión, seré cada día movedizo. Y sería en esto tal como un alcalde de Marne, que oyó a un abogado que llegó antél, y libróle lo que pidió luego; y después oyó al otro y libró contra el primero. Y pensé en la laceria y en la angostura de la religión y dije así: «¡Oh, qué pequeña es esta laceria para haber por ella la holgura perdurable!» Y pensé en los deleites deste mundo de que ha sabor el ánima y dije: «¡Oh, cómo esto es agora más fuerte de que lleva al ánima a la pena perdurable!» Y dije: «No debe hombre tener por dulce una poca de dulzor que trae gran amargura». Y dije: «Si algún hombre me mostrase que viviría ciento años y que no pasase ningún día que me no despedazasen todo y después resucitase, y fuese así penado cada día, en pero con tal postura que cumplidos los ciento años que fuese librado de toda pena y que tornase alegría y holgura perdurable, lo debía hacer. Pues ¿cómo no puedo sufrir unos pocos de días que viva en religión y sufra un poco de desabor?».

Ca no es este mundo lleno salvo de tribulaciones y de pena, y no se envuelve el hombre con todo esto salvo en mal desque es concebido en el vientre de su madre hasta que cumple sus días. Ca nos fallamos en la escritura de la física que la esperma de que es engendrado el hijo, que es cumplido de sus miembros cuando cae en la madre de la mujer, y se vuelve con la esperma della y con su sangre, y espésase y mézclase, y desí el aire masa aquel esperma y aquella sangre hasta que lo torna tal como el suero; desí tórnalo tal como la cuajada espesa, y desí de parte y devisa sus miembros a sus tiempos. Y si es macho tiene la cara con el espinazo de su madre, y cúmplese la su forma y la su criazón en cuarenta días; y si es mujer tiene la cara con el vientre de su madre, y cúmplese la su criazón a sesenta días, y tiene las manos sobre las mejillas y la barba sobre los hinojos, y está encogido en su mantillo así como si fuese envuelto en un bolsa y respira por un suspirón con muy gran pena, y no ha en él miembro que no semeja, atado, y está ligado de su ombligo hasta el ombligo de su madre, o con él chupa y bebe de la vianda que toma su madre. Y en esta guisa está en las tinieblas y angostura hasta el día que nace.

Y cuando viene a sazón del parto, apodera Dios a la criatura en la matriz de su madre; y esfuérzase a mover y endereza su cabeza contra la salida. Y siente en la salida lo que siente el que tiene deviesos cuando se los abren. Y después que cae en tierra y le tañe el aire y la mano, siente dolor, lo que siente el que es desollado de su cuero. Desí vive en muchas maneras de pena, así como si ha hambre y no le dan a comer, y si ha sed y no le dan a beber, o si ha dolor y no le acorren. Y no se puede amparar de lo que siente cuando lo alzan o lo envuelven o lo desenvuelven o lo untan o lo salvan, y cuando ha sed y le dan a comer y ha hambre y le dan a beber, o cuando quiere yacer de costado y lo echan de vientre, y otras muchas maneras de penas que ha mientras mama. Y después que es librado de la pena del mamar métenlo a la pena del aprender a leer y a estar apremiado de su maestro, y siempre ha ende muchas maneras de penas.

Y cuando llega a edad de casar, casa, y entra en el cuidado de la mujer y de los hijos y de llegar haber, y en la malicia y en la codicia y en los peligros de ganar algo para mantener su casa; y en todo esto lidian con él cuatro enemigos, es a saber: la cólera, y la sangre, y la flema, y la melancolía, que son tósigo mortal y víboras mordedoras; y el miedo de los hombres y de las bestias fieras, y la calentura, y el frío, y el viento, y la lluvia, y otras muchas maneras de penas, y la vejez a los que a ella llegan. De más, si todos aquestos peligros no hubiese y fuese seguro de estorcer dellos y le asegurasen dellos en guisa que dello no hubiese miedo, si no de la hora en que viene la muerte, y se parte del mundo y se miembra de lo que ha en ella y en apartarse de sus amigos y de sus hijos, y de todas aquellas cosas de que era escaso en este mundo, y de como es la gran pavor después de la muerte, debía ser contado por desacordado y por hombre que ama dolor el que alguna arte no hiciese con que lo no estorciese, y se no dejase de las sabores deste mundo por ello. Y cuando ha andado en este mundo, torna viejo y ha escosa y desabrida vida.

Ca el rey, maguer sea bien mesurado, y enviso, y apercibido, y de gran poder, y de noble corazón, y pesqueridor de derecho, y de buena vida, y verdadero, y acucioso, y esforzado, y de buen recaudo, y requeridor de las cosas que debe, y entendido, y cierto, y agradecedero, y agudo, y piadoso, y misericordioso, y manso, y conocedor de los hombres y de las cosas, y amador del saber y de los sabios y de los buenos, y bravo contra los malhechores, no envidioso ni refez de engañar, hacedor dalgo a sus pueblos, aun habiendo todo esto, vemos que el tiempo va atrás en todo lugar; así que semeja que las cosas verdaderas son espendidas y amanecieron perdidas; y semeja que el bien amaneció perdido y el mal fresco; y semeja que la mala vida amaneció riendo y la buena llorando; y semeja que la justicia amaneció estropezando y la injusticia ensalzándose; y semeja que el saber amaneció soterrado y la necedad esparcida; y semeja que el amor amaneció caído y la malquerencia avivada; y semeja que la honra es robada a los buenos y es dada a sabiendas a los malos; y semeja que la traición amaneció despierta y la lealtad adormida; y semeja que la mentira nació fructuosa y la verdad seca; y semeja que la franqueza amaneció estragada y la escaseza mejorándose; y semeja que la verdad es ida tropezando y la falsedad retozando y trobejando; y semeja que amaneció menospreciar el juicio y seguir las voluntades; y semeja que amaneció el tuerto y el que hizo el mal detardándose de hacer la enmienda; y semeja que la codicia amaneció tragando de todas partes y la gracia desconocida; y semeja que los males amanecieron pujando al cielo y los bienes descendiendo a los abismos; y amaneció la grandez derribada de lo más alto al fondón de lo más bajo; y amaneció la menudez honrada y amaneció el poder mudado de los virtuosos a los viciosos.

Después que hube pensado en las cosas deste mundo, y que el hombre es la más noble criatura y la mejor que en este mundo sea; desí como está en tal estado y no se convuelve sino en mal, ni es conocido en ál, y sope que no es ninguno que algún poco de entendimiento haya que esto no entienda, y que no busque arte para se guardar, y maravilléme ende, y pensé y vi que los no detiene de hacerlo sino un poco de deleite de comer, y de beber, y de ver, y de oír; y por aventura no han desto asaz; empero lo que los destorba de pensar de sí y de trabajarse de estorcer, poca cosa es.

El que pasa de un peligro a otro

Y busqué ejemplo y comparación para ello, y vi que semejan en esto a un hombre que con cuita y miedo llegó a un pozo y colgóse dél, y trabóse a dos ramas que nacieran a la orilla del pozo y puso sus pies en dos cosas a que se afirmó y eran cuatro culebras que sacaban sus cabeza de sus cuevas; y en catando al fondón del pozo vio una serpiente la boca abierta para le tragar cuando cayese, y alzó los ojos contra las dos ramas, y vio estar en las raíces dellas dos mures, el uno blanco y el otro negro, royendo siempre que no quedaban; y él pensando en su hacienda y buscando arte por do escapase, miró a suso sobre sí, y vio una colmena llena de abejas en que había una poca de miel y comenzó a comer della, y comiendo olvidósele el pensar en el peligro en que estaba, y olvidó de como tenía los pies sobre las culebras y que no sabía cuándo se le ensañarían, ni se le membró de los dos mures que pesaban de tajar las ramas, y cuando las hubiesen tajadas que caería en la garganta de la serpiente. Y seyendo así descuidado y negligente acabaron los mures de tajar las ramas, y cayó en la garganta del dragón y pereció. Y yo hice semejanza del pozo a este mundo que es lleno de ocasiones y de miedos; y de las cuatro culebras a los cuatro humores que son sostenimiento del hombre; y cuando se le mueve alguna dellas es le atal como el veneno de las víboras o el tósigo mortal. E hice semejanza de los dos ramos a la vida flaca deste mundo, y de los mures negro y blanco a la noche y al día, que nunca cesan de gastar la vida del hombre; e hice semejanza de la serpiente a la muerte, que ninguno no puede excusar; e hice semejanza de la miel a esta poca de dulzor que hombre ha en este mundo, que es ver, y oír, y sentir, y gustar, y oler, y esto le hace descuidar de sí y de su hacienda, y hácele olvidar aquello en que está y hácele dejar la carrera por que se ha de salvar.

Y tornóse mi hacienda a querer ser religioso, y enmendar mis obras cuanto pudiese por que fallase ante mí anchura sin fin en la casa de Dios adonde no mueren los que ahí son, ni acaecen ahí tribulaciones; y así habría guardado mi parte para holgar, y sería seguro de mi alma ante que muriese; y saber esto es muy noble cosa. Y perseveré en este estado atal y tornéme de las tierras de India a mi tierra, después que hube trasladado este libro, y tuve que traía algo en él para quien le entendiese, y rogué a Dios por los oidores dél que fuesen entendedores de las sus sentencias y del meollo que yace en ellas.

Y Dios nos deje acabar en su servicio.

Capítulo III. Del león y del buey y de la pesquisa de Dimna y de Calila

Dijo el rey a su filósofo: «Esto oído lo he; dame agora ejemplo de los dos que se aman, y los departe el misturero, falso, mentiroso, que debe ser aborrecido como la vigambre, y los hace querer mal, y los trae a aquello que querrían ser muertos antes, y han de perder sus cuerpos y sus almas». Dijo el filósofo: «Señor, cuando acaece a dos hombres que se aman que el falso misturero anda entre ellos, van atrás, y depártase y corrómpese el amiganza que es entre ellos. Y esto semeja lo que acaeció al león y al buey». Dijo el rey: «¿Cómo fue eso?».

Un rico mercader aconseja a sus hijos que no sean pródigos

Dijo el filósofo: «Señor, dicen que en tierra de Gurguen había un rico mercader y había tres hijos. Y después que fueron de edad metiéronse el gastar el haber de su padre, y malbaratallo, y no se entremetían de ganar.

Y el padre, con dolor del amor que les había, castigólos y díjoles: «Hijos, sabed que el seglar demanda tres cosas que no puede alcanzar si no con otras cuatro; y las tres que demanda son éstas: abundada vida, y alguna dignidad entre los hombres, y ante poner buenas obras para el otro siglo. Y las cuatro que ha de menester para alcanzar estas tres, son éstas: ganar haber de buena parte, y mantenello bien y hacer le hacer fruto, y despendello en las cosas que enmiendan la vida, y vivir a placer de los parientes y de los amigos, y que torne con alguna pro para el otro mundo. Y quien menosprecia alguna déstas no alcanza lo que desea; ca si no ganare no habrá haber en que viva; y si hubiere haber, y no le hiciere hacer fruto, aína se debe acabar por poco que despienda; así como el conlirio de que no toman si no un poco dello, y con todo eso acábase. Y si le hiciere hacer fruto y no lo diere en los lugares que debe, será contado por pobre que no ha haber; y esto no lo quitará que lo no pierda, así como la tina de agua en que caen las aguas que si no fallan salida hínchese, y hase de verter por muchas partes, y con todo esto pudrece y vase el agua que está en ella a perdición».

Comienza la historia de Senceba

Desí los hijos del mercader castigáronse e hicieron mandamiento de su padre. Y fuese el mayor dellos con su mercadería a una tierra, y traía consigo una carreta con dos bueyes; y al uno decían Senceba y al otro Bendeba. Y cayó Senceba en un silo que había en aquel lugar. Y sacáronlo, y fue tan maltrecho de la caída, que llegó a muerte. Y el mercader dejólo con uno de sus hombres, y mandóle que lo pensase bien, y si guareciese que se lo llevase. Y el otro enojóse de lo guardar y dejolo, y fuese para do iba su amo, y díjole que el buey era muerto.

Y desí salió Senceba de aquel lugar, y anduvo tanto que llegó a un prado verde y vicioso, que por su ventura le había de acontecer de llegar ahí.

El que por huir de un peligro cae en otro

Y dicen que en el prado que él primeramente andaba, que un hombre cogía yerbas y vino un lobo por detrás a él por le morder. Y él, cuando lo sintió, comenzó a huir. Y vido que en un río que estaba que había una puente quebrada, y dijo: «Si aquí estoy, recelo del lobo, y si paso el río, lleva mucha agua y no sé nadar». Y acordó de se echar al agua, e hizo lo así. Y él yendo por el río que se quería ahogar, viéronlo unos hombres de una aldea que estaba cerca y corriéronle y sacáronlo, y leváronlo al lugar. Y arrimóse a una pared; y después que fue sano del peligro del agua, cayó la pared sobrél y matólo, y no pudo fallecer a la ventura, bien así como Senceba.

Y a poco de tiempo engordó Senceba, y embraveció. Y cerca de aquel prado había un león, que era rey de todas las alimañas; y en aquel tiempo estaban con el león muchas dellas. Y este león era muy lozano. Y cuando oía la voz de como el buey bramaba, en que no tal cosa había oído, espantábase mucho; mas no que ría que se lo supiesen sus vasallos, y estuvo quedo en su lugar. Y entre los otros vasallos que él allí, tenía, había dos lobos cervales, y al uno decían Dimna y al otro Calila, y eran muy ardides y agudos, y era Dimna de más noble corazón y de mayor hacienda, y el que menos se tenía por pagado del estado en que era; y el león no los había conocido ni eran de la privanza hasta allí.

Dijo Dimna a Calila: «Ya ves cómo está el león en su lugar pecachado, que no se mueve ni se solaza como solía hacer». Dijo Calila: «Y tú, hermano, ¿qué has que preguntas lo que no has menester, ni te tiene pro en lo preguntar? Nos estamos en buen estado, y estamos a la puerta de nuestro rey, y tomamos lo que queremos, y no nos fallece nada de lo que habemos menester, y no somos de los que hablan con el rey sus hechos. Y déjate desto, y sabe que el que se entremete de decir y de hacer lo que no es para él, que le acaece lo que acaeció a un simio artero que se entremetió de lo que no era suyo, ni le pertenecía». Dijo Dimna: «¿Cómo fue esto?».

Del simio y la cuña

Dijo Calila: «Dicen que un simio vido unos carpinteros aserrar una viga, y estaba el uno encima; y como iban aserrando metían una cuña y sacaban otra por aserrar mejor. Y el simio vídolos, y en tanto que ellos fueron comer, subió el simio encima de la viga y asentóse encima y sacó la cuña. Y como le colgaban los compañones en la serradura de la viga, al sacar de la cuña apretó la viga y tomóle dentro los compañones, y machucóselos, y cayó amortecido. Desí vino el carpintero a él, y lo que le hizo fue peor que lo que le acaeció».

Y dijo Dimna: «Entendido te he lo que me dijiste y oí el ejemplo que me dijiste; mas todos los que a los reyes se llegan no lo hacen tan solamente por henchir sus vientres, que los vientres en cada lugar se pueden henchir; mas trabaja el hombre en mejorar su hacienda, por que haya lugar de hacer placer a sus amigos, y el contrario a sus enemigos. Y los hombres viles son aquellos que se tienen por abundados con poca cosa, y alégranse con ella así como con el can que falla el hueso seco y se alegra con él. Y los hombres de gran corazón no se tienen por pagados de lo poco; ante trabajan que sus corazones lleguen a lo que quieren, así como el león que prende la liebre, y cuando ve al cabrón déjala y va en pos dél. Y ¿no ves que el can no quiere mover su cola, hasta que le echan el pan? ¿Y el elefante joven desque conoce su fuerza, y le llevan la vianda, es tanto sañoso, y no la quiere ni la come hasta que lo halagan y lo alimpian? Donde quien vive en gran medida a honra de sí y de sus amigos, maguer poco viva, de luenga vida es; y el que vive en angostura haciendo poco algo a sí y a sus amigos, aunque mucho viva, de poca vida es. Que dicen en algunos ejemplos que al que es mal andante dura toda su vida en pobredad, y que no ha cuidado si no de su vientre, aquel es contado con las bestias necias».

Dijo Calila: «Entendido he lo que me dijiste, mas torna en tu entendimiento, y sabe que cada un hombre ha su medida y ha su prez; y cuando se quiere tener con ella, débese tener por pagado con ella. Y nos no habemos por que nos quejar deste estado en que estamos, ca cúmplenos». Dijo Dimna: «Las dignidades y las medidas de los hombres son comunas y son contrarias; así como el hombre de gran corazón puja de la vil medida a la noble, y el hombre de vil corazón abaja del alta medida a la vil. Y pujar a la nobleza es muy noble cosa y grave; ca abajarse della es vil cosa y rafez. Y es así como la piedra pesada que es muy grave de alzar y de la tener; y es muy rafez de la derribar y dejar caer». Y dijo: «Por esto nos habemos de trabajar mucho por haber de las mayores dignidades con nuestros grandes corazones, y no estar en este estado, pudiéndolo guisar».

Dijo Calila: «Pues ¿en qué acuerdas?». Dijo Dimna: «Quiérome mostrar al león en tal sazón, ca él es de flaco consejo y de flaco corazón y es escandalizado en su hacienda con sus vasallos, y por aventura en llegándome a él en este punto habré dél alguna dignidad o alguna honra y habré dél lo que he menester». Dijo Calila: «¿Dónde sabes que el león está así como tú dices?». Y dijo Dimna: «Cuídole, y tengo que es así, que el hombre agudo, de buen entendimiento, a las veces sabe el estado de sus amigos y su puridad, por lo que le semeja y por lo que ve de su estado y de su hacienda, y poniendo se en ello sábelo cierto». Dijo Calila: «¿Cómo esperas tú haber dignidad del león no habiendo tú nunca habido compañía ni privanza de ningún rey ni sabiendo lo servir ni sabiendo lo que le place de sí ni de los otros?». Dijo Dimna: «El hombre valiente so la gran carga, maguer que le apesgue, levántase, y la gran carga no alza al hombre valiente ni al pesado; ni en el hombre vil no ha obra ni cuidado. Y el hombre humildoso y blando, no ha quien lo reprenda. Y ante pruebe hombre las cosas que se ponga a ellas; y yo quiero probar ésta para mejorar la mi hacienda y la tuya».

Dijo Calila: «El rey no honrará al atrevido por su atrevencia, mas honra al verdadero y al cercano dél. Ca dicen los sabios que el que es de la compañía del rey y de la mujer, que no lo allegan a sí por mayor bondad, mas por que está, más cercano que otro; bien así como la vid que se no traba al mayor árbol, mas al que más acerca le está. ¿Qué te semeja? Si el león no te llegare así, ni pudieres hablar cuando quisieres con él, ¿qué será de ti?». Dijo Dimna: «Así es como tú dices; mas sepas que los que son con el rey no fueron con él siempre, mas con su femencia alcanzaron las dignidades del rey; y son con él y lléganse a él después que son llueñe dél. Y yo trabajar me he de hacer otro tal, y guisaré cómo llegue a ello; ca dicen que no es ninguno que llegue a la puerta del rey y dure y mucho consentido a ser mal traído y empujado, y sufra mucho pesar, y encubra su hacienda, y traiga su hacienda mansamente, que no llegue a lo que quiere».

Dijo Calila: «Pongamos que has llegado al león, ¿cómo traerás tu hacienda con él o con los que has esperanza de haber dignidad?». Dijo Dimna: «Si me yo hubiese llegado al león, y conociese sus costumbres, guisaría como siguiese su voluntad, y que no fuese contra él, así que cuando quisiese hacer alguna cosa derechamente ahincársela hía hasta que la hiciese y que acreciese su placer en ella y la cumpliese; y cuando quisiese hacer alguna cosa que yo entendiese que le podría traer daño, hacer lo hía entender el mal que hubiese, lo más manso que yo pudiese. Y yo he esperanza quél será mejor servido que de otros algunos, ca el hombre faldrido y sabio y manso, si quisiese deshacer la verdad y averiguar la mentira, a las veces hacer lo hía, así como el buen pintor que pinta las imágenes en la pared que semejan a hombre que sale della, y pintan otras que semejan eso mismo y no es así».

Dijo Calila: «Pues esto tienes así a corazón, quiero te hacer temer servicio del rey por el gran peligro que y ha. Ca dicen los sabios que tres cosas son a que se no atreve si no hombre loco, ni estuerce dellas si no el sabio: la una es servir rey, la otra es meter las mujeres en su puridad, la tercera beber vidigambre a prueba. Y los sabios hacían semejanza del rey y de su privanza al monte muy agro en que ha las sabrosas frutas, y es manida de las bestias fieras; donde subir a él es muy fuerte cosa; y estar sin el bien que en él ha es más amargo y más fuerte».

Dijo Dimna: «Entendido he lo que dijiste. Dices verdad en cuanto dices; mas sepas que quien no se entremete a los grandes peligros no ha las cosas que codicia, y quien no anda las luengas carreras no ha las granadas cosas. Y quien deja las cosas donde habría por aventura lo que quiere, y con que allegaría a lo que le fuese menester, con miedo y con pavor, no habrá granada cosa, ni pujará a nobleza. Y dicen que tres cosas son que no puede hacer ninguno si no con ayuda de noble corazón, y a gran peligro: la una es oficio del rey, la otra mercadería sobre mar, y la otra lidiar con enemigo. Y dicen los sabios otrosí, que el hombre de noble corazón no debe ser visto si no en dos lugares, quel no pertenece ser en otros: o ser con los reyes muy honrado, o ser con los religiosos muy apartado; así como el elefante que solamente su beldad y su hermosura es en dos lugares: o en el campo seyendo salvaje, o seyendo cabalgadura de los reyes». Dijo Calila: «Hermano, Dios te lo encime en bien esto que tú quieres hacer».

Desí fuese ende Dimna, y salvó al león. Dijo el león a los que estaban cerca dél: «¿Quién es éste?». Y ellos dijeron: «Éste es fulán, hijo de fulán».

Díjoles el león: «Yo conocí a su padre». Y llególo a sí, y demandóle y dijo: «¿Dónde eres?». Dijo Dimna: «Nunca me quité de tu puerta, a esperanza que acaecería alguna cosa en que te ayudases de mi por tuyo consejo. Ca a las veces acaecen algunas cosas a los reyes en que han menester por ventura a los flacos y a los menospreciados. Y el tal hombre no es menospreciado, por haber en él alguna pro; ca el fuste que yace en tierra, ayuda se hombre dél a las veces para rascar su oreja, y álzalo de tierra, y ráscala con él, o para ál: cuanto más el animal que es sabedor de las cosas». Cuando el león oyó lo que decía Dimna, pagóse dél, y plugóle, y hubo esperanza que habría en él buen consejo y buen castigo. Y dijo a los que estaban con él: «El hombre sabio, y de noble corazón, y bueno, y agudo, maguer sea de menor guisa y de baja dignidad, la nobleza de su corazón no quiere fueras parecer y mostrarse; así como la centella del fuego que hombre esconde, y ella no quiere si no ascenderse».

Pues que entendió Dimna que el león se pagara dél, y le pluguiera lo quél decía, dijo: «Los pueblos de los reyes y los de su corte, tenidos son de le hacer entender las noblezas de sus corazones, y su saber, y de le dar leal consejo, y amarlo. Ca él no los porná en las dignidades que deben y que merecen si no por esto, así como la simiente soterrada, que ninguno no sabe su bondad hasta que sale y parece sobre la tierra. Y el rey debe pujar a cada uno a su dignidad según su consejo, y según el provecho y la nobleza del corazón, y la lealtad que en él hubiere.

»Ca dicen que dos cosas no debe ninguno poner ninguna dellas fuera de su lugar, ni tollerla de su lugar; y son los hombres y los ornamentos. Ca es contado por necio quien pone en su cabeza el ornamento de sus pies, y en los pies el de la cabeza, y quien dagastona las gigonzas en el plomo. Ca esto no es menospreciamiento de estas cosas sobre dichas, mas es necedad del que lo hace. Y otrosí no ponga al bienhechor en la medida del malhechor. Y dicen otrosí: no hagas compañía con hombre que no sepa cuál es su diestra y su siniestra; ca no sosaca lo que los entendidos saben si no sus mayores, y lo que los caballeros si no los reyes, ni lo que ha en la ley y en su entendimiento, si no los teólogos y los divinos.

»Y dicen otrosí de unas cosas que son muy alongadas, como la mejoría que ha el un lidiador del otro, y lo poco de lo poco, y lo mucho de lo mucho, y el sabio del sabio. Y los muchos vasallos, si probados no fueren, traen daño al hecho; ca no se cumple la cosa con muchos vasallos, mas con los buenos dellos, maguer sean pocos, así como el hombre que lleva la gran carga y se embarga della y no falla por ella precio. Y las girgonzas no afrentan al que las lleva y puede las vender por gran haber: en el hecho que ha hombre menester engaño, no cumple la ira, maguer sea mucha. Y el rey no debe menospreciar la nobleza del corazón que fallare en alguno que sea de menor guisa; que la pequeña cosa por ventura engrandece mucho, así, como el nervio que es tomado de la cosa muerta, y hacen dél cuerda de la ballesta y dobla se con él, y ha la menester el rey para tirar y para jugar».

Y Dimna en todo esto quería haber honra del león, y todos sabían que no se la haría por quél hubiese conocido a su padre, mas porque era de noble corazón y de buen consejo. Donde dijo al león: «El rey no apriva a los hombres por la privanza de sus padres, ni los desprecia por no conocer a sus padres, mas cada que sabe en que los ha menester. Desí hace lo que tiene por bien en ponerlos en la medida que debe. Y a las veces acaece al rey alguna enfermedad que le hace gran mal, y no se la tuelle si no la melecina que le aducen de lueñe. Y el mur mora con el hombre en su casa, y porque le hace mal, échalo fuera; y el azor, que es muy bravo, críalo y quiérelo aun tanto que ha sabor de lo levar en la mano».

Y pues que hubo acabado Dimna, pagóse más el león dél, y plúgole más con él, y respondióle siempre mejor. Y dijo a los que seían, con él: «No debe el rey porfiar en hacer perder su derecho al que ha derecho en bien, y es bueno y de noble corazón; mas débele rehacer lo que le no hizo. Y aquel a quien lo hiciere debela hacer gracias y conocerlo. Ca los hombres son en dos guisas: el uno es de mala natura, y es así como la culebra que, sí alguno la pisa y no le muerde, no debe tornar a ella de cabo, y el otro es de buena natura y de blandas costumbres, y es tal como el sándalo frío, que si mucho es fregado tórnase caliente y quema».

Y pues que se hubo solazado Dimna con el león, dijo: «Veo, señor, que ha tiempo que estás en un lugar, que no te mudas. Esto, ¿por qué es?». Y el león no quería que supiese Dimna que lo hacía con cobardez, y dijo: «No es por miedo». Y estando amos así, bramó Senceba muy fuerte, y tamaño fue el miedo que hubo, que le hizo decir: «Esta voz me tuvo aquí en este lugar, y no sé qué es; empero veo que la persona que la hace debe ser tan grande como la voz, y su fuerza tan grande como la persona. Y si esto así es, no moremos en este lugar». Dijo Dimna al león: «Escandalizástete de otra cosa fuera desta, ca si no te hizo ál pavor si no esto, no debes dejar tu posada». Ca la flaqueza es ocasión de la beudez, y la desvergüenza es ocasión de la pelea, y la mezcla es ocasión del amor, y la gran voz es ocasión del flaco corazón. Y esto se departe en un proverbio que dice: «No se debe hombre temer de todas voces». Dijo el león: «¿Cómo fue eso?».

La vulpeja y el tambor

Dijo Dimna: Dicen que una gulpeja hambrienta pasó por un árbol, y estaba un atambor colgado del árbol, y movióse el viento, e hiriénronlo los ramos, y sonaba muy fuerte. Y la gulpeja oyó aquella voz, y fuese contra ella hasta que llegó a ella, y en que vio que era hinchado, cuidóse que era de mucha carne, que había de mucha gordez, y hendiólo y vio que era hueco, y dijo: «No sé; por ventura las más flacas cosas han mayores personas y más altas voces». Y fuese dende. «Y yo, señor, no te di este ejemplo si no por que he esperanza que sea esta cosa, cuya voz te espantó, atal como el atambor, y si a ella te llegases, más ligera te semejaría que tú no cuidas. Y, señor, si fuere la tu merced, envíame a ella, y está tú en tu lugar hasta que yo torne a ti con lo que supiere de su hacienda». Y desto que dijo Urrina plugo, al león, y díjole: «Pues vete».

Y fuese Dimna, y pensó el león en su hacienda, y dijo en su corazón: «No hice bien en fiarme en éste, para enviarlo al lugar do lo envío; ca el hombre, si es de la casa del rey, y es por luengo tiempo desdeñado no lo mereciendo, y mezclado a tuerto, o si es conocido por codicioso o por malicioso, o si es muy pobre, o si ha hecho algún gran pecado y se teme de la pena, o si es envidioso y malo que a ninguno no quiere bien, o si es atestiguado por atrevido, o si le han hecho perder lo que tenía del rey, o si era oficial y se lo tollieron, o si a alguno hizo falsedad y sospecharon dél, o cayó en alguna culpa, o si sus iguales fueron probados por buenos y hubieron mejoría dél en dignidad y en honra, o si es de mala fe en su ley, o si ha esperanza de haber algún pro a daño de sus señores, o si se teme ende, o si es contrario a los privados de los señores, a todos éstos no debe el rey meter su hacienda en sus manos, ni fiar en ellos, ni asegurarse. Y Dimna es discreto y sabedor, y tanto fue despreciado y desdeñado a mi puerta, y olvidado; y seméjame que tenía mala voluntad, y esto hizo para engañarme y meterme en mal; y si, por aventura fallare aquel animal que brama, que es más fuerte que yo o de mayor poder, y éste le prometiere de su algo, será con él contra mí, y descubrir le ha mi vergüenza y mi cobardez».

Y no cesó el león de hablar consigo mismo y de se maltraer, tanto que se levantó del lugar donde estaba, y arrufábase de mala manera. Y desque vino Dimna entró a él. Dijo el león: «¿Qué viste o qué hiciste?». Dijo Dimna: «Vi un buey que hizo la voz que oíste». Dijo el león: «¿Qué fuerza ha?». Dijo Dimna: «No ha fuerza ni valentía, ca yo me allegué a él, y estuve en par dél, así como está hombre con su igual, y no me pudo hacer nada». Dijo el león a Dimna: «No te engañe eso, ni lo tengas por flaco por eso, ca el fuerte viento no quebranta las chicas pajas, mas desraiga los grandes árboles; otrosí las armadijas unas a otras no se prenden». Dijo Dimna: «No hayas miedo dél, ni lo tengas en corazón; y si quisieres, yo te lo traeré, que sea tu siervo y obediente». Y cuando el león oyó esto alegróse y dijo: «Sabe que me place dello, y vete».

Y fuese Dimna a Senceba, y díjole atrevidamente y sin miedo: «Mi señor el león me envía a ti que te lleve, y díjome que si tú fueses a él luego obediente, que te atreguaría del pecado que has hecho en osar entrar sin su mandado en su señorío y sin lo ir ver, y si tú te tardares y no quisieres, que me torne a él, y que se lo haga saber». Dijo Senceba: «Si tú me hicieres homenaje por él, que no reciban mal ni daño, yo iré contigo». Y él hízole el homenaje que le demandó, y desí fuéronse amos en uno, y entraron al león, y preguntó el león a Senceba buenamente, y díjole: «¿Cuándo llegaste a esta tierra y qué cosa te hizo acá venir?». Y él contóle toda su hacienda. Y dijo el león: «Vive conmigo, y hacerte he honra». Y el buey agradecióselo mucho y humillósele. Desí el león aprivóle y allególe a sí, y tomó consejo dél, y metiólo en sus puridades y en sus cosas. Y duró así el buey un tiempo, e íbale todavía queriendo más y pagándose más dél, atanto que fue el más privado de su compañía, y el que más él amaba y preciaba.

Y cuando vio Dimna que el león se apartaba con Senceba sin él y sin la otra compañía, pesóle y hubo ende grande envidia, y querellóse a su hermano Calilia, y díjole: «Hermano, ¿no te maravillas de mi mal seso y de mi locura, y de cómo pensé en pro del león, y trabajé en le traer el buey que me ha echado de mi dignidad?». Dijo Calila: «Pues acaeció a ti lo que acaeció al religioso». Dijo Dimna: «¿Y cómo fue eso?».

El religioso robado

Dijo Calila: Dicen que un religioso hubo de un rey unos paños muy nobles, y violos un ladrón y hubo envidia dellos, y guisó arte como se los hurtase; y entró al religioso, y díjole: «Quiérote hacer compañía y aprender de ti». Y el religioso otorgóselo, e hizo vida con él, y servióle bien atanto que se aseguró el religioso en él y fió dél, y puso su hacienda en su mano. Y el ladrón cató hora que el religioso fuese desviado, y tomó los paños, y fuese con ellos. Y cuando el religioso falló los paños menos, luego supo que aquél se los hurtara, y fuese en busca dél.

La vulpeja aplastada por dos cabrones

Y yendo para una ciudad a que decían Mayat, falló en el camino dos cabrones monteses peleando y empujándose con los cuernos, y salióles mucha sangre, y vino una gulpeja y comenzó de lamer aquella sangre entre ellos, y estando ella lamiendo la sangre, cogiéronla amos los cabrones en medio y matáronla; y esto a ojo del religioso.

La alcahueta y el amante

Desí fuese para la ciudad a buscar al hombre, y posó con una mujer mala, alcahueta; y la mujer había una manceba que se había enamorado de un hombre, y no quería a otro ninguno, y en esto hacía daño a su ama, porque perdía la soldada que le daba, por aquel hombre; y trabajóse de matarlo aquella noche que hospedaba al religioso, y dio a beber a la manceba y al hombre tanto de vino puro, hasta que se embeodaron y se durmieron.

Entonces tomó ella vegambre que había puesto en una caña por lo echar al hombre por las narices, y puso la boca en la cana por soplar. Y por hacer ella esto, dio un estornudo ante que huyase soplar, y cayó a ella la vegambre en la garganta, y cayó muerta; y todo esto a ojo del religioso.

El carpintero, el barbero y sus mujeres

Desí amaneció, y fuese el religioso a buscar el ladrón a otro lugar, y hospedóle un hombre bueno carpintero, y dijo a su mujer: «Honra a este hombre bueno, y piensa bien dél, ca me llamaron unos mis amigos a beber, y no me tornaré si no bien tarde».

Y esta mujer había un amigo, y era alcahueta entre ellos una mujer de un su vecino; y mandóle que fuese a su amigo y que le hiciese saber que su marido era convidado, y que no tornaría si no beudo y a gran noche. Y vino el amigo y asentóse a la puerta atendiendo mandado. Y en esto vino el carpintero su marido della, de aquel lugar do fuera, y vio el amigo de su mujer a la puerta, y hábalo ante sospechado. Y ensañóse contra su mujer, y entró a ella e hirióla muy mal, y atóla a un pilar del palacio. Pues quél fue adormido y durmieron todos, tornó a ella la mujer del alhageme, y díjole: «Mucho he estado a la puerta. ¿Qué me mandas?». Dijo la mujer del carpintero. «Tú ves cómo estoy, y si tú quisieres, hacer me has bien, y desatar me has, y atarté yo en mi lugar un poco. E ir me he para él, y tornarme he luego para ti».

Y hízolo así la mujer del alhageme, y desatóla, y atóse a sí misma en su lugar. Y despertó el carpintero ante que tornase su mujer y llamóla muchas veces por su nombre y la mujer del alhageme no le respondió por miedo que no conociese su voz. Desí llamóla muchas veces, y no le respondió. Y ensañóse y levantóse con un cuchillo en la mano, y cortóle las narices, y díjole: «Toma tus narices y preséntalas a tu amigo». Y pues que fue tornada la mujer del carpintero, y vio a su compañera de aquella guisa, desatóla y atóse en su lugar. Y tomó la mujer del alhageme sus narices y fuese, viendo esto el religioso.

Y pensó la mujer del carpintero de aquello en que era caída, y de que era sospechada, y alzó su voz, y dijo: «¡Ay Dios, Señor; ya ves mi flaqueza, y mi poco poder, y cuanto mal me ha hecho mi marido a tuerto, seyendo yo sin culpa! A ti ruego y pido por merced que si yo só sin culpa, y salva de lo que me apone mi marido, que tú tornes mis narices sanas así como ante eran, y demuestra y tu milagro». Desí llamó a su marido y dijo: «Levántate, traidor, falso, y verás el milagro de Dios en tornarme mis narices sanas así como ante eran». Y el marido dudó, y díjole: «¿Qué esto que dices, hechicera mala?». Y levantóse y encendió lumbre, y huela a ver. Y cuando le vio sus narices sanas, pidióle perdón, y repentióse, y excusósele de su pecado.

Y pues que llegó la mujer del alhageme a su casa, pensó en arte por do saliese de aquello en que era caída. Y cuando era cerca del día pensando y diciendo en su corazón: «¿Cómo excusaré a mi marido y a mis parientes, de mis narices cortas?». Y en esto despertó su marido, y dijo a la mujer: «Dame mi herramienta toda, ca me quiero ir de mañana a un noble hombre». Y ella no le dio si no la navaja. Y él díjole: «Dame mi herramienta toda». Y dióle de cabo la navaja. Y él ensañóse, y echóla en pos de ella a lóbregas. Y dejóse ella caer en tierra, y dio grandes voces, y dijo: «¡Ay mi nariz, mi nariz!». Vinieron sus parientes, y prisieron al marido, y leváronlo al alcalld, y mandó el alcalld justiciarlo. Y en levándolo a justiciar encontrólos el religioso, y llegóse al alcalld, y dijo: «Sufridvos un poco por amor de Dios y decir vos he todo lo que aconteció. Sabed quel ladrón no hurtó a mí los paños, ni la gulpeja no la mataron los cabrones, ni el alcahueta no la mató la vedegambre, ni la mujer del alhageme no le tajó su marido las narices, mas nos mismos le hicimos». Rogóle el alcalld que se lo departiese todo como era, y díjole toda la historia hasta en cabo.

Dijo Dimna: «Entendido he lo que dijiste, y semeja a mi hacienda, y por buena fe no me mata a mí si no yo mismo; empero, ¿qué haré agora?». Dijo Calila: «Dime tú: ¿qué es el tu consejo?». A esto dijo Dimna: «Dígote de mí, que yo no quiero demandar mayor honra de la que había, ni mayor lugar del que tenía; mas quiero buscar arte para tornar en mi dignidad. Ca tres cosas son en que debe hombre parar mientes: en el daño y en el pro, en el tiempo que es pasado, por tal que se guarde de haber daño y pugnar de obrar el pro; y catar otrosí las cosas en el tiempo en que está, por atener a las que le placen, y huir de las que se despaga. Otrosí en el tiempo que es por venir debe parar mientes, por esperar la pro, y huir el daño y el mal. Y yo, parando mientes en mi hacienda, no fallé cosa que mejor me sea que guisar como pierda la vida Senceba, y que si yo lo pudiere guisar, que cobre mi estado en que era con el rey. Y quizá será esto bien para el león, ca este soberano amor quél ha con Senceba, es cosa que le está mal, y que le traban en ella mucho, y ha le de ser despreciado».

Dijo Calila: «Yo no veo que por Senceba venga al león pro ni daño». Dijo Dimna: «Acaece al rey por razón de la mala andancia perder los leales vasallos y los buenos defensores; y acaece por razón de la guerra, contienda y discordia entre los hombres; y acaece por razón del vicio amar las mujeres, y las hablas, y beber, y cazar, y tales cosas; y acaecel por razón de la crueldad denostar y herir sin mesura; y acaecel por razón del tiempo sequedad, y mortandad, y pestilencia, y perderse los frutos; y acaecel por razón de la sandez usar braveza en lugar de mansedumbre y mansedumbre en lugar de braveza; y el león es muy ayuntado a Senceba atanto que lo hace su igual». Dijo Calila: «¿Cómo puedes tú matar a Senceba, y es más valiente que tú, y más fuerte, y ha más mando, y ha más vasallos y más amigos?». Dijo Dimna: «No cates a eso, ca todas las cosas no se hacen por fuerza, y algún flaco llegó con su faldrimiento, y con sus artes, y con su enseñamiento, a lo que no pueden hacer muchos fuertes y muchos valientes. ¿No te dijeron de cómo mató un cuervo a una culebra con su arte y con su ensañamiento y con su suavidad?». Dijo Calila. «¿Y cómo fue eso?».

El cuervo y la culebra

Dijo Dimna: Dicen que un cuervo había su nido en un árbol en el monte, y había cerca dél una cueva de una culebra. Y cada que sacaba los pollos comíaselos la culebra. Y después que se lo hubo hecho muchas de veces, hubo el cuervo muy gran cuita, y querellóse a un su amigo de los lobos cervales, y dijo: «Quiero ir a la culebra y picarle he los ojos, y por ventura quebrantárselos he; y si tú me lo aconsejares, habré esperanza de holgar». Díjole su amigo: «¡Ay qué mala arte es esa que tú cuidas hacer! Trabájate de él, porque hayas lo que quieres, y que no haga ella mal. Y guárdate que no seas tal como la garza que quiso matar al cangrejo y mató a sí se». Dijo el cuervo: «¿Cómo fue eso?».

La garra, las truchas y el cangrejo

Dijo el lobo cerval: Dicen que era una garza, y había hecho su nido en una ribera muy viciosa, do había muchas truchas. Y envejeció y no podía pescar, y hubo hambre, y trabajóse de engañar aquellas truchas y aquel pescado, y demostró muy gran tristeza y cuidado. Y viola un cangrejo de a lueñe. Vínose para ella, y díjole: «¿Qué has que estás triste y cuidosa?».

Dijo ella: «Más mal que bien solía vivir de las truchas, y acaeció hoy que vi dos pescadores venir a este nuestro lugar, y dijo el uno al otro: "¿Por qué no echamos alguna vez la red aquestas truchas que son en aqueste lugar?"». Dijo el otro: «Más vayamos a un lugar que yo sé, do hay muchas truchas, y comencemos y, y desí vengamos acá y abarrer las hemos». Y yo sé que si ellos hubiesen ya acabado de pescar aquellas a que fueron, que ya tornados serían; y no fincaría aquí ninguna que las no pesquen, y en esto es mi muerte, y mi desfallecimiento.

Y fuese el cangrejo a todas las truchas y pescados, y hízoselo saber. Y viniéronse todas para ella, y dijéronle: «Venimos nos; para ti que nos aconsejes, ca el hombre entendido no deja de aconsejar con su enemigo seyendo de buen consejo en las cosas que se puede del ayudar. Y en vivir nos, has tú pro; y bien puedes aconsejarnos». Díjoles: «Nos no le podemos contrastar; mas yo sé un lugar de un piélago muy grande, do ha mucha agua y mucho bien. Y, si vos quisierdes, vayamos nos allá, ca en esto vos yace pro y salud». Dijeron ellas: «¿Y quién nos hará este bien si no tú?». Dijo ella: «Hacerlo he a honra de vos». Comenzó a levar dellas dos a dos cada día, y levábalas a una ribera y comíalas. Y vínose a ella el cangrejo y díjole: «Yo miedo he en este lugar, y si tú me levares harías bien». Llevólo hasta que llegó al lugar do las comía, y vido el cangrejo las espinas de las truchas ayuntadas. Entendió que ella las comía y que otro tal quería hacer a él, y dijo en su corazón: «Cuando el hombre se falla con su enemigo en los lugares do sabe que lo matará, debe lidiar con él por honra o por guarda de sí, quél pueda vencer o no; y no se le humille ni se le meta en poder». Y trabó con sus tenazas al cuello de la garza, y apretóla tanto que la mató. Desí tornóse el cangrejo a las truchas, y díjoles las nuevas de la garza y de las truchas que llevaba cada día y las comía, y que la había muerta; y moraron se en su lugar.

Y yo no te di este ejemplo si no por que sepas que algunas artes son que matan al que las hace; mas vete volando por el aire y busca algunas sartas, y pues que las vieres, rebátalas a ojos de los hombres. Desí vuela con ellas, y no traspongas de la vista, ca te seguirán. Y cuando llegares a la cueva de la culebra, échaselas de suso, y los hombres tomarlas han, y matarán a la culebra. E hizo el cuervo lo que le aconsejó el lobo cerval, y tomó las sartas, echólas a la puerta de la culebra que dormía, viéndolo los hombres. Y pues que hubieron tomado las sartas y vieron la culebra, matáronla, y holgó el cuervo della.

Dijo Dimna a Calila: «Y no te di este ejemplo si no por que sepas que las artes hacen por ventura algunas cosas que la fuerza no puede hacer».

Dijo Calila: «Si Senceba, como es fuerte y valiente, no fuese de buen seso, sería así; mas aun de más de la valentía que te dije que ha en sí, es muy bueno y sabio y de buen consejo». Dijo Dimna: «Verdaderamente tal es Senceba como tú dices; empero es engañado en mí y fía por mí, y por esto lo puedo yo engañar y aterrar sin falla, así como hizo la liebre al león». Dijo Calila: «¿Y cómo fue eso?».

La liebre y el león

Dijo Dimna: Dicen que un león estaba en una tierra viciosa, do había muchas bestias salvajes, y agua, y pasto. Y las bestias que estaban en esa tierra estaban muy viciosas fueras por el miedo que habían del león. Y ayuntáronse todas las bestias, y tomaron consejo. Y viniéronse para el león, y dijéronle así: «Tú no puedes comer de nos lo que tú quieres, a menos de lazrar; y nos vimos un consejo que es bueno para ti y holganza para nos de la laceria en que estamos, si tú nos quieres asegurar de tu miedo». Dijo el león: «¿Qué es ese consejo?». Dijeron las bestias: «Haremos contigo pleito, que te demos cada día una bestia de nos, que comas sin laceria y sin trabajo, y que nos asegures que, no te hayamos miedo de noche ni de día». Y plugo al león desto, y asegurólas e hizo les pleito.

Y acaeció un día a una liebre que la levasen al león. Y queriendo la levar, dijo a las otras: «Si me quisiéredes escuchar, decir vos he cosa que vos no sería daño y vos será pro. Cuidar vos hía sacar desta premia deste león y estorcería yo de muerte». Y dijéronle: «¿Qué es lo que quieres que hagamos?». Dijo la liebre: «Mandad a quien me levare para él, que me lleve muy paso y que no me lleve aprisa, y que tarde tanto hasta que pase la hora del comer del león». E hiciéronlo así. Y cuando fueron cerca del león fue la liebre señera muy paso, y el león estaba sollón y muy sañudo; y levantóse y comenzó de andar y de catar a diestro y a siniestro, hasta que vido la liebre venir. Y díjole: «¿Dónde venís y do son las bestias, y por qué me mintieron el pleito que habían conmigo puesto?».

Y dijo la liebre: No mande Dios, señor; yo só mandadero de las bestias para vos, y traía vos una liebre que vos enviaban que yantásedes. Y ya que venía cerca falló me un león y tomómela, y dijo: «Mayor derecho he yo de comer esta liebre que el otro a quien la levades». Y díjele yo: «Mal hacedes, que este conducho es del león, que es rey de las bestias, que se lo envían para yantar; pues consejo vos que no me lo tomedes ni hagades ensañar al león; si no habredes ende mal». Y él no lo dejó de tomar por eso, y denostó vos cuanto pudo, y dijo que quería lidiar convusco, maguer sodes rey. Y cuando yo vi esto, vine para vos cuanto pude por vos lo querellar. Y el león cuando lo oyó asañóse, y dijo a la liebre: «Ve conmigo y muéstrame ese león que dices».

Y la liebre fuese a un pozo en que había muy clara agua y era muy fondo que podría bien cubrir al león. Y díjole: «Este es el lugar que vos dije, mas tomadme so vuestro sobaco, y mostrar vos lo he». Y hízolo así. Y él cató al fondo del pozo, y vio su sombra y la de la liebre en el agua. Y puso la liebre en tierra y saltó en el pozo por lidiar con el león, no dudando quél era el león, y ahogóse en el pozo. Y tornóse la liebre, y estorcieron las bestias del miedo en que eran, y fincaron seguras por siempre.

Dijo Calila: «Si tú pudieres matar a Senceba sin daño del león, hazlo; ca la su privanza nos ha hecho mal a nos y a los otros vasallos. Y si lo no pudieres matar si no quebrantando la fe del león, no lo hagas; ca sería traición de nos y de ti, y deslealtad y maldad».

Desí dejóse Dimna de entrar al león unos días; y después vínose para él, estando en su cabo, y entró triste y marrido. Dijo el león: «¿Qué te tuvo desque te no vi; acaecióte al si bien no?». Dije Dimna: «Dios vos dé vida, señor; acaeció cosa que no querríades vos ni nos». Dijo el león: «¿Y qué fue?». Dijo Dimna: «Razón es que se ha de decir aparte». Dijo el león: «Pues este lugar es apartado y retirado, decirme has lo que sepas». Dijo Dimna: «Todo dicho que se recela dél el que lo oye y atrévese a él el decidor es gran locura, si no es seguro de su seso de aquel a quien lo dice; ca si fuere sesudo sufrir lo ha y honrar lo ha por ello, ca la pro suya es, y el decidor no ha y pro ninguna, y a las veces viene dello daño. Y vos, rey, señor, sedes de gran seso y de buen consejo, y yo vos diré cosa que vos pesará. Y fío por vuestro saber en vos yo aconsejar y vos amar maguer me dice mi alma que no me creeredes. Mas cuando yo me remiembre que las nuestras almas de todas las bestias son colgadas de la vuestra, no puede ser que no haga lo que debo, maguer no me lo preguntedes y maguer me yo tema que no me lo creades. Ca dicen que el que no desengaña al rey de su daño, y el que encubre a los físicos su enfermedad y a los amigos su hacienda, a sí mismo engaña».

Dijo el león: «¿Qué es eso?». Dijo Dimna: Díjome el fiel verdadero que Senceba se apartó con los caudillos de tus vasallos, y que les dijo: «Yo he estado en compañía del león, y probé su consejo y su valentía, y vi que era flaco, y ya hubimos entre él y yo palabras». Y pues que esto me dijeron, entendí que era traidor y falso; ca lo honraste tú, y lo privaste, y lo hiciste tu igual. Y si a ti tollere de tu lugar, a él darán el reinado; donde no debes dejar esto; ca dicen que cuando el rey sabe que algunos de sus pueblos se quieren hacer sus iguales en consejo, y en dignidad, y haber compañía, mátelos, o sin no, ellos matarán a él.

Y yo tengo por bien que guises de escarmentar éste ante que se apodere, y no lo detardes, ca después no podrás acorrer ni podrías vedar lo que es ende ya hecho. Y dicen que los hombres son de tres guisas: el uno es enviso, y el otro es delibre, y el otro es perezoso. Y el delibre es aquel que si le acaece alguna tribulación no desmaya, ni pierde el corazón, mas entremétese en arte y seso y buen ingenio con que espere de salir y de estorcer de aquello en que es caído; y el enviso es mejor, y de mejor consejo que se apercibe de las cosas ante que le acaezcan, y escoge dellas lo que debe con buen consejo, y quebranta la malicia ante que le venga, y taja el miedo ante que él acaezca; y el perezoso es aquel que es tardinero en su hacienda, que siempre está en aseguranzas mintrosas hasta que le acaece la tribulación y perece. Y el ejemplo déste es tal como de las tres truchas. Dijo el león: «Y ¿cómo fue eso?».

Las tres truchas

Dijo Dimna: Dicen que había en un piélago tres truchas, y la una había nombre Anvisa, y la otra Delibre, y la otra Perezosa, y vivían en un piélago muy apartado que ninguno no lo sabía.

Y acaeció que pasaron por allí un día dos pescadores, y aplazaron de tornar a ellas y echar allí sus redes, y ellas viéronlos. El anvisa cuando los vio, sospechólos, y húboles gran miedo, y trabajóse de usar de su envisidad, y sallóse luego del lugar por do entraba el agua al piélago. Y la delibre estúvose en su lugar hasta que se ellos tornaron. Y cuando vio que eran tornados, y que habían cercado la entrada del piélago, entendió lo que querían hacer. Y dijo en su corazón. «No hice lo que debía. Esta es la cima del que no faz lo que debe. ¿Cómo me delibraré agora estando desta guisa? Y pocas veces estuerce por arte el que está en peligro de muerte; empero el entendido no se desespere en ninguna guisa, ni deje de hacer su seso y trabajarse en estorcer». Y hízose muerta, y comenzó de nadar sobre el agua el papo arriba, y ellos tomáranla en cuenta de muerta, y pusiéronla entierra no muy lueñe del agua, y ella saltó, y metióse y, y estorció dellos. Y la perezosa no quedó de ir delante y atrás hasta que la pescaron. Y yo, señor, dóte por consejo de ser anviso.

Dijo el león: «Entendido he lo que dijiste, mas no cuido que Senceba me buscase mal, conociéndome por leal, y haciéndole yo bien, y honrándolo». Dijo Dimna: «No se lo hará hacer si no el gran bien que le tú hiciste, y por que no dejaste bien que le no hicieses, ni gran dignidad a que le no pujases, así que le no fincó cosa a que ya puje, ni que espere haber, si no tu lugar. Ca el hombre vil, desconocido, siempre es leal y provechoso, hasta que le alcen a la medida que no merece; y cuando esto ha hecho, busca más alto lugar con engaño y con falsedad. Ca el hombre falso, vil, no sirve al rey, ni le es leal siervo si no por miedo que ha dél o por que lo ha menester. Y pues que es ya enriquecido y seguro, torna a su raíz o a su sustancia; así como la cola del can, que mientras que está atado tiénela derecha y cuando lo desatan tórnase como era, corva tuerta. Y sepas, señor, que el que no cree a sus leales vasallos, e hiciese más de lo que ellos tienen por bien, no llegará a cima de su consejo, y será tal como el enfermo que deja lo que le dice el físico, y toma lo que ha sabor.

»Y el privado del rey debe aconsejarle, lo más lealmente que pudiere, lo que le estará bien, y lo que hará pro, y débele redrar su mal; ca el mejor de los amigos es el que más lealmente conseja a su amigo, y el mejor de los hechos es aquel que ha mejor cima, y la mejor de las mujeres es la que es avenida con su marido, y la mejor fama es la que se dice por boca de los buenos, y el más noble rey es aquel que no es rabinoso ni acedado, y el mejor de los ricos es el que no es siervo de la codicia, y el mejor compañero es aquel que no contradice, y la mejor de las costumbres es aquella que más ayuda a temer a Dios. Y dicen que si algún hombre hiciese cama de las víboras, por mayor holgura lo habría que no temerse del enemigo que amanece y anochece con él. Y el más perezoso rey es aquel que se da a vagares cuando le viene la cuita; y el que más semeja al elefante joven es aquel que no torna cabeza por ninguna cosa que haya de pesar, ni la tiene en nada y se deja de hacer su pro, y echa la culpa a su privado».

Dijo el león: «Broznamente me has hablado, y esto debe ser sufrido al leal consejero. Y si Senceba fuese mi enemigo como tú dices, no me podría mal hacer; y ¿cómo lo podría hacer? Ca él come yerba y yo como carne, y él es mi comer y yo no só suyo. Y no me semeja qué daño ni pesar me venga dél, ni fallo carrera a hacerle traición después que le he atreguado y honrado, y he dél dicho muy gran bien a los mayorales de mi corte. Y si esto yo mudare será gran vergüenza y gran torpedad de mí y haría gran traición».

Dijo Dimna: «No seas engañado en decir mi comer es; ca Senceba, si te no pudiere hacer traición y mal por sí, guisaría de te lo hacer por otri». Y dicen: «Si posare contigo algún huésped una hora del día, y tú no conocieres sus costumbres, no te segures dél; y guárdate, no te venga por él lo que avino al piojo por hospedar a la pulga». Dijo el león: «¿Cómo fue eso?».

El piojo y la pulga

Dijo Dimna: Dicen que un piojo estaba muy vicioso en un lecho de un rico hombre, y había de su sangre cada día cuanta quería, y andaba sobre él muy suavemente, que lo no sentía él. Desí fue así hasta que le demandó una pulga una noche hospedado, y él hospedóla, y díjole: «Albergad conmigo esta noche en sabrosa sangre y mullido lecho». Y la pulga hizo lo así, y albergóse con él. Y en echándose el hombre en su lecho mordióle la pulga muy mal, y él sintiólo y levantóse del lecho y mandó sacudir su sábana, y catar si había alguna cosa; y saltó la pulga, y estorció a una parte, y fallaron al piojo mal andante, y tomáronlo y matáronlo.

Y yo no te di este ejemplo si no por que sepas y entiendas que el mal hombre siempre está aparejado para hacer mal, así como el alacrán que siempre está aparejado para herir. Y si no temas de Senceba, témete de sus vasallos, que ha hecho atrevidos contra ti, y te ha homiciado contra ellos. Empero bien yo sé quél no lidiará contigo, mas hacer lo ha por otros.

Y al león cayóle esta palabra en el corazón, y dijo a Dimna: «¿Pues qué tienes por bien que haga?». Dijo Dimna: «El que ha el diente podrido, que le hace doler, nunca huelga hasta que lo saca; y la vianda mala que hace fastidio, no huelga el hombre della hasta que la eche; y el enemigo cuyo daño es temido, no ha otra melecina si no en lo matar». Dijo el león: «Mucho me has hecho aborrecer la privanza de Senceba, y yo enviar le he decir lo que tengo en el corazón, y mandarle he que se vaya do quisiere; ca no lo quiero matar por guisa del mundo, después que le di aseguranza y juré que le no haría mal». Y a Dimna pesóle desto y sopo que si el león hablase con Senceba, y oyese su respuesta y su excusaza, que lo no culparía y que lo creería, y que entendería que Dimna le mintiera, y que se no podría encubrir este hecho.

Dijo Dimna: «En enviar tú al buey mandado a decirle en qué pecó, no lo tengo, señor, por consejo; ca si él entendiere que esto tienes a corazón, témome que lidiará contigo, o que te contrastará, o guisará como estuerza de ti. Y si lidiare contigo, lidiará muy apercibido, y si se partiere partir se ha a su mejoría, y tú fincarás escarnido. Y el apercibido de los reyes no debe decir la justicia que debe hacer del hombre culpado, y cada culpa ha su justicia; a la culpa de puridad hacer justicia de puridad, y a la que es fecha concejeramente, debe hacer la justicia concejeramente». Dijo el león: «El rey, cuando justicia a alguno o lo deshonra por cosas que sospecha dél de que no es bien cierto, desí falla que no es así como lo dijeron, así mismo lo faz. Y yo no só bien cierto del pecado de Senceba, ni sé ende si no lo que tú me dijiste». Dijo Dimna: «Pues que así tienes por bien, no entre Senceba si no seyendo tú apercibido, ni busque sazón en que te engañe. Y yo tengo que si tú lo hubieses visto, entenderías y sabrías que gran cosa cuida cometer; y algunas de las señales desto son éstas: que verás temblar sus miembros, y catando a diestro y a siniestro, y enderezando sus cuernos así como que cuida pujar». Dijo el león: «Yo tomaré tu consejo, y si yo viere en él lo que tú dices, no dudaré en ello».

Y pues que hubo Dimna acabado de decir al león lo que le dijo, y le metió en el corazón lo que quiso, pensó de irse para Senceba, por enrisarlo contra el león. Y quiso que fuese la ida por mandado del león, porque si por ventura el león supiese como él hubiese hablado con Senceba, que no sospechase, en manera que se no descubriese la grande enemiga que él guisaba. Y dijo así: «Señor, ten por bien que yo vaya a Senceba por ver cómo está, y oír lo que dice, y por aventura sabré algo de su hacienda, y de lo que ha en corazón, y hacértelo he saber, por que seas apercibido». Dijo el león: «Bien es; vete y hazlo». Y el falso fuese y cuando llegó a la posada del buey, recibióle muy bien. Y dijo Dimna: «¿Cuándo fue nunca bien a aquel que su talante no manda, y su hacienda es en mano ajena y en poder de otro, por quien no debe confiar, y de que siempre se teme, atanto que una hora sola nos es hombre seguro dél?». Dijo Senceba: «¿Qué es eso, amigo?». Dijo Dimna: Acaeció lo que había de ser; ¿y quién es aquel que puede contrastar a lo que ha en aventura, o quién es aquel que sube en gran lugar o en gran dignidad, que fuese seguro que malamente no lo matasen, o quién aseguró su saber que no pereciese, o quién pidió a los viles algo que sin ello no tornase, o quién hizo compañía con los malos que bien escapase, o quién sirvió bien al rey que su bien hacer le durase? Y qué gran verdad escribió el que dijo: «Tales son los reyes en tener lealtad a sus vasallos como la mala mujer, que desque se parte hombre della y le viene otro, olvida el primero; y nunca quien sirviese al rey que su estado le durase». Y dijo Senceba: «Yo te oigo decir tales palabras, que tengo que algunas cosas malas entendiste del león». Dijo Dimna: «Así es, empero no es por mí; y tú sabes que verdad te debo decir, y qué fe y qué amor ha entre nos, y qué promisión te hice cuando me envió el león a ti. Y yo no puedo estar que te no guarde, y que lealmente no te aconseje, y que te no descubra lo que sope de las cosas, porque temo que morrás». Dijo Senceba: «¿Y qué es eso?».

Dijo Dimna: Denuncióme el mandadero fiel y verdadero quel león dijo a algunos de su compañía: «Mucho só pagado de la grandez de Senceba y codíciolo mucho comer y partir con vosotros». Y pues que esto me dijeron, entendí que era que es desconocido y traidor, y víneme para ti por te lo hacer saber, y cumplir el derecho que debo, y que guises tu hacienda por tu vagar. Y pues que hubo Senceba esto oído, y se nombró del homenaje quel hiciera en su hacienda del león, y cuidó que le había dicho verdad y que le aconsejara lealmente, entristeció, y dijo a Dimna: «No me debe el león hacer traición, no le habiendo yo nunca errado a él ni a ninguno de sus vasallos, mas bien cuido que alguno me ha mezclado con él a tuerto y le han metido en mi hacienda; ca se acompañan con él muchos malos de que yo probé cosas que él cree más que lo que le dijeron otros. Ca la compañía de los malos hace al hombre dudar en los buenos; y él, escogiendo por buenos a los malos, hace ser sospechados a los leales consejeros, y hácelo su mal recaudo errar, según erró el ánade que vio en el agua la luz de una estrella, y cuidó que era trucha, y entremetióse de la pescar, y cuando vio que no era nada, dejóla; y otro día vio un pez en el agua, y cuidó que era como de ante viera, y dejóse de la buscar».

El ánade y la Luna

Y si al león dijeron de mí alguna mentira y él lo tuvo por verdad, y creó lo que le dijeron de mí, es con guisa; y si no le acaeció por ende mal, y me quiere matar sin culpa, desto me maravillo. Y maravíllome más en yo querer haber su gracia y ser a su placer, y él no lo querer. Y maravíllome otrosí de le yo querer obedecer, y estorbarme siempre de lo no contrallar, le ensañarse él y airarse contra mí. Y cuando la mezcla es por algún achaque o por alguna razón, ha el hombre esperanza de perdón. Y yo estoy pensando y no sé qué culpa fuese de mí al león, ni pequeña ni grande. Y por buena fe no sabe el hombre qué vida haga con otro de, quien se haya de guardar en todas cosas, así que no fallezca en alguna cosa. Mas el hombre de buen seso y leal, piensa y cata cuamaño es el yerro, querer sea a sabiendas querer no, y si le estará mal o si le hará daño perdonándolo, y no le comprender luego por el pecado que falla carrera de lo perdonar y de lo preciar. Donde si yo yago en alguna culpa al león a sabiendas, no sé por ventura si es por que fue contra él en algunas cosas de su consejo por guarda dél y por le ser leal, ca por ventura dirá hombre no, cuando querría el señor dijese hombre sí; y dirá hombre sí, cuando querría que dijese no; y no me siento en esto vencido, ca no lo hacía yo esto si no por su pro y a buena estancia dél, y no se lo decía yo concejeramente delante sus caballeros ni delante sus privados, mas apartábame con él así como quien lo mete en culpa y lo sosiega y lo amansa.

Y si cualquier de los vasallos al señor, o de los físicos al enfermo, o de los teólogos de la ley al que se conseja con ellos, si consienten a sus sabores y no les dicen la verdad de lo que les podría venir, no lo aciertan bien y métense a gran carga. Y si esto no es por alguna de las beodeces de los reyes, no sé por qué sea, ca una de las sandeces de los reyes es ésta: recibir en su gracia al que no lo merece, y airarse contra el que merece gracia sin razón manifiesta. Y por ende dicen que a peligro se mete el que mucho entra en la mar, y mayor, el que ha afacimiento con el rey; ca maguer que lo sirva bien y leal y derechamente y con amor, en lugar le da salto que nunca más alza cabeza, y con todo esto está a peligro de muerte maguer que lo honre. Y por aventura por la verdad que yo debo al león y porque le sirvo lealmente me han algunos vuelto con él, y esto lo trae a quererme matar; ca muchas veces acaece que el buen árbol tanto carga de su buen fruto que se pierde con ello; y el pavón que es la cola lo mejor que ha en él, pesgale alguna cosa tanto que cuando lo buscan tómanlo más aína; y el buen caballo por ventura tanto lo cabalgan y lo afrentan, porque es fuerte, hasta que se quebranta y revienta. Y el hombre de noble corazón, por ventura tanto pasan contra él los malos con su envidia, hasta que lo matan, y su bondad es causa por que perezca; ca los malos son más que los buenos en cada lugar. Y pues que lo quieren mal y se hacen contra él, con guisa es que lo maten; y si por esto no es, puede ser por la ventura de que se ninguno no puede amparar. Ca ella tuelle al león su fuerza hasta que lo toman y lo meten en el arca, y ella hace al hombre flaco cabalgar sobre el elefante, y apodera al encantador sobre las víboras así que les saca los dientes y juega con ellas, y trae a hombre entendido hasta la muerte, y ella hace al sabio mal andante, y alegra al codicioso, y festina al tardinero, y hace al muy escaso rico y abundado, y empobrece al rico, y esfuerza al cobarde y encobarda al esforzado, y hace otra tales cosas que corren con las aventuras todavía por su sazón en que fue aventurado.

Dijo Dimna: «Lo que te el león tiene en corazón de hacer no es por ninguna cosa de cuantas dijiste, mas es por su traición y por su falsedad; ca es falso y engañoso, y es dulce al comienzo y en la fin amargo y tósigo mortal». Dijo Senceba: «Bien dices verdad, y por buena fe yo hube gustado la dulzor, y hube sabor della, y veo que soy llegado a la amargor en que yace la muerte, y por la tribulación que había en parte de haber. Ca ¿quién me metió en compañía con el león, él comedor de carne y yo comedor de yerba, si no entremetiéndome yo con codicia y con gula? Ca éstas me echaron en esta tribulación. Y só en esto como la abeja que se asienta en la flor del nenúfar y págase della, y olvida la hora en que se debe volar, y cierra sobre ella la flor, y muere, ca se abre cuando nace el Sol, y se cierra cuando se pone. Y el que no se paga en este mundo con lo que le abunda, y tiene todavía ojo a las cosas soberanas, y no se teme que cima hará, es tal como la mosca que no se tiene por pagada de los árboles y de las flores hasta que va buscar el agua que corre del oreja del elefante, y él hiérela y mátala.

»Y quien ofrece su lealtad y su femencia a quien se lo no agradece, es tal como el que siembra su simiente en los gamonales y en los tremedales, y como el que da consejo al que se tiene por de acabado consejo, o como el que predica al sordo, que se no oirá». Dijo Dimna: «Déjate desto y guisa cómo estuerzas». Dijo Senceba: «¿Qué cosa haré si el león me quisiere matar? Ca yo bien conozco al león y a sus costumbres, y entiendo muy bien que no, se camiaría contra mí si no por malos consejeros que me buscaron mal con él. Y sé que si me quisiere matar que lo puede hacer maguer él fuese fuerte y ellos flacos, así como hicieron el león y el cuervo y el lobo cerval al camello, cuando lo engañaron y se ayuntaron contra él». Dijo Dimna: «¿Cómo fue eso?».

De lo que pasó al camello con el león y sus compañeros

Dijo Senceba: Dicen que un león, estaba en un valle, cerca del camino, y había tres vasallos: el lobo, y el abnue, y el cuervo. Y pasaron por y unos mercaderes, y dejaron y un camello, y el camello entró al valle hasta que llegó al león. Dijo el león: «¿Quién te metió aquí?». Dijo el camello su hacienda. Dijo el león: «¿Pues qué quieres?». Dijo el camello: «Lo que tú mandares». Dijo el león: «Si me quisieres servir y vivir conmigo mucho me place, y dóte aseguranza por mí y por mi compañía, que vivas muy vicioso y muy seguro». Y vivió el camello con él un tiempo, hasta que acaeció que fue el león un día a cazar que comiese, y hallése con un elefante, y hubo con él gran lid, y llagólo el elefante con sus colmillos muy mal. Y tornóse el león su sangre corriendo y rastrando, hasta que llegó a su lugar, y cayó como muerto, que se no podía mover para cazar para él y para sus vasallos. Y ellos hubieron hambre; y entendiólos el león y díjoles: «Mucho, sodes lazdrados, y menester habedes de comer». Dijeron ellos: «No habemos cuidado de nos, veyéndote desta guisa estar, y querríamos nos buscar alguna cosa que te tuviese pro, aunque nos hubiésemos un poco de lacerio». Díjoles el león: «No he duda en vuestra lealtad, y en vuestro amor, y en vuestro buen consejo, y buen galardón hayades ende. Derramadvos aquí en derredor, y por ventura hallaredes alguna cosa, y venir me lo hedes decir, y quizá habré algo para mí y para vos».

Y salieron ende y apartáronse y cerca, y aconsejáronse entre sí, y dijeron: «¿Qué pro habemos deste camello que come yerba, y que no es de nuestro talle, ni de nuestra natura, ni de nuestro seso? ¿Por qué no afeitamos al rey que lo coma, y pongamos se lo en rahez?». Dijo el lobo: «No hay guisa por que se esto diga, por la seguridad y pleito homenaje que le hizo el león». Dijo el cuervo: «Sed vos aquí, y dejad me con el león». Y fuese y entró al león. Cuando lo vio el león díjole: «¿Qué has? ¿Sentisteis algo?». Dijo el cuervo: «No falla si no quien busca, ni ve si no quien ha ojos, ni piensa si no quien ha entendimiento; y nos perdido habemos esto con la hambre que habíamos, y la cuita que éramos. Mas habemos pensado una cosa, que si tu atorgares connusco, habremos algún vito tú y nos». Dijo el león: «¿Y qué es?». Dijo: «Comamos este camello que anda entre nos delicioso sin pro, que ni es de nuestra natura ni de nuestro talle».

Y ensañóse el león y dijo: «¡Confúndate Dios, cómo eres de mal seso, y qué poca piedad has, y qué alongado eres de lealtad! Y tú no debes parar ante mí con tal dicho. ¿No sabes tú que yo he atreguado al camello, y que le he afiado, y que no ha ninguno que haga algún limosna de alguna cosa, maguer muy grande sea, que mayor galardón haya que dejar a vida algún alma medrosa, y reposar la sangre que era de verter? Y yo atregüé al camello, y no haré traición ni aleve». Dijo el cuervo: «Verdad es, señor; mas con un alma se redime una casa, y con una casa se redime un linaje, y con un linaje se redime una ciudad, y con una ciudad se redime un rey. Y vemos que estás en gran cuita, que eres rey, y yo te daré carrera como salgas del pleito y homenaje que hiciste al camello sin rebto alguno; que yo haré al camello que te ruegue que lo comas por sí, y tú saldrás por muy leal, y habrás lo que quisieres tú y nos».

Y el león calló, y el cuervo tornó para sus compañeros, y dijéronle: «¿Qué hiciste?». Y él díjoles lo que al león dijera, y qué respuesta le diera, y preguntóles cómo y en cuál guisa lo haría, que el león no entraría en la traición, ni la mandaría hacer. Dijéronle: «Por tu artería cuidamos vivir». Dijo: «Tengo por bien que nos ayuntemos nos y el camello, y hablemos de su estado del león, y de cómo está lazrado y cuidado, por mostrar que nos dolemos dél, y que habemos codicia de le hacer alguna pro, por tal que no nos tenga por mal y por desconocimiento; y lleguemos nos a él, y agradezcamos le su bien hacer, y aun que lo habemos por muy bueno, y como vivimos en su sombra, y de como ha de menester que se lo agradezcamos y que le seamos leales; y que si le pudiésemos traer alguna pro que no fincaría por nos, ni se lo callaríamos; y que si se lo no pudiéremos hacer, que le ofrezcamos nuestras almas, y que nos le mostremos delante, y digan cada uno de nos: coma a mí el rey, y no muera de hambre. Y cada que lo dijere alguno de nos, recúdale el otro con alguna razón tal, que sea excusación por que estuerza, y en esto haremos nuestro derecho».

E hicieron lo así, y el camello otorgó con ellos. Y viniéronse para el león, y ayuntáronse antél; y comenzó el cuervo a hablar, y dijo: «Señor, tú eres lazrado y enflaquecido, y has menester algún cobro por que te mantengamos. Y nos debemos te mantener con nos mismos, y ofrecernos te por el bien y por la merced que nos hiciste, ca por ti vivimos nos, y por ti esperamos que vivan los que fincaren de nos, y los que vinieren de nos. Y si tú murieres a ninguno de nos no le ha pro después de ti en vivir. Y yo ofrézcote mi cuerpo, y cómeme y no mueras de hambre». Recurrieron el lobo y el abnue, y dijeron: «Calla, no te ha pro en te desamparar a muerte, y no habiendo el rey en ti hartura». Dijo el lobo: «Mas coma a mí, y hartar se ha, y abundar le ha mi carne». Dijeron el cuervo y el abnue: «Calla, astroso; ¿no oíste decir que el que se quiere matar que coma carne de lobo, y le tomará postema a la garganta, y morrá luego?». Dijo el abnue: «Mas coma a mí, y será mejor que a ti». Y dijeron el lobo y el cuervo: «¿Y cómo combrá a ti? Ca tú sabes que hueles muy mal, y has el vientre lijoso». Y en esto cuidó el camello mezquino que cuando él dijese como dijeron los otros, que lo excusarían por que estorciese como ellos, y que sería pagado el león como se pagó dellos otros, y dijo: «En mí has hartura cuanto quieras, ca mi carne es muy buena y alba y sana, y el mi vientre es muy limpio, y no ha en mí tacha ninguna». Y ellos todos dijeron: «Verdad dijiste, e hiciste lealtad contra el león, y Dios te dé buen galardón por ello, ca hecho has lo que debías». Y saltaron en él todos, y matáronlo y comiéronlo.

Y yo no te di este ejemplo si no porque sé que si el león y sus compañeros acordaron en mi muerte, maguer contra su voluntad y contra su voluntad dél sea, que lo podrán hacer y acabar lo que quisieren en mí. Y dicen que el que mejor rey es semeja al buitre, que tiene en derredor de sí las bestias vivas y no cura dellas, y búscalas muertas, por que se paga dellas más que de otra cosa; ca los buitres siempre se ayuntan a las bestias muertas. Y puesto quel león no me pensase mal, usando con él los malos consejeros, habíalos de escuchar y hacer por ellos. Tú ves que el agua es más blanda que la piedra, y si mucho atura corres por ella, a poco tiempo hace en ella rastro.

Dijo Dimna: «¿Qué es lo que quieres hacer?». Dijo Senceba: «No me semeja qué he de hacer, si no convidar al león a lit; ca ni el religioso por sus oraciones, ni el limosnero por sus limosnas, ni el que teme a Dios por su simpleza, no ha tanto galardón como aquel que se ampara si quiera una hora del día, manteniendo la verdad, y su enemigo mentira. Ca que manifiestamente tiene la verdad, si lo matan vase a paraíso, y si él mata, vence y sale por bueno». Y dijo Dimna: «No se debe ninguno meter a peligro, pudiendo estorcer; ca si muere pierde su alma y peca, y si vence es ventura. Mas el hombre de buen entendimiento pone la lid en fin de todas sus artes. Y dicen: "No desprecies al enemigo flaco y deshonrado, y más si fuere artero; cuanto más el león, que es tan atrevido y tan fuerte como tú sabes". Ca quien menosprecia hacienda de su enemigo y lo tiene en nada, acaécele lo que acaeció al mayordomo de la mar con la ave que decían tittuy». Dijo Senceba: «¿Cómo fue eso?».

Los tittuy y el mayordomo del mar

Dijo Dimna: Dicen que una ave de las aves de la mar, que le decían tittuy, estaba él y su hembra en una ribera de la mar; y cuando vino el tiempo del poner de sus huevos, hízolo saber la hembra al macho, y díjole: «Busca un lugar apartado en que pongamos nuestros huevos». Díjole el macho: «Pon los aquí en este nuestro lugar, ca el agua y la yerba son cerca de nos, y es nos mejor que otro». Díjole ella: «Piensa bien en esto que dices, ca a peligro estamos en este lugar. Si se la mar tendiere en este lugar, levar nos ha nuestros pollos». Dijo el macho: «No cuido que se tienda la mar sobre nos, ca sé que se teme el mayordomo de la mar que se lo vedaríamos». Díjole la hembra: «¡Cómo eres loco en esto! No has vergüenza ni conoces el bien en amenazar aquel con quien no puedes; ca dicen que no es ninguna cosa que mayor daño haga a ninguno ni a sí mismo que el hombre. Oye lo que te digo y hazlo». Y él no se quiso otorgar en aquello a que lo ella convidaba. Cuando ella vido que la no quiso creer, dijo: «El que no quiere creer a su amigo cuando lo desengaña, acaecer le ha lo que acaeció al galápago». Dijo el macho: «¿Cómo fue eso?».

Los dos ánades y el galápago

Dijo ella: Dicen que en una fuente había dos ánades y un galápago, y eran amigos por la vecindad que era entre ellos. Desí vino el tiempo que les menguó el agua y secóse la fuente. Cuando esto vieron las ánades acordaron de mudar se de aquella fuente a otra do había mucha agua y a do serían viciosas. Y vinieron para el galápago y despidieron se dél y diéronle: «Queremos nos ir deste lugar, por que nos falleció el agua». Dijo el galápago: «A vos no falleció el agua, que podedes ir donde quisierdes, mas a mí mezquino falleció, que no puedo ir convusco ni puedo guarecer sin agua. Ende vos ruego que catedes algún consejo cómo me podades levar convusco». Dijeron ellas: «Nos no le podemos hacer si no nos hicieses tal conveniencia que cuando te leváremos y te viere alguno y hablare, que no le respondas». Dijo él: «Así lo haré. Pues ¿en cuál guisa podría ser que me levásedes?». Dijeron ellas: «Morderás tú en medio de un fuste, y trabaremos nos de los cabos dél, y levarte hemos». Así plugo desto al galápago, y leváronlo volando por el aire; y viéronlo los hombres y maravilláronse, y dijeron: «Ved qué maravilla: un galápago entre dos ánades que lo llevan en el aire». Cuando el galápago esto oyó dijo: «Que vos pese». Y en abriendo la boca para hablar, cayó en tierra y murió.

Dijo el tittuy a la hembra: «Entendido he lo que dijiste; mas no temas de la mar ni le hayas pavor». Y ella puso sus huevos y sacó sus pollos. Cuando lo vio el mayordomo de la mar, quiso saber cuánto se podría guardar dél el tittuy, o qué arte haría, y diole lugar hasta que se hinchó la mar y levó los pollos y su nido. Cuando vino la hembra a requerirlos y no los falló, dijo al marido: «Bien sabía yo al comienzo deste nuestro hecho que esto acaecería, y que se nos tornaría en nada a mí y a ti, que no sabíamos cuánto valíamos; cata cuanto daño nos vino por esto». Dijo el macho: «Tú verás lo que haré en qué encimaré mi hacienda». Y fuese para sus amigos y querellóse desto y díjoles: «Vos sodes mis hermanos y mis amigos para demandar el tuerto que yo recibí; pues ayudadme a guisad como haya derecho, ca bien podría acaecer a vos lo que a mí acaeció».

Dijeron ellos: «Si así es como tú dices, derecho es que recibamos tu ruego; mas ¿qué es esto que podríamos hacer de daño a la mar y a su mayordomo?». Dijo: «Ayuntemos nos y vayamos nos a las otras aves, y digamos se lo». Y tuviéronlo por bien, y fuéronse a las otras aves y dijéronles lo que acaeciera, y apercibieron las, por que les acaecería otro tal como a él acaeciera.

Dijéronles: «Así es como vos decides, mas, ¿qué mal podemos nos hacer a la mar y al su mayordomo?». Dijéronles: «El rey de todas nos las aves es el falcón oriol; llamemos lo hasta que se nos muestre». E hiciéronlo así y mostróseles y díjoles: «¿Qué cosa vos ayuntó, y por qué me llamasteis?». Dijéronle ellas lo que les acaeciera por la mar y por su mayordomo. Dijéronle: «Tú eres nuestro señor y nuestro rey, y el poder que tú has, creemos que es más fuerte que el mayordomo de la mar; pues vete para él y ruégale que nos enmiende el tuerto que nos hizo; y si lo hiciere, y si no, aparejar nos hemos a lidiar con él». Cuando lo sopo el mayordomo de la mar, entendió su flaqueza apos la fortaleza del falcón oriol, y tornó los pollos del tittuy.

»Y yo no te di este ejemplo si no por que sepas que no tengo que es consejo que lidies con el león, ni que contiendas con él por ti mismo». Dijo Senceba: «Dígote que yo no mostraré al león enemistad, ni me camiaré de como estaba con él ni en celado, ni en paladinas, hasta que vea de lo que me yo temo». Y esto pesó a Dimna, ca sopo que si el león no viese las señales en Senceba que él dijera, que lo sospecharía. Y dijo a Senceba: «Vete, ca manifiestamente verás cuando entrares al león la fortedumbre de lo que te yo dije dél». Dijo Senceba: «¿Y cómo conoceré eso?». Dijo Dimna: «Si tú vieres al león, cuando a él entrares y lo vieres, acachado contra ti, moviendo los pechos y catándote muy firme, e hiriendo con la cola en tierra, y abriendo la boca y bostezando y relamiendo, y aguzando las orejas, sepas que te quiere matar, y apercíbete, y no te engañe». Dijo Senceba: «Si yo viere con el león lo que tú dices, no habré y duda».

Y pues que Dimna acabó de enlizar al león contra Senceba y Senceba contra el león, fuese para su hermano Calila. Y dijo Calila: «¿En qué has puesto tu obra en que trabajabas?». Dijo Dimna: «Ya cerca es de se encimar según que yo quería. No dudes ni cuides que dure la amistad entre dos amigos, si el sabio artero y tercero se entremetiere en el departir». Y fuéronse amos hasta que llegaron al león. Y vieron a Senceba que había entrado al león, y violo de la guisa que le dijo Dimna, acachado contra él, y las orejas agudas, y la boca abierta e hiriendo con la cola en tierra, y no dudó Senceba que quería, saltar en él, y fue cierto de morir. Y dijo en su corazón: «No es el que sirve al rey en cuanto se teme que lo matará rabiosamente, y que se le mudará el corazón por las mezclas de los malos, si no como quien mora con la culebra en su cueva y en su cama, o con el león en su lugar, o como quien nada en el agua do son los cocodrilos, que no sabe cuándo se ensañará alguno dellos y lo matará». Y pensó el toro en esto y aparejó se a lidiar con el león. Y católo el león y vio lo que le dijera Dimna y no dudó que se viniera si no por lidiar con él. Y saltó el león a él, y lidiaron muy fuertemente atanto que corrían amos sangre. Y mató el león a Senceba, y paró se aparte muy triste y con gran pesar pensando.

Cuando esto vio Calila dijo a Dimna: ¡Ay falso, vil, tu arte cuán mala es, y qué vil cima hizo! Ca has metido al león en afrenta y en vergüenza, y has muerto a Senceba y has derramado los corazones de los caballeros. Desí veo con tu gran locura en que te alabaste que lo harías con terrería. Y ¿no sabes quel peor consejo es aquel que hace al hombre lidiar pudiéndolo excusar, ni sabes que el hombre por ventura apoderarse ha de su enemigo do lo pudiere matar, y déjalo por miedo de no ser en ello mal andante, o entrar a peligro, habiendo esperanza, que se vengará dél de otra guisa? Y cuando el privado del rey lo conseja a lidiar en las cosas de que se puede vengar en paz, mayor enemistad le ha y mayor daño le hace que su enemigo. Ca así como alcanza a la lengua flaqueza en no decir ciertamente el pensamiento del corazón, otrosí alcanza al esfuerzo la cobardez, por el mal consejo. Ca cuando el hombre se echa a la una de estas dos cosas, no le ha la otra que hacer a la ora de la lid, ni ha el consejo ninguna mejoría del esfuerzo; ca en muchas cosas cumple el consejo sin la fuerza, y no cumple la fuerza sin el consejo. Y quien quiere hacer engaño, y no sabe la manera de lo que acaecerá por loar su cima, será su hecho tal como, el tuyo. Y yo sabía bien tu malvestad y tu lozanía y nunca fue razón que esto no atendiese de ti, y vi que tu golosía y tu codicia alguna traición traería a ti y a mí.

Ca el hombre bueno y entendido piensa en las cosas ante que las haga y se meta a ellas, y las que ha esperanza que se acabarán según él quiere, atrévese a ellas, y las que sabe que se le agraviarán, déjalas. Y yo no te dejé de hacer entender tu yerro y tus aleves al comienzo desta cosa si no por que era cosa que no podía mostrar, ni quería hacer testigos sobre ti, y sope que lo que yo te decía no te defendería ni te tornaría de la cosa que tú querías más. Y pues que agora he visto manifiestamente tu mal consejo y mala cima de tu hacienda, y quiero te departir en qué estás y cuál eres, y por esto se engañó el león en ti; y no ha pro el decir si no con el hacer, ni la castidad si no con el temor de Dios, ni en ser hombre verdadero si no con lealtad, ni en ser artero si no sale ende sano y salvo y seguro. Y tú has hecho tal cosa que la no melecinará si no el entendido, enderezado, sabio, así como el enfermo en que se corrompe la cólera y la sangre y la flema, que se lo no puede toller si no el buen físico.

Y sepas quel saber tuelle al hombre agudo y acabado su beudez, y anda en la beudez del loco, así como el día que es claro a todas las cosas que ven y ciega el murciélago. Y el hombre de buen seso no cata a la dignidad que ha ganado ni a la nobleza a que es pujado, así como el monte que se no mueve maguer el viento se enfuerze. Y el hombre de liviano seso muévese por la más ligera dignidad que haya, así como las pajas que se mueven con el más flaco viento. Y remiembro me agora por tu hacienda a una cosa que oí decir, que cuando el rey es derechero y sus privados fueren malos, apoca su bien hacer en los hombres, y no se atreve ninguno a él; ni se llega a él; así como el agua clara en que yacen los cocodrilos, en que ninguno no osa entrar maguer nadar sepa y lo ha de menester. Y el engaño de los reyes solamente es en su consejo, y tal es el rey con los buenos vasallos así como el mar con sus ondas. Y una de las locuras y de las sandeces deste mundo es querer haber amigos sin lealtad, y haber el otro mundo con adulterio, y haber el amor de las mujeres con broznedad, y querer pro de sí a daño de otri, y querer ser sabio y estar holgando y no estudiando. Mas ¿qué pro ha esto que te yo digo tan broznamente? Ca yo sé que tan poco pro hará, así como lo que dijo el hombre a la ave: «No te entremetas de enderezar lo que se no endereza, ni de avivar lo que se no aviva, ni de castigar ni de enseñar al que se no castiga». Dijo Dimna: «¿Cómo fue eso?».

Los simios, la luciérnaga y el ave

Dijo Calila: Dicen que una compañía de simios estaban en un monte, y vieron en una noche una luciérnaga, y cuidaron que era fuego, y ayuntaron mucha leña; desí comenzaron a sollar con sus bocas, y a ventar con sus manos, estando cerca de un árbol en que estaba una ave. Y aquella ave díjoles: «No lazredes, ca lo que vos vistes no es tal como cuidades». Y no la quisieron creer ni tornaron cabeza a lo que les dijo. Y pues que se lo hubo dicho muchas veces, descendió a ellos por los castigar. Y pasó por y un hombre y dijo al ave: «No te entremetas de enderezar ni de avivar lo que se no aviva, ni de castigar ni de enseñar al que se no castiga; ca la piedra que se no puede tajar, no la prueban con las espadas, y el fuste que se no puede dolar, no se entremete ninguno de lo encorvar, ca quien esto faz que yo dije repiéntese». Y los simios no tornaron cabeza en lo que les el ave dijo. Y ella llegó a ellos por los castigar, y tomóla uno dellos, y dio con ella en tierra y matóla.

Y tú tal eres y más que te ha vencido el engaño y la lozanía, y son muy malos dos compaños, y es derecho que te acaezca por esto que hiciste lo que acaeció al falso que era compañero del torpe. Dijo Dimna: «¿Y cómo fue eso?».

El hombre falso y el torpe

Dijo Calila: Dicen que un hombre artero hubo compañía con un necio. Y yendo amos por un camino fallaron una bolsa en que había 1.000 maravedís, y tomáronla y tuvieron por bien de tornarse a la ciudad. Y cuando fueron cerca de la ciudad dijo el torpe al falso: «Toma, la mitad de los maravedís, y dame la otra mitad». Dijo el falso, pensando en los levar todos: «No lo hagas así, ca los amigos que meten sus haciendas uno en mano de otro, hace más durar el puro amor; mas tome cada uno de nosotros cuanto despienda, y soterremos los que y fincaren en algún lugar apartado, y cuando hubiéremos menester algunos dellos tomarlos hemos». Y acordóse con él el torpe, y soterraron los so un árbol muy grande, desí fuéronse; y vino el falso para el lugar, y tomó los maravedís. Y cuando fue a días dijo el falso al torpe: «Vayamos al nuestro condesijo, y tomaremos los maravedís, ca yo he menester que despienda». Y fuéronse al lugar do los pusieran, y cavaron y no los fallaron. Y comenzóse el falso a mesar, y a herir a sus pechos, y decir: «No se fíe hombre en ninguno».

Desí dijo al torpe: «Tú tornaste acá y los tomaste». Y comenzó el torpe a jurar y confundirse que lo no hiciera, y el falso diciendo: «No supo ninguno de los maravedís salvo yo y tú, y tú los tomaste». Y sobre esto fuéronse para la ciudad y para el alcalde, y el falso querellóse al alcalde cómo el torpe le había tomado los maravedís, y dijo el alcalde: «¿Aquí tú has testigos?». Dijo el falso: «Sí, que fío por Dios que el árbol me será testigo, y me afirmará en lo que yo digo». Y sobre esto mandó el alcalde que se diesen fiadores, y díjoles: «Venid vos para mí e iremos al árbol que decides». Y fuese el falso a su padre e hizo se lo saber, y contóle toda su hacienda, y díjole: «Yo no dije al alcalld esto que te he contado, salvo por una cosa que pensé; si tú

acordares conmigo, habremos ganado el haber». Dijo el padre: «¿Qué es?».
Dijo el falso: «Yo busqué el más hueco árbol que pude fallar, y quiero que te
vayas esta noche allá y que te metas dentro, que lugar hay donde puedas
caber, y cuando el alcalld fuere ende, y preguntare quién tomó los maravedís, responde tú dentro y di que el torpe los tomó». Dijo el padre: «Hijo,
algunas cosas hay que echan al hombre con su artería y con su engaño en
muy gran peligro y en tribulación, así como acaeció a la garza». Dijo el hijo:
«¿Cómo fue eso?».

La garza, la culebra y el cangrejo

Dijo el padre: Dicen que un garza criaba cerca de una cueva de una culebra, y esta culebra comíale cuantos pollos sacaba. Y la garza, pagándose
mucho de aquella morada, entristeció y hubo muy gran pesar, y entendió-
selo un cangrejo y preguntóle que qué había, y ella dijo se lo, y dijo el cangrejo: «¿Quieres que te aconseje una cosa que te librará de la culebra?».
Dijo ella: «Placermehía mucho». Y fue y mostróle una cueva de un lirón,
y contóle que tamaña enemistad había entre la culebra y el lirón, y dijo:
«Ayunta muchos peces, y ponlos desde la puerta de la cueva de la culebra
hasta la cueva del lirón, y el lirón comerlos ha, y fallará a la culebra y matarla
ha». Y ella hízolo así como le aconsejó el cangrejo, y el lirón siguió el rastro
hasta que falló a la culebra, y la mató. Y andando así el lirón buscando lo
peces, falló el nido de la garza, y comió a ella y a sus pollos.

Y ya no te di este ejemplo si no por que sepas que el que no cata primero la cosa que la faz, échalo la suerte por ventura en lugar donde nunca
estorcerá, y tú sabrás qué hacer. Dijo el falso a su padre: «Bien entiendo
lo que dices, mas no hayas miedo, ca más cosa ligera es y más presta que
tú no cuidas». Y no quedó de lo halagar hasta que se lo otorgó y aseguró
por su consejo y yogo en el árbol. Y cuando fue otro día de mañana, llegó
el alcalld al árbol, él y los que eran con él, y preguntóle por los maravedís, y
respondióle el padre del falso de dentro del árbol, y dijo: «El torpe tomó los
maravedís». Y maravillóse ende el alcalld y cuantos con él eran, y anduvo
en derredor del árbol, y no vio nada en que dudase. Y mandó ayuntar leña
y poner cerca del árbol en derredor y encendióse fuego; y cuando llegó el
fumo al viejo y le dio el calor y la flama, sufrióse una hora, desí dio voces y

demandó acorro, y sacáronlo cerca de muerto. Y mandó el alcalld justiciar a él y a su hijo, y tomó el torpe los maravedís, y tornóse el falso con su padre a cuestas. El padre perdió y los maravedís.

Y yo no te di este ejemplo sino por quel engaño y la falsedad quien la hace cae en el mal y pierde su derecho. Y tú, Dimna, has ayuntado todas estas malas mañas que yo dije. Y esto que tú ves es fruto que tú vendimiaste de tu mal hecho, y con todo esto no creo que tú estorcerás del león; ca tú eres de dos haces y de dos lenguas, y la casa está siempre en paz mientras que no entra dañoso, y la amistad dura entre los amigos mientras que no entra entrellos tal como tú; ca no es cosa que más semeja que tú a la culebra que le corre de la lengua tósigo. Y cuamaño miedo había yo del tósigo de tu lengua, el cual me hace aborrecer tu compaña; ca los entendidos dicen: «Esquiva es la compañía de los falsos maguer sean tus parientes, y quien tal es, no es si no como la culebra que cría el hombre y la halaga, desí no ha della si no morderlo y hacerle mal».

Y dicen los filósofos: «Acuéstate al hombre entendido y honrado, y guíate por su consejo y guárdate que te no quites dél, y no quieras haber amistad del que no ha amor maguer sea de buen consejo y de honestas maneras, y guárdate cuanto pudieres de sus costumbres, y aprovéchate de lo que supiere; y no dejes de haber amor de los largos, maguer que no te den nada, mas allégate a su larqueza y tenlo pro con tu seso; y huye cuanto pudieres del vil loco». Y yo, ¿dónde huiré de ti, o do me apartaré? Y debíate esquivar. Y yo, ¿cómo habré esperanza y tus amigos en tu lealtad, habiendo tu hecho esto a tu rey, que te honrara cuanto yo vi? Y eres en esto tal como el mercader que dijo que en la tierra donde comían los mures ciento quintales de hierro no es esquiva cosa que los azores roben los infantes. Dijo Dimna: «¿Y cómo fue eso?».

Los mures que comían hierro

Dijo Calila: Dicen que en una tierra había un mercader pobre, y quísose ir en su camino, y había ciento quintales de hierro, y dejólos en encomienda a un hombre que él conocía, y fuese para lo que había menester, y pues que fue venido demando se lo. Y aquel hombre habíalo vendido y despendido el precio dello, y díjole: «Yo le tenía al rincón de mi casa, y comieron de los mures». Dijo el mercader: «Ya oí decir muchas veces que no es ninguna cosa que más roya el hierro que ellos, y no daría nada por esto pues tu estorciste bien dellos». Y el otro pagóse desto que le oyó decir y díjole: «Come y bebe hoy conmigo». Y prometióle que tornaría a él, y salióse ende, y guisó cómo le tomó un su hijo pequeño que había y levólo para su casa y escondiólo. Desí tornóse para él, y el otro preguntóle: «¿Viste mío hijo?». Díjole: «Vi cuando fue cerca de allí un azor que arrebató un niño; quizá tu hijo era». Y el otro dio grandes voces y quejóse y dijo: «¿Vistes nunca tal, un azor arrebatar un niño?». Dijo el mercader: «En la tierra do los mures comen ciento quintales de hierro, no es maravilla que sus azores arrebaten los infantes». Y entonces dijo el hombre bueno: «Yo comí tu hierro y tósigo comí y metí en mi vientre». Dijo el mercader: «Pues yo tomé tu hijo». Y díjole el hombre: «Pues dame mi hijo y yo darte he lo que me diste en encomienda». Y fue hecho así.

Y yo no te di este ejemplo si no porque sepas que hiciste a tu señor traición al que tú probaras por muy bueno, y no hay duda que otro tal hagas a otri; ca el amor no ha en ti do more ni lugar do esté; ca no es cosa que peor empleada sea que el amor en quien no ha lealtad, y el bien en quien no lo agradece, y el saber en quien no lo entiende, y la puridad, en quien no la cela. Y yo desahuciado só que tu natura se mude ni tus costumbres se cambien y sé quel árbol amarga, maguer lo unten con miel, no se muda de su sustancia. Y yo temíame de tu compaña; ca hacer compaña con los buenos nace ende bien y buena andanza, y en hacer compañía con los malos hace al hombre venir a repentencia. Y tal es el mal como el viento, que si pasa por hedor lleva ende hedor, y si pasa por buen olor lleva ende otrosí. Y yo sé cuánto te agravia lo que te digo, ca los hombres necios siempre se agravian de los entendidos, y los viles de los honestos, y los desmesurados de los mesurados, y los torticeros de los derecheros. Y en este lugar se acabó la razón de Calila y Dimna.

Y acabó el león de matar al buey. Y pues que lo hubo muerto, arrepintióse y pensó de su hacienda, y lo que hiciera. Y después que se amansó la saña que había, dijo: «¡Oh!, cuánto me ha mancillado Senceba en sí mismo, ca era de buen consejo y agudo, y no sé por ventura si fue acusado a tuerto».

Y estovo muy triste y muy arrepentido y quejoso mucho por lo que hiciera. Y violo Dimna, y levantóse de cerca de Calila y llegóse a él y díjole: «Señor, Dios te metió en poder, a ti y a los tuyos, tu enemigo; pues ¿por qué estás triste?». Dijo el león: «Prisióme piedad por que maté a Senceba, por que era entendido y honesto y de buen amor y leal, y he duelo dél». Dijo Dimna: «No digas así, señor, ni hayas piedad del que temieres; ca el rey anviso a las veces aborrece a algún hombre y aluéngalo de sí. Desí fuérzalo su talante y aprívalo y metel sus cosas en mano por que sabe que es bueno y agucioso, así como el que fuerza su talente a tomar la melecina desaborida con esperanza que hará pro; y a las veces ama a alguno hombre y aprívalo, desí mátalo y derráigalo por miedo que le no haga daño, así como aquel que le muerde la culebra en el dedo y lo taja por miedo que se no espanda el tésico en su cuerpo y muera». Y cuando esto oyó el león, creólo, y aprívolo, y púsolo en mayor dignidad.

Dijo el rey al filósofo: «Ya oí lo que hizo Dimna, por ser tan pequeño y el más vil de todas las bestias salvajes, al león y al buey, y de cómo enrizó a cada uno dellos contra el otro hasta que desató su amor y su compañía, y en esto he oído a tan maravillosas y tantas hazañas que es asaz cumplimiento para se guardar hombre y de se apercibir de los mezcladores y de los terreros, y de los falsos en las sus falsedades y sus engaños que hacen. Y los hombres entendidos deben perseguir las mentiras y falsedades, y perseguir los mezcladores: a escudriñar tales cosas; desí no hacer, por ningún dicho que les ellos digan, nada si no con asosegamiento y con recaudo, y desechar a todos aquellos que conociese por tales».

Capítulo IV. De la pesquisa de Dimna; y es el Capítulo del que quiere pro de si y daño de otro, que torna su hacienda

Y dijo el rey al filósofo: «Ya he entendido lo que me dijiste del misturero y mezclador, y cómo metió enemistad y aborrencia con su lengua entre aquellos que mucho se amaban. Pues dime agora cuál fue su excusación de Dimna y qué cima hubo por este hecho». Dijo el filósofo: «Fallamos en los libros de las historias quel león, pues que hubo muerto al buey, a pocos días pasados, repentióse por que lo matara rabiosamente, y membróse como era enviso y leal contra él, y velaba mucho con sus compañeros por tal de olvidar el cuidado que había. Y un león pardo que era de su mesnada, y de sus privados, y de los más honrados de su corte y con el que más se apartaba, salió una noche por demandar un tizón de la casa de Calila, y era maestro del león; y cuando llegó a la puerta, oyólo reptando y maltrayendo a Dimna por su traición y por su mezcla, y demostrándole su mal consejo por lo que había hecho a Senceba sin pecado quél hiciese, y haciéndole entender que no estorcería del león, y que no podía ser que su mezcla no fuese descubierta, y que no habría quien se lo excusase ni quien lo amparase y que lo justiciaría y lo mataría».

Y decía Dimna: «Ya acaeció lo que se no puede enmendar, pues no acuites a mí y a ti, y guisa como esta cosa no le caya al león en corazón, ca a mí pesa mucho de lo que hice, mas la codicia y la envidia me forzaron a ello». Cuando esto oyó al león pardo que ellos amos decían, tornóse y entró a la madre del león en su casa, y contóle todo cuanto oyera, después quel hizo pleito y conveniencia que no lo dijese a ninguno. Y fuese la madre del león cuando amaneció y entró a su hijo, y violo estar triste y cuidoso, y entendió que no era si no por la muerte de Senceba. Díjole: «El cuidar y el pensar y la tristeza no hacen cobrar nada, mas desgastan el cuerpo, y derraman el seso y la fuerza y enflaquécenlo; pues dime lo que has, y si fuere por cosa que debamos haber tristeza, yo ni ninguno de tus vasallos no estaremos sin cuidado, y si no es si no por que mataste a Senceba, manifiesta cosa es que lo hiciste a tuerto y sin pecado que te él hiciese, ni culpa ni falsedad, ni te fue contrario en cosa; y si tú te hubieses refrenado cuando te dijeron dél, y hubieses pensado en su hacienda, o vieras en esto alguna presunción, entonces era razón delo hacer; que dicen que no es ninguno que mal quiera a otro o lo aborrezca, que otro tal no sienta en su corazón. Y dicen los sabios: "Cuando quisieres saber el corazón de tu amigo, de amar o desamar que cates al tuyo y así lo juzga". Pues cata tú, rey, por tu seso y por tu voluntad verás lo que hiciste al buey, si fue por enemistad o por achaque alguno que le tenías en el corazón, si merecía él esto; y tu voluntad te mostrará la verdad. Pues si tú lo hiciste por derecho, por merecimiento quél hizo, no debes ser triste ni pesante por ello, ca derecho es justiciar a todo aquel que quiere ser atrevido contra ti por escarmentar los otros. Y tú, rey, sabes las cosas y entiendes las por tu seso y por tu sapiencia, y así lo ves como el hombre ve su figura en el espejo claro. Pues dime: ¿cuál corazón lo tenías antes que lo matases?».

Dijo el león: «Madre, mucho he pensado en hacienda de Senceba, y con codicia de lo fallar en algún pecado por esforzar la sospecha que le había, y no lo fallo; ca yo siempre tuve a Senceba por de sano corazón, y fiaba por él, y pagábame de su consejo y aprendía dél, y feuciábame por él, y no desconocí ninguna cosa de cuantas le tenía en el corazón ante que lo matase ni después. Y soy mucho arrepentido por lo que hice, y soy muy pesante y he gran dolor, y no dudo que salvo era de lo que le apusieron y sin sospecha; mas hízomelo hacer el falso traidor de Dimna con su mixtura, diciéndome lo que Senceba no haría ni osaría. Mas dime si oíste alguna cosa o te habló alguno deste hecho».

Dijo la madre del león: «Dijeron me que era sospechado que lo que hizo Dimna en te enrizar contra Senceba, no fue si no por envidia que le había en su dignidad y en su privanza». Díjole el león: «¿Quién te lo dijo, madre?». Dijo ella: «El que me lo dijo rogóme que fuese puridad, y yo así se lo prometí, y el que es rogado por puridad debe ser fiel, y quien descubre la puridad falsa su fieldad, y quien esto hiciere habrá mal paso en el otro siglo, y ninguno no le querrá descubrir más puridad». Dijo el león: «Por Dios, así es, y verdad dices, mas esto no debe ser puridad, ca no se debe celar ni dudar ninguna cosa de la verdad; mas el que la sabe debe la descubrir y atestígüela y habrá perfecto galardón por ello. ni debe deshacer la verdad quien la sabe, cuanto más en la sangre del que murió a tuerto; ca quien encubre la culpa del malhechor es su aparcero en el pecado. Y el rey no debe justiciar por sospecha ni en duda hasta que claramente vea la cosa, ca la sangre de gran prez es. Y yo, maguera que a ciegas anduve en Senceba, no quiero hacer otro mal en Dimna sin prueba y sin certidumbre; y aquel que te lo hizo saber echado lo ha sobre tu alma».

Dijo la madre del león: «verdad dices, mas yo tenía que cumpliría asaz lo que te yo contaría, y me creerías». Dijo el león: «No digo yo que no es como tú dices, mas quiero que me digas qué es y holgará más mío corazón». Dijo ella: «Si por tal me tienes, justicia aqueste falso como merece tal como él». Dijo el león: «Debes me decir quién te lo dijo, ca no es esto ningún daño». Dijo la madre: «¿Sabes qué es el daño que yo ende habré?; que me menospreciará aquel que me lo encomendó y se fió por mí, quel falliré en ello, y, cuando yo hiciere esto, que fiará ninguno por mí». Cuando esto oyó el león entendió que no le diría el nombre de quien se lo dijera. Dijo: «Vete». Y ella fuese.

Y pues que amaneció envió el león por los mejores de su mesnada, y fueron y presentes, y envió por su madre, y vino y. Desí mandó llamar a Dimna y dijeron se lo. Desí abajó el león la cabeza con vergüenza de la muerte de Senceba. Cuando esto vio Dimna, fue cierto de morir, y dijo a uno de los que estaban cerca dél: «¿Por qué está el león triste y cuidando? ¿acaeció alguna cosa que le hizo entristecer por que vos hubo de ayuntar?». Dijo la madre del león: «Esto que tú ves estar al león triste y cuidoso, no es si no por que te ha dejado sano y salvo hasta hoy, haciéndole tú engaño y enridándole con tu mixtura, y con tu falsedad para matar a Senceba».

Dijo Dimna: «Tengo que es verdad lo que dices; que el que se trabaja en buscar bien, más aína le viene el mal que a otri, y no pertenece al rey ni a sus mesnadas sinon los malos. Ca dicen que quien hace vida con los malos y no faz sus obras, no estuerce de su maldad por se aguardar; ca no galardona bien por el bien si no Dios solo; y por ende se apartan los religiosos en los montes y se dejan de vivir con los hombres y de fablar con ellos, y aman más de hacer las obras de Dios que las de los hombres. Mas la lealtanza y el amor que yo había al rey me le hicieron descubrir la falsedad del que le quería hacer traición, y quería saltar en él, y hícele entender aquello que sospechaba y las señales que viera, y él violas manifiestamente, y no acalló nada de quél no fue bien cierto; y si él pesquiriere esta cosa, y preguntare por ella, y pensare en ella, sabrá la verdad quel hice entender; ca el fuego que yace en la piedra y en el hierro, no se saca si no con artes; y esto no es cosa celada, ca el cuerpo del hombre, después que es pesquerido y buscado, parece más quél es así como toda cosa fedrosa quier lodo, quier ál, que cuanto más movida es tanto más hiede.

»Y yo si culpado fuese, huiría por la tierra, y habría anchura, y no aturaría a la puerta del rey; mas fiándome que era salvo no me quité ende ni me partí ende. Y no le ruego ál si no, maguer que esté en duda de mi hacienda, que la mande pesquerir y catar, y aquel a quien este poder diere que sea fiel, y no haya ninguno en que le trabar, ni haga engaño a ninguno, y que le muestre yo mi excusación y lo que oyere decir a los otros, y cátelo, y no quiera hacer que los dichos de los que me acusaron y me hubieron envidia. Ca lo que el rey sopo, de como le hicieron dudar en lo quél vio de la enemistad de Senceba, que mereció por ende morir, le debe tener de se no atrever así a matarme; ca ya hube yo del rey tal dignidad que me habían envidia por ella, y tal privanza. Y si él no me catare esta merced y fuere mal aconsejado en mi hacienda, no he otro acorro ni otro refugio si no Dios, que sabe las puridades de los hombres y lo que tienen en corazones y en sus voluntades. Y dicen quel que hace por duda, que no es cierto, es tal como la mujer que se dio a su siervo dudando, y la aforzó». Dijo el león a las mesnadas: «¿Cómo fue eso?».

La mujer y el siervo

Dijo Dimna: Dicen que en una ciudad que decían Quertir, que es en tierra de Yabret, había un rico mercader y había su mujer muy hermosa, y habla un vecino pintor, y era viudo della. Y díjole ella un día: «Si podrías hacer alguna cosa por que te yo conociese cuando vinieses a mí de noche, saldría a ti sin que me llamases tú, por tal que nos no sospechasen ni te oyesen». díjole su amigo: «Yo te haré una sábana tan blanca como la luz de la Luna, y haré en ella unas pinturas; y cuando las tú vieres saldrás a mi, y ésta será señal entre mí y ti». Y plóguela a ella desto quél dijo: Y oyólo un su siervo della, y aprísolo, y encubriólo en su corazón. Y venía a ella su amigo con aquella señal, y veíalo ella, y salía a él.

Y duró así un tiempo. Y después fuese su amigo para el rey a pintarle unas casas que había de menester; y fuese luego el siervo della a una manceba que tenía el pintor, en cuyo poder estaba la sábana, y era su conosciente, y demandóle aquella sábana, y ella diósela. Y él fuese para su señora de noche, y luego que ella vio la sábana de suso dél, cuidó que era su amigo y salió luego a él, y yúgose con ella. Y tornóse el siervo y dio la sábana a la manceba del pintor. Y vino el amigo esa noche del palacio del rey para su posada, y cubrióse la sábana; desí vínose para ella. Y díjole ella: «¿Qué has esta noche que tornaste luego una vez en pos otra, habiendo hecho a tu guisa?». Y él entendió que era engañado, y tornóse para su posada, y priso su manceba, e hirióla muy mal hasta que le dijo la verdad como le aconteció; y tomó la sábana y quemóla en el fuego.

Y yo no te do este ejemplo si no por quel rey no se acuite en mi pleito quel fue mostrado en duda, y porná sobre sí gran cargo de pecado. Y no digo esto que vos oídes con miedo de la muerte; ca maguer aburrida cosa sea, ninguno no la puede huir, ni ha otro refugio, y todas las cosas del mundo han de finar. Y si yo ciento almas tuviese, y supiese que el rey tenía por bien que se perdiesen, yo le sería franco dellas. Dijo uno de los de la mesnada: «Tú no dices esta excusación al rey por lo honrar; mas a ti es de menester de buscar con que salgas desto en que eres caído». Dijo Dimna: «¡Mal sea de ti! ¿Es aleve a ningún hombre de se excusar, cuanto más por escapar de muerte? Y ¿quién es más cerca del hombre que sí mismo? Pues si así mismo no buscare excusación, ¿para quién la buscará? Y los sabios dicen que quien a sí no guarda, a otri no hará pro. Y parece bien en ti la envidia y la malicia y la enemistad y la necedad que no pudiste retener, y bien entienden los que te oyen que no quieres a ninguno bien y que eres enemigo de tu alma y de todos; y tal como tú, no es bien que esté sinon con las bestias mudas, cuanto más con el rey o ser a su puerta».

Y pues que le hobo respondido Dimna así, salióse el otro muy triste y muy avergonzado de lo que le dijera Dimna. Dijo la madre del león: «gran maravilla es de cómo hablas, y das ejemplos a lengua suelta, y respondes a los que te hablan, habiendo hecho traición y maldad y engaño». Dijo Dimna: «¿Por qué catas con un ojo y oyes con una oreja y no piensas en la cosa como es, ni la sabes de cierto, mas haces a tu sabor no sabiendo la verdad? Mas paréceme que la mi mal andancia ha mudado a ti por razón de mí todas las cosas, y aun todos los otros, que ninguno no habla ni razona si no a su sabor. Y éstos que son en la corte del rey tanto se fían en su puridad y en su mansedumbre y son seguros de su bondad, que se no temen de fablar a sus sabores a tuerto o a derecho, ca él no se lo contradirá. Y éste es el lugar del sermón si fuese creído y de los ejemplos si hubiesen pro».

Dijo la madre del león: «Catad este falso, cuánta gran cosa ha hecho, y quiere cegar los hombres por desmentirlos y por se salvar dellos». Dijo Dimna: «Los hombres que son tales son cinco: el uno es el que descubre a la mujer la puridad; y el otro es el que viste los paños de las mujeres; y el tercero es la mujer que viste los vestidos de los varones; y el cuarto es el huésped que se enfinió y cuida que es señor de la casa; y el quinto es el que denuncia a los hombres lo que le no preguntan ni le demandan». Dijo la madre del león: «¿No conoces tú, malhechor, por qué temas, ni catas cuán laida obra hiciste, por que sepas que no estorcerás sin que sea tornada de ti venganza?».

Dijo Dimna: «El hombre que mal hecho hace no quiere a ninguno bien, ni lo amparará del mal maguer que lo puede hacer». Dijo la madre del león: «¡Falso traidor, en atreverte tú a decir tal hecho antel rey! es maravilla cómo te deja vivo». Dijo Dimna: «El traidor es aquel que asegura a su enemigo, y después lo mata». Dijo la madre del león: «¿Has esperanza de estorcer de tu gran pecado con tales palabras mintrosas?». Dijo Dimna: «El que dice la que no fue merece lo que tú dices, y yo dije verdad y mostrarélo por prueba, y díjelo al rey y cumplí el homenaje que le debía». Dijo la madre del león: «¿Y qué fue lo que tú dijiste, y qué fue la verdad que tú le mostraste?». Dijo Dimna: «Bien sabe el rey que si yo mintroso fuese, no le diría a él tal dicho ni me atrevería a decir lo que no era ni a sacar mentira; y yo he esperanza quél verá que yo so verdadero y salvo y de sano corazón».

Cuando vio la madre del león que el león no hablaba nada en el pleito de Dimna, callóse ella, y dijo: «Por ventura mienten contra él, y es salvo de lo que le aponen; y el que se excusa delante de los caballeros y no refiertan ninguna cosa de lo que dice, semeja que es verdadero en lo que dice; y callar a las razones del contendor semeja conocer la verdad que dice. Y dicen los sabios que quien calla otorga». Desí levantóse por salir ende sañosa. Y mandó entonces el león que prendiesen a Dimna y que le pusiesen hierros; desí leváronlo a la cárcel, y mandó catar su pleito, y hacer sobre él pesquisa, y que se lo mostrasen; y yogo Dimna en la cárcel, y mandó lo guardar a un caballero. Desí dijo la madre del león a su hijo: «No se puede encubrir mixtura de Dimna y su mal hecho en todas las cosas, mayormente en hecho de Senceba el leal sin culpa. Y ya me fue a mí dicho deste falso mintroso lo que dicen dél todos por una boca, ca no es cosa que se calle a ninguno; desí hácemelo más verdad sus mentiras y sus excusaciones y sus salvas que son contrahechas sin verdad; y si tú lo oyes, amparar se te ha con razones falsas, y lo que a mí dijo el fiel verdadero es la verdad. Pues si quieres holgar dél, no contiendas con él y mátalo».

Dijo el león: «Cállate, que yo cataré su pleito y lo pesquisaré, ca es muy sutil y muy artero y sabio y entendido; y yo quiero ser bien cierto de su pleito y no quiero pasar a él rabiosamente, ni quiero mi daño en seguir voluntad de otro de que no sé su verdad ni su mentira. Y mucho aína puede ser que esto sea por envidia que le han, y témome de lo matar por dicho dellos, ca habría ende gran pecado y daño. Pues dime: ¿Quién es aquel que te lo dijo? Ca los hombres se han envidia unos a otros y se mezclan y quieren pujar el uno más quel otro en las dignidades». Dijo la madre del león: «El fiel verdadero que me contó la historia es tu amigo el león pardo, tu leal y paro vasallo que sabe tu puridad». Dijo el león: «Asaz hay, y tú verás lo que yo haré y lo que dél mandaré hacer; pues vete».

Y pues que se fue la madre del león para su casa y pasó la media noche, dijeron a Calila como Dimna era preso, y pesóle mucho por la gran amistad que había con él y por la compañía y por el mal que le acaeciera, y fuese para la cárcel encubiertamente. Y cuando entró y lo vio preso lloró, y dijo: Ya llegado ha tu hacienda a tal lugar que no he cura ya de te fablar broznamente ni dejarte de decir que te pese, y en secreto hablando díjete: «Miémbrate lo que te yo decía y te castigaba y te aconsejaba y no tornabas y cabeza a cuanto te decía, ni hiciste por ello por el gran desdén que en ti había, ca te tenías por muy acabado en tu consejo y por artero». Y dicen los sabios: «Conviene al hombre que es buen caballero que no se meta por su esfuerzo en lugar que no pueda salir ni estorcer». Y dicen que la falsedad ante muere de su plazo, y no por que fenezca la vida, mas por esto en que estás, que la muerte es más holganza que ello. ¡Ay de tu mesura y de tu seso y de tu saber, cómo te han privado dellos, y eres llegado a la muerte! Dijo Dimna: «Nunca cesaste de decir verdad y mandarla hacer, mas yo no escuchaba ni creía tu consejo, por la gran envidia y la codicia que había en haber dignidad, y por la tribulación y la laceria en que era, y si no por eso en lo que me tú castigabas asaz cumplimiento había, que si lo hiciera levara la cima dello. Y quien es tentado de golosía no escucha de sus amigos, quel han piedad y lo aman, así como tú. Y dicen los sabios que el que no cree a sus amigos y a sus leales consejeros y a sus bien querientes, torna su hacienda a repentencia, y ya ves en cuanto mal só hoy; mas ¿qué podías hacer con la golosía y la codicia que vence al seso del mesurado y el saber del sabio? Así como el enfermo que entiende que su daño es en su gula, que ha de comer, y sabe que le acrecerá en su dolor, y no lo deja de comer, y acrece su enfermedad y por ventura muere ende. Y yo no me duelo hoy de mí, mas duélome de ti, ca he miedo que serás tú compreso por razón de mí y por el amor y por el parentesco y la amistad que habíamos en uno, y serás atormentado y lazrado, y no podrás estar que les no descubras mi hacienda y matarán a mí por que te creerán y tú no estorcerás después de mí».

Dijo Calila: «Ya pensado he en tu hacienda, y bien dices verdad en lo que dices y yo te aconsejé lealmente. Y el hombre con cuita cuando le acaece la tribulación acúsase de lo que hizo, con esperanza de vivir y de ser aliviado de la pena. Y yo quiero me ir ante que entre alguno de la mesnada y me vea estar contigo, y mándote y aconséjote que te confieses de tu pecado y conozcas tu mal hecho; ca morir debes sin falla, y mejor es de ser justiciado en este mundo que ir a la pena durable en el otro». Dijo Dimna: «Bien me has aconsejado y dices verdad; empero veré a qué tornará la mi cima de mi hacienda y qué mandarán de mí hacer». Tornóse Calila a su posada muy triste y muy cuidoso con miedo de ser preso por el pecado de Dimna, y prísol menazón y murió esta noche.

Y yacía en la cárcel un lobo preso, y estaba durmiendo cerca de Dimna, y oyó todo lo que se decían y aprísolo. Desí la madre del león entró a su hijo otro día de mañana y díjole: «Miémbrate lo que me dijiste anoche y prometiste en pleito deste falso traidor, y de cómo dijiste a tus mesnadas que debe el hombre hacer las cosas con temor de Dios, y no se le debe meter en vagar, y yo no sé mayor bien que librarlo y holgar dél». Y entonces mandó el rey al león pardo y el alcalde que se asentase a juicio, y que llamasen a Dimna ante ellos y que hiciesen su pesquisa y, fecha, se la llevasen a él. Y el león pardo hizo llamar a la mesnada y a Dimna; y así todos juntos ante él, díjoles el león pardo: «Después que el rey mató a Senceba siempre estuvo triste y cuidoso por que lo mató sin culpa, salvo por que Dimna lo enridó y lo mezcló con envidia que le había; pues si alguno de vos sabe alguna cosa dígalo, y nos mostraremos al rey, que el rey no matará a ninguno salvo después que hiciere pesquisa y sea cierto dello, ni querrá hacer a su sabor ni por albedrío».

Dijo el alcalde: «Ya oíste lo que dijo el león pardo; haceldo así y ninguno de vos no encubra ninguna cosa de lo que supiere, por muchas razones; la primera por que vos no debedes haber pesar que el juicio caya contra quien debe, ni maguer sea contra nuestras voluntades y no menospreciando cosa dello; ca la muy pequeña verdad gran cosa es, y la cosa que más pesa a Dios es matar al sabio sin culpa por mixtura del falso mentiroso; y la segunda es, cuando el malhechor es penado por lo que hace, no se atreven a hacer otro tal los otros con miedo de la justicia, y esto es pro de la mesnada y de los pueblos; y la tercera es, que cuando el falso mentiroso traidor es justiciado, huelga el rey y los suyos, ca el tal vivir entre ellos es les gran daño y gran peligro. Pues diga cada uno de vos lo que sabe y no encubra la verdad ni afirme la mentira». Y desque las mesnadas oyeron esto, catáronse unos a otros, y dijo Dimna: «¿Por qué estades todos tartaleando? Diga cada uno de vos lo que sabe, y si yo malhechor fuese placerme hía que callásedes. Pues que sé que soy salvo y sin culpa, pues decid lo que sabedes, que sabed que cada razón ha su respuesta, y el que dice lo que no vio ni sabe, razón es que le acontezca lo que le aconteció al físico necio». Dijo el alcalde y el león pardo: «¿Cómo fue eso?».

El médico ignorante que envenenó a la hija del rey

Dijo Dimna: Dicen que en una ciudad había un físico que era bien andante y de buen donario en su melecinamiento y murióse, y estudiaron en sus libros algunos por aprender, y vino ende un hombre que se enfingió que era un buen físico y no era tal. Y el rey desa tierra había una hija que amaba mucho, y hubo de adolecer, y el rey envió a llamar muchos físicos para que curasen de su hija. Y vino un físico muy sabio que era ciego, y dijéronle la dolencia de la niña y mandóles que le diesen a beber cierto jarope a que dicen remasera. Y tornáronse para el rey y dijeron se lo, y él buscó un físico que le diese a beber aquella melecina, y vino ahí aquel hombre que se alababa de físico y sabio de melecinas y de confasiones y mandó traer las arcas en que estaban las melecinas del físico muerto, y trojieron se las y pusieron las delante, y abriólas y tomó dende una dellas que falló en un saqueto en que había ponzoña mortal, y compuso dél y de las otras una melecina y dijo: «Esta es remasera». Cuando el rey vido que lo hiciera tan aína, cuidó que era sabio y agudo y mandóle dar algo y buenos paños. Y él dio a beber la melecina a la dueña, y luego, como la bebió, fueron los sus intestinos despedazados y murió. Y cuando el rey la vido muerta mandó que le diesen a beber al físico de aquella melecina, y bebióla y luego fue muerto.

Dijo Dimna: «Di vos este ejemplo porque no diga ninguno de vos lo que no sabe por hacer placer a otros ni por otra cosa. Y todo hombre habrá galardón por lo que hiciere, y yo só salvo de lo que me apusieron. Y he me entre vuestras manos, pues temed a Dios, cuanto pudieres». habló el cocinero mayor fiándose en su dignidad, y dijo: «Oíd, sabios y ricos hombres, y parad mientes en lo que vos diré: ca los sabios no dejaron ninguna señal de los buenos y de los malos que la no departiesen, y las señales de la falsedad son manifiestas en este mal andante, y de más que ha mucho mala fama». Y dijo el alcalld al cocinero: «Ya lo oímos eso, y pocos son los que las no conocen. Pues dinos las señales que ves en este lazrado». Dijo el cocinero: «Fulán dijo en los libros de los sabios que el que ha el ojo siniestro pequeño y guiña dél mucho, y tiene la nariz inclinada faza la diestra parte y tiene las cejas alongadas y entre las cejas tres pelos, y cuando anda abaja la cabeza y cata siempre en pos de sí, y le salta todo el cuerpo, y el que estas señales ha en sí es misturero y falso y traidor, y todas estas señales son en este lazrado apercibidas».

Dijo Dimna: Por unas cosas juzga el hombre otras, y el juicio de Dios derecho es y sin tuerto. Y vos sodes sabios y mesurados en razonar, y ya oíste lo que éste dijo; pues oíd a mí, ca él cuida que no es ninguno más sabio que él, y cree que no ha otro más saber que el suyo; pues si todos los bienes y los males que el hombre hace no son si no por las señales que son en el hombre, manifiesta cosa es que no habrá él religioso su buen galardón por el servicio que hace a Dios, ni el que mal hace no habrá pena por sus malas obras, y que no son los hombres bien andantes si no por las señales que son vistas en ellos, y el que mal hace no se puede dello dejar ni puede estar que lo no haga, y que no es ninguno virtuoso, maguer puñe en bien hacer, que le tenga pro, ni ningún malhechor, maguer que peque, quel haga daño. Y no mande Dios que así sea, y si a los hombres fuese dado pornían en sus cuerpos las mayores señales que ellos pudiesen. Y yo só salvo de lo que me apusieron, y de mí no salió ál si no verdad; y bien ven los que aquí son presentes cuán necio y cuán torpe eres de las cosas, ca tú no sabes mejor las cosas ni eres más enviso que los que aquí son presentes, mas hablaste y erraste y eres tal como el hombre que dijo a su mujer: «Cubre tú lo que no debe parecer de ti y deja las cosas ajenas y enmienda las tuyas, que conoces mejor». Dijo el cocinero: «¿Cómo fue eso?».

El labrador y sus dos mujeres

Dijo Dimna: Dicen que en una ciudad que decían Maruca corriéronla los enemigos, y cautivaron y mataron mucha gente della. Y cayó en suerte a un hombre de los que la conquistaron, un hombre labrador que tenía dos mujeres, y hacíales mal, y no las hartaba de comer, y traíalas desnudas. Y enviólas un día con el hombre a coger leña así desnudas, y falló la una dellas un trapo viejo, y cubrió con él su vergüenza. Y dijo la otra al marido: «Catad cómo cubre ésta su natura; y no lo hace si no por que hayas sabor della y yoguieses con ella». Dijo el marido: «Astrosa, no paras mientes en ti que estás descubierta, y rieptas a la otra que cubrió su vergüenza con lo que pudo haber».

Dijo Dimna: «Y tú debes parar mientes en cubrir a ti y callar; ca es gran maravilla de tu hacienda por que te llegas al comer de nuestro señor, habiendo en ti tales tachas malas, y seyendo tan lijoso. Y no vi yo solo las tus tachas, mas cuantos aquí son de la mesnada del rey lo saben. Y yo encubrílo hasta hoy, y no lo dejé de mostrar si no por que decía en mi corazón: a mí no nuce la honra quel rey hace a otri, ni me hace pro afrontarlo, mas débolo encubrir; mas pues que me ha parecido de ti enemistad, y dijiste abusión, y hablaste en falso y a tuerto y sin sabiduría, quiero yo decir las tachas que ha en ti, por que no debes llegar al comer del señor y deben los hombres huir de ti».

Dijo el cocinero: «¿A mí lo dices lo que oyo?». Dijo Dimna: «A ti lo digo, ca ayúntanse en ti todas malas tachas; ca eres potroso y has el mal del higo y eres tiñoso y has albarraz en las piernas; donde no debes llegar a la puerta del rey». Cuando el cocinero mayor oyó lo quel decía, ahogóse con sus lágrimas y comenzó de llorar por que se atrevía Dimna a él y le hablaba tan villanamente. Cuando esto vio Dimna díjole: «Por gran derecho lloras, que sabes que si el rey esto sabe alongarte ha de sí y nunca te pararás antél».

Cuando esto oyó el fiel del león, que trasladaba lo que decía Dimna y lo que decían dél, y éste había nombre Xaar, escribió todo aquello y levólo al león. Cuando aquello vio el león, mandó disponer al cocinero mayor de su oficio, y que no pareciese antél ni entrase en su casa. Y escribió el alcall y el fiel otrosí lo que dijo Dimna. Y mandó a Dimna tornar a la cárcel, y fuéronse ese día.

Y había y una bestia quel decían Jauzava y era amigo de Calila, y fuese para Dimna y hízole saber la muerte de Calila. Y lloró Dimna muy mucho y dijo: «¿Qué quiero yo hoy vivir más seyendo muerto mío hermano y mío puro amigo? Y cómo dijo verdad el que dijo: "Cuando al hombre viene la tribulación, de todas partes le viene el mal y cúbrelo y cércalo, la cuita y el mal" como a mí acaeció en yo perder a Calila, ca ése era mi bien o todo mi conorte, y sabía toda mi puridad de bien y de mal. Y si Dios esto hizo, loado sea El, que me dejó a vos y su lugar, que me queredes bien, y me querredes, y seredes en apiadarme según que era Calila. Pues si hubieres por bien de llegar a la casa de Calila y traerme cuanto y fallares suyo y mío».

Y él hízolo así. Y dióle Dimna la parte de Calila, y dijo le: «Más la mereces tú que otri». Y rogóle y pidióle en amor que fuese antel león y que dijese bien dél y quel hiciese saber lo que diría la madre del león dél. Y prometió se lo a recibió lo que le diera, y fuese Jausaba de mañana al león y falló al león pardo y al alcall que vinieran con los escritos y se los pusieron delante. Y el que los cataba mandó a su escribano que los trasladase y dar los al león pardo; y dijo a él y al alcall: «Id vos así como ayer y hacer llamar a Dimna y ponedlo ante la mesnada y venid me decir lo que se hace y cómo se salva». Es pues que salieron ende vino la madre del león, y leyóle él aquellos escritos. Dijo ella: «No me lo tengas a mal, hijo, si te yo estultare de mi palabra, ca veo que no sabes qué te tiene pro ni daño, por el engaño deste falso. Pues líbralo y holgarás; ca si lo a vida dejas confundirá tu mesnada». Y tornóse muy sañuda contra él.

Desí fuese Jauzaba y llegó a Dimna a la cárcel, hízole saber cuanto dijera la madre del león cuando leyeran los escritos. Y en seyendo así hablando vino el mandadero del alcall y del fiel, y leváronlo a la casa del juicio y paráronlo ante la mesnada y el pueblo, y ayuntáronse estando Dimna antellos. Dijo el mayor de la mesnada: «Ya sope yo tu pleito, y es entendida la verdad, y no habemos más que pesquerir de ti; ca tú con traición y con falsedad y con mixtura hiciste al rey, nuestro señor, que matase a Senceba, su amigo, y era leal y verdadero, sin culpa que hiciese. Y si no fuese por la su gran merced y por la su gran piedad que nos mandó que supiésemos más de tu hacienda, ya el juicio manifiesto fuera dado de nos contra ti». Dijo Dimna: «No hablas como quien ha piedad ni merced, ni como quien cata al pleito del que recibió tuerto, ni como quien sigue la verdad ni el derecho; mas usas de voluntad y quieres me matar. No eres cierto de lo que me apusieron, ni son pasados los tres días que debedes pesquerir por mí. Y no eres de culpar, ca el malo no ama los buenos ni a los que hacen las obras de Dios».

Dijo el alcall: «Debe el señor galardonar al hombre por su bondad y honrarlo y conocerlo; ca todo bien quel hace, merécelo, y debe justiciar al malhechor por su mal hecho y penarlo por ello, por tal que los buenos tomen mayor codicia de hacer bien, y que los malos huyan del mal hacer. Y por buena fe más te vale ser justiciado en este mundo que ser justiciado en el otro. Pues otorga tu pecado y confiesa el mal que hiciste, ca harás mejor cima por ende. Si Dios a esto te guiare librarás tu alma de la persecución del otro siglo, y hablarán siempre de ti, de cómo te razonabas buenamente para estorcer, y de cómo ante hacías excusaciones con que te amparases. Desí por confesar de tu pecado y ganar la salud del otro siglo; ca morir por lo que Dios manda más vale que vivir en lo que defiende».

Dijo Dimna: «Alcalld bueno y derecho, verdad dices y hablaste como sabio; y por buena fe una de las bien andancias del hombre es no vender él otro siglo por aqueste que ha de finar, y de cumplir un poco después con luenga pena. Mas hállase en los libros de la ley que no debe el hombre ayudar a su muerte, y que es gran pecado al que lo hace, a más que yo só salvo de lo que me apusieron. Pues ¿cómo me mandaré matar, y ser en ayuda contra mí, seyendo acusado a tuerto, y no diciendo mentira, ni la sacando por la boca, ni seyendo conocido por tal? Tengo por muy fuerte de conocer lo que no hice, y otorgar que hice mal, y ser en ayuda contra mí y aparcero del que me quiere matar.

»Y tú sabes cuamaña pena ha el que esto hace, en el otro siglo, y yo so salvo en mi fama, y mi excusación es cierta y manifiesta. Pues si matar me quisieres acusado a tuerto. Dios me haya merced. Y por ventura si esto me hicieren, no habré otro mal en este mundo ni en el otro. Y yo digo lo que ayer dije; y temed a Dios, y membrad vos del juicio del otro siglo y de la pena, y no vos metades a cosa de que vos arrepentades do vos no terná pro la repentencia; ca los alcalls no juzgan por lo que cuidan, ni el cuidar no tiene pro en la verdad; y yo más sé de mí que vos. Mas guardad vos que vos no acaezca lo que acaeció al que dijo lo que no sabía ni viera». Dijo el mayor de la mesnada y el alcalld: «Y ¿cómo fue eso?».

Los papagayos acusadores

Dijo Dimna: Dicen que había en una villa un rico hombre quel decían Morzubem, y era noble y de gran hecho, y había una mujer muy hermosa y buena y leal. Este rico hombre había un sirviente azorero, y amaba a su señora, y había le demandado su amor muchas veces, y ella no tornaba cabeza por él, y amenazóla muy mal. Y cuando fue desahuciado della, pensó de buscarle mal con el marido. El salió un día a cazar y priso dos pollos de papagayos. Y apartúlus el uno del otro, y enseñó al uno decir: «Yo vi al portero yacer con mi señora en el lecho», y enseñó al otro decir: «Pues yo no quiero decir nada». Y aprendieron esto los pollos en lenguaje de Balaf, que no sabían los de aquella tierra. Y tomólos y diólos a su señor, y cantaban antél, y placíale con ellos, y no sabía qué decían. Y un día vinieron le huéspedes de tierra de Balaf; y después que hubieron comido mandó traer las aves antellos por les hacer placer, y cantaron. Cuando ellos oyeron lo que los pollos cantaban, catáronse unos a otros y abajaron las cabezas de vergüenza que hubieron; díjole el uno dellos: «¿Sabes que dice el uno destos papagayos? No te ensañes contra nos si te lo dijéramos, ca hablan en lenguaje de Balaf». Dijo él: «No me ensañaré, ca ante me placerá». Sabed que dice: «El portero yace con mi señora en el lecho de mi señor»; y el otro dice: «Pues yo no quiero decir nada. Y nos habemos por ley de no comer en casa de hombre que su mujer sea mala». Cuando esto hubieron dicho, dijo el siervo que estaba y cerca: «Verdad es, y yo so ende testigo, que lo vi muchas veces y no lo osé decir». Y el señor de casa, cuando esto vido, mandó matar a su mujer.

Y ella envióle rogar que pesquisase bien lo que le dijeran, y dijo: «Demanden y pregunten a los papagayos si saben más deste lenguaje de Balaf, y fallarán que esto ha hecho tu azorero; ca él me pidió mío amor y yo no quise». Y ellos hicieron lo así y vieron que no sabían más fablar, y entendieron quel azorero los enseñara. Y cuando esto vieron entendieron que la mujer era sin culpa y el azorero era mintroso, y mandaron lo llamar. Y él entró muy atrevido y traía en la mano un azor. Y díjole la mujer: «Di tú, ¿me viste hacer esto que dices?». Dijo él: «Sí». Cuando esto hubo dicho saltóle el azor al rostro y sacóle los ojos con las uñas. Dijo la mujer: «ves, traidor, las justicia de Dios, que aína te avino y te comprendió, porque testimoniaste falso contra mí de lo que no sabías ni acaeció».

Dijo Dimna: «Di vos este ejemplo por que vos guardedes de hacer como hizo el azorero; ca el que tal hace, justícialo Dios en este mundo y en el otro». Y el alcall hizo escribir todo lo que dijera Dimna y todo lo otro que y pasó; y enviáronlo a la cárcel y fuéronse los mayores de la mesnada a la casa del rey y leyeron antél todo lo que se razonó. Y tuvieron a Dimna en la cárcel siete días; y cada día le demandaban y no le recibían ninguna excusación de su pecado y nunca lo pudieron vencer ni hacer que manifestase. Desí la madre del león cuando le mostraron el escrito entró al león y díjole: «Si dejas a Dimna vivo, haciendo tal traición, atrever se han a ti tus mesnadas y ninguno no se temerá de tu justicia por gran pecado que haga». E hizo ella venir al león pardo, y testimonió de Dimna lo que le oyó decir y lo que le respondió Calila. Y pues que se lo hubo dicho muchas veces al león, entendió él que Dimna lo había metido a ello, y quel hiciera andar a ciegas, y mandó que lo matasen con hambre y con sed, y murió mala muerte en la cárcel.

Desí dijo el sabio: «Paren mientes los entendidos en esto y en otro tal, y sepan quel que quiere pro de sí a daño de otri, a tuerto por engaño o por falsedad, no estorcerá de mala andanza y hará mala cima, y recibirá galardón de lo que hiciere, en este mundo y en el otro».

Aquí se acaba el capítulo de la pesquisa de Dimna.

Capítulo V. De la paloma collarada, y del galápago, y del gamo, y del cuervo; y es Capítulo de los puros amigos

Dijo el rey al filósofo: «Ya oí el ejemplo de los amigos, cómo los departe el misturero, falso, mezclador, y a qué tornó su hacienda; pues dime de los puros amigos, cómo comienza su amistad entrellos, y cómo se ayudan y se aprovechan unos de otros». Dijo el sabio: «El hombre entendido no iguala con el buen amigo ningún tesoro ni ninguna ganancia; ca los amigos son ayudadores a la hora que acaece al hombre algún mal. Y uno de los ejemplos que me semejan a esto es el ejemplo de la paloma collarada y del mur y del galápago y del gamo y del cuervo». Dijo el rey: «¿Y cómo fue eso?».

Dijo el filósofo: Dicen que en tierra de Duzat, cerca de una ciudad que decían Muzne, había un lugar de caza, do cazaban los pajareros, y había y un árbol grande de muchas ramas y muy espesas, y había y un nido de un cuervo que decían Geba. Y estando el cuervo un día en aquel árbol vio venir un hombre muy feo y de mala catadura y muy despojado; y traía al cuello una red, y en la mano lazos y varas y asomaba faza el árbol. Y el cuervo hubo pavor, y dijo «Alguna cosa adujo a este pajarero a este lugar, y yo no sé si es por mi muerte o por muerte de otri; mas estaré quedo en mi lugar, y veré qué hará». Y armó el cazador su red, y esparció y trigo, y echóse en celada y cerca. Y a poca de hora pasaron y unas palomas que habían por caudillo y por señora una paloma que decían la collarada. Y vio la collarada el trigo, y no vio la red, y posó ella y todas las palomas, y trabáronse en la red.

Y vino el pajarero muy gozoso por las tomar, y comenzaron las palomas a debatirse cada una a su parte, y pugnaban por estorcer. Díjoles la collarada: «No vos desamparedes en vos querer librar, ni haya ninguna de vos más cuidado de sí que de su amiga; mas ayuntemos nos todas en una y quizá arrancaremos la red, y librar nos hemos las unas a las otras». E hicieron lo así: ayuntáronse y arrancaron la red, y leváronla en alto por el aire. Y vio el cazador lo que hicieron, y siguiólas por las haber, y no se desfució dellas y cuidó que luego a poca de ora les apesgara la red y cayeran. Dijo el cuervo, entre sí: «Seguir las he hasta que vea en qué torna su hacienda y del cazador». Y la collarada paró mientes y vio al cazador que las seguía. Dijo ella a las otras: «Veo que nos viene a buscar; y si fuéremos por lo escampado no perderá rastro de nos ni dejará de nos seguir; y si fuéremos por el lugar de los muchos árboles y por lo poblado, perderá rastro de nos, y desperará de nos, y tornar se ha. Y si se fuere, aquí cerca hay una cueva de un mur que es mi amigo; y si allá vamos tajará esta red y librarnos hía della». E hicieron las palomas lo que les ella mandó.

Y perdiólas el pajarero de vista y desfució se dellas, y tornóse. Y siguiólas el cuervo como ante hacía por ver si harían alguna arte para salir de aquello en que eran caídas, y la aprendiese y se ayudase della si él cayese en otro tal. Y llegaron las palomas a la cueva del mur, y mandólas la collarada que se posasen. Y fallaron que el mur tenía ciento cuevas para los miedos. Y llamólo la collarada por su nombre, y decíanle Zira, y él respondió y díjole: «¿Quién eres?». Díjole la collarada: «Tu amiga la collarada». Salió luego a ella, y cuando vido la red díjole: «Hermana, ¿quién te echó en esta tribulación?». Díjole la collarada: «¿No sabes que no hay cosa en este mundo que en ventura no haya aquello que le acontece? Y así la ventura me echó en esta tribulación, ca ella me mostró los granos y me encubrió la red de guisa que me trabé en ella, yo y mis compañeras. Y no es maravilla en me no amparar yo de la ventura, ca no se ampara della quien es más fuerte que yo y de mayor guisa; ca a las veces se oscurece el Sol y la Luna, y pierden su color, y sacan los peces de fondón de la mar do ningunos no nadan, y hacen descender las aves que vuelan por el aire, si lo han en parte. Donde la cosa que hace cobrar al perezoso lo que le es menester, esa misma la hace perder al anviso, y así las aventuras me metieron en esto que ves».

Desí comenzó el mur de roer los lazos en que yacía la collarada. Y ella díjole: «Amigo, comienza en las otras palomas, y taja sus lazos; desí tajarás los míos». Y dijo se lo muchas veces, y él no tornaba cabeza por lo quel decía, ni le respondía. Y tanto se lo dijo, hasta que le respondió el mur y le dijo: «Semeja que no has duelo ni piedad de ti ni deudo con tu alma». Díjole la collarada: «No me culpes de lo que te digo, ca yo só caudillo destas palomas, y asegurélas que estorcerían desta cuita por mí; y es gran derecho que lo haga, así como ellas hicieron su derecho en obedecer a mí lealmente, ca con su ayuda y obedecimiento nos libró Dios del pajarero. Y yo temo me, si comenzares a roer mis lazos, que cansares y te enojares de los que fincaren; y sé que si ante royeres los lazos dellas y fuere yo la postrimera, maguera que canses y te enojes, no querrás estar que no me libres desto en que só». Dijo el mur: «Por esto otrosí te deben amar tus amigos, y haber mayor codicia de ti». Y comenzó a roer y a catar la red hasta que la acabó. Tornóse la collarada y las otras palomas a su lugar, salvas y seguras.

Cuando el cuervo vido lo quel mur hiciera, y como librara a las palomas, hubo codicia de haber su amor, y dijo en su corazón: «No só yo seguro de no acaezco a mí lo que aconteció a las palomas, y no puedo excusar el amor del mur». Y llegóse a la puerta de la cueva y llamólo por su nombre; y dijo el mur: «¿Qué quieres o quién eres?». Dijo el cuervo: «Yo só el cuervo, y sepas que me acaeció desta guisa y desta. Y cuando vi la lealtad que hubiste a la collarada y a sus compañeras, y de lo que fueron libradas por ti, hube gran codicia de tu amistad y de tu compañía, y vine te la a demandar». Dijo el mur: «No ha entre mí y ti carrera por amor, y el hombre entendido no debe trabajarse si no de lo que ha fiucia que hará, y dejarse de buscar lo que no podrá haber, ca será por necio contado, así como el hombre que quiso hacer correr las naves por la tierra, y las carretas por el agua, y no es en guisa. Y ¿cómo será entre nos carrera de amor, yo seyendo tu vianda y tú seyendo mi comedor?».

Dijo el cuervo: «Piensa con tu entendimiento que en comerte yo, maguer que tú seas mi vianda, no me abastarás nada, y que en viviendo tú y habiendo yo tu amor, habré solaz y consolación y aseguranza mientras que viva. Y pues que yo vine pedirte tuyo amor y gracia, no me debes enviar vago, ca me ha parecido de ti gran bondad y buenas costumbres; y maguer que tú no quisiste mostrar esto de ti, el hombre bueno no se encubre su bondad, maguer la encubra y esconda cuanto pueda, así como el musgo, que maguer es cerrado y sellado, por eso no deja su olor de recender; pues tú no mudes contra mí tus costumbres, ni me viedes tu amor». Dijo el mur: «La mayor enemistad es de la natura que es en dos maneras: la una es igual así como la enemistad del elefante con el león, ca a las veces mata el león al elefante, y a las veces mata el elefante al león; y la otra es del daño de la una parte contra la otra, así como la enemistad que es entre mí y ti. Y esta nuestra enemistad no es por daño de mí contra ti; mas por la mala andancia que nos fue prometida en parte que hubiésemos de nos enemistar de la natura; y la paz y la tregua del que ha algo menester, las más veces en enemistad se torna, y no debe el hombre fiar por tal tregua, ni ser engañado por ella; ca el agua, maguer sea bien calentada con el fuego, no deja por eso del amatar el fuego si de suso se le echan. Y solamente tal es el que hace amistad con su enemigo como el que lleva la culebra en su seno, que no sabe cuando se le ensañará y lo matará. Y no se consuela el hombre entendido con la amistad del que lo ha menester, mas antes se aparta dél y lo esquiva».

Dijo el cuervo: «Entendido he lo que dijiste, y tú debes hacer según la bondad de tus costumbres, y conocerás que verdad te digo, y no me encarezcas la cosa ni la aluengues entre mí y ti en decir que no hay carrera para haber yo y tú nuestro amor de so uno; ca el amor que es entre los buenos depártese muy tarde y ayúntase aína, y es en esto tal como el vaso de oro que se quiebra muy tarde y se enmienda muy aína, maguer que se quiebra y se abolle; y el amor que es entre los malos depártese mucho aína y ayúntase muy tarde, así como el vaso de tierra que se quiebra por cualquier guisa mucho aína, desí nunca se enmienda. Y el hombre de buena parte ama al hombre de buena parte de una vez que se vean, y por conoscencia de un día y no más, y el hombre vil no pone su amor con ninguno si no por codicia o por miedo, y tú eres noble y de buena parte, y yo he menester tu amor, y aquí estaré a tu puerta, que no comeré ni beberé hasta que me otorgues tu amor».

Dijo el mur: «Ya recibo el tu amor, que yo nunca envié al que algo hobo menester de mí sin ello, y no te comencé a decir esto que oíste si no por me excusar, y si me quisieres hacer traición no dirás: fallé el mur de flaco consejo y rafez de engañar». Desí salió de su cueva y paróse a su puerta. Dijo el cuervo: «¿Qué te tiene a la puerta de la cueva que te vieda de salir a mí y solazarte conmigo? ¿Has sospecha o miedo de mí aún?». Dijo el mur: «Los hombres deste siglo danse entre sí unos a otros dos cosas: la una es el amor y la otra es el algo. Y los que se dan el amor son los que pura y lealmente se aman, y los que se dan el algo son los que se ayudan y se aprovechan unos de otros. Y el que no hace bien si no por haber bien, y por ganar alguna alegría deste siglo y algún pro, es tal en esto como el pajarero que echa los granos a las aves, no por les hacer ayuda, si no por que quiere ganar. Donde dar hombre su amor mejor es que dar su algo. Y fío en tu amor, y dote otra tal de mí; y no me tiene de salir a ti mala sospecha que haya en ti; mas yo creo que tú has compañeros que son de tu natura, y no son contra mí como tú, y he miedo que me vea contigo alguno dellos y me mate». Dijo el cuervo: «Esta es la señal del amigo: ser amigo del amigo y enemigo del enemigo, y no me es a mí amigo ni compañero quien a ti no amare y no hubiere sabor de ti. Muy rafez me partiría yo de su amor del que tal fuere; y el que siembra las yerbas odoríferas, si con ellas nace alguna cosa que las dañe y las ahogue, arráncala».

Desí salió el mur al cuervo, y abrazáronse y saludáronse el uno al otro y solazáronse y aseguráronse y hablaron y contáronse nuevas, hasta que pasó una hora del día. Y después que pasaron algunos días dijo el cuervo al mur: «Esta tu cueva es cerca de la carrera por do pasan los hombres, y témome que te harán mal. Y yo sé un lugar apartado y muy vicioso do ha peces y agua y hay un galápago mi amigo; si quisieres vamos a él, y viviremos con él salvos y seguros». Dijo el mur: «Pláceme y yo te he de decir muchas historias y hazañas que te departiría si fuésemos ya llegados do tu quieres». Y priso el cuervo al mur por la cola, y voló con él hasta que llegó cerca de la fuente en que yacía el galápago. Cuando vido el galápago un cuervo y un mur con él espantóse, y no sopo que su amigo era, y metióse en el agua. Y puso el cuervo el mur en tierra, y pusóse en un árbol y llamó al galápago por su nombre, y decíanle Asza, y él conoció su voz, y salió a él y preguntóle dónde venía, y díjole él lo que le acaeciera desque siguiera a las palomas, y lo que le acaeciera después del hecho del mur. Y maravillóse el galápago del seso del mur y de su lealtad, y llegóse a él y saludólo, y díjole: «¿Qué te adujo a esta tierra?». Dijo el mur: «Hube codicia de tu compañía y de vivir contigo». Desí dijo el cuervo al mur: «Las historias y las hazañas que me dijiste que me dirías, dímelas agora y cuéntamelas, y no te receles del galápago, que así es como si fuese nuestro hermano».

El mur cuenta historia

Dijo el mur en comenzando a contar la primera historia: Do yo nací fue en casa de un religioso que no había mujer ni hijos. Y traíanle cada día un canastillo de comeres, y comía dello una vez, y dejaba lo que fincaba, y colgábalo de una soga en un canastillo. Y yo acechábalo hasta que salía: desí veníame para el canastillo, y no dejaba y cosa de que no comiese y que no echase a los otros mures. Y pugnó el religioso muchas veces de lo colgar en lugar que lo yo no pudiese alcanzar, y no podía. Desí posó con él un huésped una noche, y cenaron amos, y estando hablando dijo el religioso al huésped: «¿De qué tierra eres y a do quieres ir agora?». Y éste su huésped había andado a muchas partes, y había visto maravillas, y comenzóle a contar; y el religioso en este comedio sonaba sus palmas a las veces por me hacer huir del canastillo. Ensañóse el huésped por ende, y díjole: «¿Escarnio hacedes de mí, que me demandades que vos cuente nuevas, y vos haciéndose esto?».

Y excusósele el religioso y díjole: «Gran sabor he de oír tus nuevas; mas hágolo por espantar unos mures que ha en esta casa, que me hacen gran enojo, y nunca dejan cosa en el canastillo que me lo no coman y me lo royan». Dijo el huésped: «¿Un mur es, o muchos?». Dijo el religioso: «Los mures de casa muchos son, mas hay uno que me ha hecho gran daño y no lo puedo hacer ningún arte». Dijo el huésped: «Por alguna cosa hace este mur lo que hace, y miémbrome agora a lo que dijo un hombre: "Por alguna cosa cambió esta mujer el sínsamo descortezado por el por descortezar". Dijo el religioso: "¿Cómo fue eso?"».

La mujer del sésamo

Dijo el huésped: Posé una vez con un hombre en una ciudad, y cenábamos amos, e hiciéronme una cama, y fuese el hombre a yacer con su mujer. Y había entre nos un seto de cañas, y oí decir al hombre que dijo a su mujer: «Yo quiero cras convidar una compaña que yante conmigo». Y dijo la mujer: «¿Cómo lo harás, que no ha en esta casa cosa que les cumpla, y tú eres un hombre tal que no guardas ni condesas?». Dijo el marido: «No te arrepientas por cosa que demos a comer ni despendamos, que el apañar y el condesar por aventura hacen tal cima como la cima del lobo». Dijo la mujer: «¿Cómo fue eso?».

El lobo y el arco

Dijo el marido: Dicen que salió un ballestero, con su arco y con sus saetas a buscar venados, y luego acerca falló un venado y tíróle y matóle; y él en levándolo para su casa atravesó un puerco la carrera, y el ballestero tíróle e hírióle. Y tornó se el puerco al hombre, y matóle con sus dientes, y así fueron allí todos tres muertos. Y en esto pasó por allí un lobo hambriento, y desque les vio así todos muertos, dijo: «Esperanza tengo de ser vicioso». Y dijo: «Así conviene condesar desto cuanto pudiere; que el que no cuida ni condesa, no es enviso, y yo quiero hacer provisión desto que fallé, que me cumplirá asaz comer la cuerda del arco para hoy». Entonces llegó al arco por comer la cuerda, y desque la hubo tajada, desempolgóse el arco, y diole el otro cabo en la cabeza y matóle. Y yo no te di este ejemplo si no por que sepas que la gran codicia del apañar y del condesar hace mala cima.

Dijo la mujer: «Pues así tú lo quieres, téngolo por bien. En casa tenemos arroz y sínsamo de que dar de yantar a seis o siete hombres, y yo mañana madrugaré y haré de que coman tus convidados los que quieras». Y la mujer, luego que amaneció cogió sínsamo, lo descortezó y lo extendió al Sol para que se secase, y díjole a un esclavo pequeño que tenía: «Cuida de ese sínsamo, y que no se lo coman los pájaros, ni se acerquen a él los perros». Y fuese la mujer a otras haciendas de la casa. Y mientras, el muchacho que estaba en guarda del sínsamo descuidóse, y vino un perro y meóse en ello. Desí vino la mujer y probó el sínsamo, y hallólo amargo y no quiso guisarlo para comer. Y fuese al zoco y camió aquel sínsamo por otro sin mondar, cantidad por cantidad. Y hallábame yo en el zoco en la sazón y oí a un hombre que dijo: «¿Por qué razón habrá esta mujer camiado el sínsamo ya mondado por el sin mondar?».

Y otrosí te digo yo deste mur que salta en el canastillo, do quier que le pongas, y que sube en él, y los otros no, que por alguna cosa lo puede hacer. Pues búscame un azadón, y cavaré en esta cueva y quizá sabré algo de su hacienda.

Y entonces demandó el religioso un azadón, y trájole al huésped, y yo estando en otra cueva ajena, oyendo lo que decían. Y había en la mi cueva 1.000 maravedís, y yo no sabiendo quién los pusiera ahí; empero yo meneábalos y zanecía con ellos cuando quier que me venía emientes. Así quel huésped cavó la cueva hasta que llegó a ellos y sacólos y dijo: «Este mur no podría saltar do saltaba si no por que yacían aquí estos maravedís. Ca el haber es criado para acrecer en la fuerza y en el seso; y tú verás que de hoy en adelante no podrá saltar como solía ni habrá fuerza ni memoria más que los otros mures». Y yo oí lo que decía el huésped, y sope que decía verdad, y desesperé de mí mismo, y sentíme muy quebrantado y muy menguado en mi fuerza. Y cuando los maravedís fueron sacados de la cueva, mudéme a otra cueva, y cuando amaneció llegaron se los mures que me solían servir, y dijeron me: «hambre habemos, y habemos perdido lo que nos solías dar, y tú eres nuestra esperanza, pues para mientes en nuestra hacienda».

Y fueme al lugar donde solía saltar al canastillo, y trabajéme de saltar muchas veces, a no lo podía hacer. Y vi manifiestamente que mi estado era ya mudado, y despreciaron me los mures, y oíles decir unos a otros: «Aterrado es éste por siempre, pues quitemos nos dél y no esperemos dél nada; ca no cuidamos que pueda hacer lo que solía, mas que habrá menester quien lo gobierne». Y dejaron me, y fueron se a mis enemigos y comenzaron a decir mal de mí y de mi aviltar a los que me habían envidia, y alongáronse de mí, y no tornaron por mí cabeza. Y dije en mi corazón: «Veo que la compaña y los amigos y los vasallos no son si no con el haber, y no parece la nobleza del corazón ni el seso ni la fuerza si no con el haber; ca yo veo quel que no ha haber, si se entremete de alguna cosa, torna a la pobredad atrás, así como el agua que finca en los ríos de la lluvia del verano, que no va al mar ni al río, que no ha ayuda. Y vi quel que no ha amigos no ha parientes, y el que no ha hijos no es memoria dél, y el que no ha haber no ha seso, ni ha este siglo ni el otro. Ca el hombre, cuando le acaece alguna pobredad y mengua, deséchanlo sus amigos, y parten dél sus parientes y sus bien querientes, y desprécianlo, y con cuita ha de buscar vida, trabajándose para haberla para sí y para su compaña, y de buscar su vito a peligro de su cuerpo y de su alma, pues quél ha de perder este siglo y el otro.

»No es ninguna cosa más fuerte que la pobredad; que el árbol que nace en el aguazal, que es comido de todas partes, en mejor estado está que el pobre que ha menester lo ajeno. Y la pobredad es comienzo y raíz de toda tribulación, y hace al hombre ser muy menudo, y muy escaso, y hácele perder el seso y el buen enseñamiento, y han en él los hombres sospecha, y tuelle la vergüenza, y es suma de todas tribulaciones. Y aquel a que acaece pobredad no puede estar que no pierda la vergüenza; y quien ha perdido la vergüenza pierde la nobleza del corazón; y quien pierde la nobleza es hecho muy vil; y quien es hecho vil recibe tuerto; y quien recibe tuerto y daño ha gran pesar; y quien ha de pesar enloquece y pierde la memoria y el entendimiento; y al que esto acaece, todo cuanto dice es contra sí, y no ha pro de sí.

»Y veo quel hombre, cuando empobrece, sospéchalo el que fiaba por él, y cuida mal dél como cuidaba bien, y si otro alguno ha culpa, apónenla a él. Y no ha cosa que bien esté al rico que mal no esté al pobre; ca si fuere esforzado dirán que es loco, y si fuere franco dirán que es gastador, y si fuere mesurado dirán que es de flaco corazón, y si fuere sosegado dirán que es torpe, y si fuere hablador dirán que es parlero. Pues la muerte es mejor al hombre que la pobreza que hace al hombre pedir con cuita, cuanto más a los viles escasos; ca el hombre de gran guisa, si le hiciesen meter la mano en la boca de la serpiente y sacar ende el tósigo y tragarlo, por más ligera cosa lo ternía que pedir al escaso. Y dicen quel que padece gran enfermedad en su cuerpo, tal que nunca la perdiese, o que perdiese sus amigos y sus bien querientes, o que fuese en ajena tierra do no supiese casa ni albergue, ni hubiese esperanza de se tornar, mejor le sería todo esto que pedir a los viles; que la vida les es muerte y la muerte les es holgura. Y a las veces no quiere el hombre pedir seyéndole mucho menester, y hácel esto hurtar y robar, que es peor que pedir; ca dicen que más vale callar que decir mentira, y mejor es la torpedad de la lacería que la infamia, y mejor es la pobredad que pedir haberes ajenos.

»Y yo vi quel huésped, cuando sacó los maravedís de mi cueva, que los partió con el religioso. Y vi que puso su parte dellos en una bosa a su cabecera, y hube codicia de haber algunos dellos por que cobrase mi fuerza, y por que se tornasen a mí mis amigos. Y fueme, seyendo él adormido, hasta que llegué acerca dél, y despertó a mi roído. Y tenía cerca de sí una vara, e hirióme con ella en la cabeza muy mal; y rastréme hasta que entré en la cueva. Y después que se me fue amasando el dolor que había, contendieron conmigo la golosía y la codicia, y venciéronme de mi seso. Y lleguéme con otra tal codicia como la primera, hasta que fue cerca, y en veyéndome diome otro tal golpe de cabo en la cabeza, que me cubrió de sangre. Y fueme a tumbos, y rastréme hasta que fue en la cueva, y caíme amortecido sin seso y sin recaudo.

»Y hube tamaño miedo que me hizo aborrecer el haber, así que cuando oía nombrar haber, había gran pavor y gran espanto. Desí pensé y fallé que las tribulaciones deste mundo no las han los hombres si no por golosía y por codicia, y siempre están por ellas en tribulación y en laceria. Y vi que había entre la escaseza y la franqueza gran diversidad, y vi que más ligera cosa es meterse hombre a las grandes aventuras y al gran peligro, y a gran ocasión, y a luengas carreras, en buscar el algo deste mundo, que parar su mano a pedir. Y vi que no ha mejor cosa en este mundo que tenerse hombre por abastado con lo que ha. Y oí a los sabios decir que no es ninguna obra tan buena como asmar, ni ningún temor de Dios tal como retenerse de mal hacer, ni ningún linaje como buenas costumbres, ni ninguna riqueza como tenerse por abastado con lo que Dios le da. Y dicen que la cosa que el hombre con mayor derecho debe sufrir es aquella que por ninguna guisa no puede mudar.

»Y dicen que la obra más santa es piedad, y raíz del amor es la fianza, y el más provechoso entendimiento es saber lo que fue y lo que ha de ser, y dejarse hombre de grado de las cosas que no habrá por ninguna guisa. Así que torné mi hacienda a tenerme por pagado y por abastado de lo dije había, y mudéme de la casa del religioso al campo; y había una paloma por amiga, y por el amor suyo me fue echado este cuervo, e hizo me saber el gran amor que te tenía y como se quería venir para ti, y hube sabor de te venir ver con él. Y no quise venir solo, ca no es ningún alegría en este mundo que empareje con la compañía de los amigos, ni es ninguna tristeza deste mundo que empareje con perder los. Y probé y sope que ninguno no debe querer deste siglo ni buscar más de cuanto le cumpla, con que pierda pobredad y que no sea mal traído. Y si a un hombre diesen todo este siglo con cuanto en él ha, no le haría pro sinon lo poco, tanto que no hubiese menester lo ajeno, que todo lo ál en sus lugares se queda, y no ha dello, si no la vista del ojo, así como otro hombre cual quier. Y vine con el cuervo con este acuerdo, y yo ser te he amigo y compañero, y tú otrosí quiero que en tal lugar me tengas».

Y pues que hubo acabado el mur lo que decía, respondió el galápago muy blandamente y a sabor, y díjole: «Ya oí lo que dijiste muy bien, empero véote estar así como triste, y remiémbraste de cosas que tienes en el corazón; y por que aquí eres connusco en ajeno lugar no seas de tal acuerdo, y déjate ende y sepas que el buen decir no se acaba si no con las buenas obras. Ca el enfermo que sabe su melecina cuál es, si no se melecina con ella no se aprovecha de otra ninguna ni siente holgura ni aliviamiento; onde ha menester que uses de tú entendimiento y de tu saber. Y no hayas pesar por que hayas poco haber; ca el hombre de noble corazón a las veces honran lo los hombres sin haber, así como el león que es temido maguer domado sea; y el rico que no es de noble corazón, no le tiene pro su haber, así como el can que es menospreciado de los hombres, maguer que traya collar y sonajas.

Y pues no tengas por gran cosa en tu corazón ser en ajena tierra, ca el hombre entendido no es extraño, en ningún logar, seyendo vivo de gran corazón, así como el león, que no va a ningún logar que su fuerza no lleve consigo, con la cual vive do quier que vaya. Y amonesta tu alma a bien, por que sea digna y mereciente de bien. Y sepas que cuando esto hicieres venir te ha el bien buscar de todas partes, así como busca el agua el lugar más bajo de la tierra. Y el hombre bien enviso nunca puede mal caer en ningún logar que sea, y no cae mal si no el hombre malo perezoso, como la mujer mala que no se paga con el viejo por marido. Y no hayas pesar por decir: «Era señor de gran algo y no he nada; ca el haber y todo el algo deste siglo todo ha de fenecer. Y el haber aína viene y aína se va, así como la pella que se alza muy aína, y desciende más aína».

Y dicen los sabios que algunas cosas son que no han fermedad ni turan; la una es sombra de las nubes, y otra es amistad de los malos, y otra es la fama mintrosa, y la otra es gran haber; y no debe el hombre entendido alegrarse por gran haber, ni haber pesar por lo poco; mas el su haber con que se debe alegrar y su entendimiento. Y no debe descuidarse del otro siglo, y de hacer por que haya bien de Dios; ca la muerte no viene si no a so hora y sin sospecha, y no ha plazo sabido. Y tú puedes bien excusar mi castigo, y sabes bien que es tu pro; empero tengo por bien de te decir lo que te debo, y de te ayudar a las buenas obras, y tú eres buen amigo y hermano, y todo cuanto tenemos tan bien como para nos es para ti.

Cuando el cuervo oyó esto que decía el galápago, y cómo respondió al mur tan bien y tan sabrosamente, plógole y alegróse por ende, y díjole: «Alégrate, que hecho me has gran bien y siempre lo hiciste así. Y otrosí te debes alegrar con amor de tal mur tan sesudo y tan franco y tan bueno, ca los hombres que más sabrosa vida y más alegría han, son los que nunca se quitan de sus buenos amigos. Ca el hombre de buena parte, si tropieza, no se levanta si no con los hombres de buena parte, así como el elefante, que si cae en el lodo no lo sacan si no los elefantes. Y el hombre entendido siempre es conocido su buen hacer; y maguer que mucho sea, y maguer que se meta a gran peligro, y no le es tenido esto por aleve; mas sepa que ame más lo que ha de durar que lo que ha de fenecer, y que ha comprado lo más por lo menos y se alegra con ellos; y no es contado por rico quien de su haber no hace parte; onde no es contada pérdida la que ganancia trae, ni es contada por ganancia la que pérdida trae». Y díjole muchas cosas y muchas buenas razones y hazañas para afirmar su amor con el mur.

Y estando así hablando el cuervo, asomó contra ellos un gamo andando, y espantáronse dél; y saltó el galápago en el agua, y metióse el mur en la cueva, y voló el cuervo y posó en el árbol. Y llegó el gamo al agua y bebió della. Desí alzó la cabeza muy espantado; y voló el cuervo por el aire por catar si vería a alguno que buscase al gamo y no lo vido. Y llamó al galápago y al mur que saliesen y díjoles: «No hay cosa que pesar nos haga, y no temades». Y salieron y ayuntáronse. Dijo el galápago al gamo cuando lo vido catar al agua y no se allegaba a ella: «Bebe si has sed, y no temas, que no hay por qué». Y llegóse el gamo a él y salváronse, y díjole el galápago: «¿Dónde vienes?». Dijo el gamo: «Estaba paciendo en este campo, y siguieron me los ballesteros de un lugar en otro, y vi hoy un viejo, y hube miedo cuidando que fuese venador, y vine huyendo mucho espantado». Y dijo el galápago: «No temas, que no vimos nunca en esta parte venador; pues sey conusco y dar te hemos nuestro amor y habrás aquí buena morada, y aquí es el pasto cerca de nos». Y el gamo hubo sabor de su compañía, y estovo con ellos.

Y había un parral do se acogían y se ayuntaban, y se solazaban y denunciaban sus cosas. Desí ayuntáronse un día el cuervo y el galápago y el mur so el parral, y tardó el gamo. Y ellos atendieron lo una hora y no vino. Y hubieron gran cuidado de su tardanza y hubieron temor que le acaeciera alguna cosa. Y dijeron al galápago y el mur al cuervo: «Vuela y cata aquí derredor de nos». Y el cuervo voló a todas partes y vio al gamo yacer en unos lazos y descendió luego y llegó se a él y díjole: «Amigo, ¿quién te echó en estas sogas y en esta tribulación seyendo tú tan sabedor y tan ligero?». Y dijo: «¿Qué pro ha hombre en ser ligero con las aventuras encubiertas que no son vistas?».

Y en departiendo asomaron el galápago y el mur. Dijo el gamo: «No hiciste bien en venir amos acá, que el venador, si allegare, y hubiere el mur acabado de tajar los lazos, escaparía yo y huiría el mur a muchas cuevas que están por aquí, y el cuervo volaría, y tú que eres cosa pesada, no te ayudarías de nada, y nos habríamos duelo de ti». Dijo el galápago: «No es contado por entendido ni por vivo quien a la hora que se parten dél sus amigos no se puede ayudar de consolación. Y una de las cosas que ayudan al hombre a consolarse de sus cuidados y asosegar su corazón a la hora que le acaecen las tribulaciones es verse con su amigo, y apurar cada uno dellos al otro su voluntad, y acorrerse en las cuitas. Y cuando el amigo se parte del otro pierde su alegría, y pierde la lumbre de sus ojos». Y ante que acabase el galápago de decir su razón, asomó el venador; y en esto había el mur tajado la red al gamo, y estorció el gamo de los lazos y voló el cuervo, y metióse el mur en la cueva. Y desque llegó el venador y vido cortados los lazos, maravillóse, y no vido si no el galápago, y tomólo, y atólo y levólo.

Y ayuntáronse el cuervo y el mur y el gamo, y vieron levar al galápago, y hubieron por ende gran pesar. Y dijo el mur: «Desque habemos pasado una tribulación, luego caemos en otra; y cómo dijo verdad el que dijo que mientras está el hombre aventurado viénenle las cosas a su guisa; y desque comienza a caer, todavía va de mal en peor. Y la mi ventura que departió entre mi compañía y mis hijos y mi haber y mi lugar, no se ternía por pagada hasta que partiese entre mí y entre la compaña del galápago en que yo vivía, cuyo amor no era por galardón, ni por merecimiento, mas por su nobleza de corazón y lealtad y buen entendimiento, cuyo amor era mayor que no había el padre con el hijo. Y tal amor no le puede departir salvo la muerte. Y este cuerpo que es siempre a las tribulaciones, que siempre está en movimientos y en angostura, así que ningún placer no le dura ni le finca con él, así como no dura al ascendente de las estrellas su ascensión ni al descendente su descención, mas siempre se mudan el ascendente en descendente y el descendente en ascendente, y el oriente en ocaso, y el que es en ocaso en oriente. Y este dolor me hace membrar todos mis dolores, así como la llaga que sobre sana y le acaece ferida, que se le ayuntan dos dolores, un dolor de la ferida y otro de la llaga que se refresca».

Dijeron el cuervo y el gamo al mur: «Nuestro dolor y el tuyo uno es, y maguer mucho se diga no le tiene pro al galápago; deja esto y busca algún arte con que salgamos desto en que somos; ca dicen que los esforzados no se prueban si no cuando lidian, ni los fieles si no en dar y en tomar, ni los hijos y la familia si no cuando la pobredad, ni los amigos si no cuando las cuitas». Dijo el mur al gamo: «Veo por bien que vayas y estés en el camino por do ha de pasar el venador, y que te eches así como que estás llagado y muerto, y verná el cuervo y posará sobre ti y hará como que come de ti; y yo iré siguiendo al cazador tanto que sea cerca dél, ca fío por Dios que si te él viere, que dejará la ballesta y la red y el galápago, e irá a ti por te tomar. Y cuando fuere cerca de ti, comenzarás a huir poco a poco de guisa que no se desahucie de ti, y velo atendiendo. Y yo pugnaré de cortar la red, y fío por Dios que ante que él torne habré yo cortado las cuerdas al galápago, e irme me he con él y que tornaremos a nuestro lugar».

E hizo el gamo así como dijo el mur, y siguiólos el venador gran pieza, y el mur tajaba en tanto los lazos del galápago. Y desque el venador no pudo haber al gamo, desahucióse dél y tornóse, habiendo ya el mur las cuerdas tajadas y el galápago ido. Cuando esto vio el venador, y vido sus cuerdas tajadas, y pensó en el hecho del gamo que se le mostrara, y del cuervo que se posó sobre él, y como que comía dél, y como le tajaran en antes sus cuerdas en que yacía el gamo, espavorescióse y dijo: «Esta tierra es de hechiceros o de demonios». Y echó todo lo que traía y tornóse espantado, que no volvió cabeza a ninguna cosa. Y ayuntáronse el cuervo y el gamo y el galápago y el mur en su parral, salvos y seguros.

Dijo el rey al filósofo: «El arte de las más flacas bestias llegó a tanto en se ayudar unos a otros, en ser leales y pacientes. Y como estorcieron los unos por los otros de gran tribulación, cuanto más lo deben hacer los hombres en ayudarse los unos a los otros, y estorcerán de las ocasiones y tribulaciones que en el mundo son y acaecen».

Capítulo VI. De los cuervos y de los búhos. Es ejemplo del enemigo que muestra humildad y gran amor a su enemigo, y se somete hasta que se apodera dél, y después le mata

Dijo el rey al filósofo: «Ya entendí este ejemplo. Dame agora ejemplo del hombre que se engaña en el enemigo que le muestra humildad y amor». Dijo el filósofo, al rey: «El hombre que es engañado por su enemigo, maguer que le muestre gran humildad o gran amor y gran lealtad, si se segura en él, acontecer le ha lo que aconteció a los búhos y a los cuervos». Dijo, el rey: «¿Y cómo fue eso?».

Y dijo el filósofo: Dicen que en un monte había un árbol muy alto y muy grueso, y era muy espeso, lo más que pudiese, de ramos y de fojas. Y había en él nidos de mil cuervos, y habían un rey de sí mismos. Y había en aquel monte muchos nidos de búhos, y habían otrosí un rey de sí. Y salió el rey de los búhos una noche por la enemistad que entre los cuervos y los búhos siempre hubo, y corriólos a tanto que mató dellos y llagó muchos dellos. Y después que amaneció ayuntáronse los cuervos y díjoles el rey: «Ya vedes que habemos pasado y sufrido de los búhos, y cuántos amanecieron de nos muertos, y otros alas quebrantadas, y otros mesados. Y lo peor que nos acaeció dellos es que son atrevidos ya a nos, y saben nuestro lugar; donde es menester que vos acordedes y que paredes bien mientes en nuestra hacienda».

Y había en estos cuervos cinco dellos a que todos los otros cuervos conocían mejoría en consejo, y por quien se guiaban y con quien se acorrían en sus cuitas, y con quien el rey se aconsejaba, y por cuyo consejo hacían lo que habían de hacer. Dijo el rey al primero de los cinco: «¿Qué tienes por bien en esto?». Dijo el cuervo: «El consejo que a mí parece, muchas veces se adelantaron a él los sesudos que fueron ante que nos, que es que al enemigo con que hombre no puede, no hay otro consejo si no huir dél».

Desí dijo el rey al segundo: «¿Qué ves tú?». Dijo: «Lo que éste conseja no lo tengo yo por seso, que hermemos nuestros lugares y que nos sometamos a nuestros enemigos por la primera mal andancia; mas acordemos nos y aparejemos nos contra nuestros enemigos, y pongamos nuestras atalayas y nuestras guardas entre nos y ellos, y guardemos nos de sobrevienta otra vez. Y si vinieren contra nos, lidiemos, así que mataremos dellos algunos».

Desí dijo el rey al tercero: «Y tú, ¿qué es tu consejo?». Dijo: «No tengo por seso lo que estos amos dijeron, mas tengo por bien de aguciar nuestras atalayas y nuestras escuchas entre nos y nuestros enemigos, y veamos si recibirán de nos paz o parias, que les demos alguna cosa, y será bien, y así perderemos miedo dellos y seremos seguros en nuestros lugares. Y uno de los buenos consejos que es para los reyes es que si su enemigo es más fuerte, y se temiere de recibir daño y perder sus pueblos, que haga de los haberes escudos para los pueblos y para las tierras».

Y después que acabó el tercero su razón dijo el rey al cuarto: «Y tú, ¿qué tienes por bien desta paz que éste dice?». Dijo: «Más tengo por bien de dejar nuestros logares y sufrir extremidad y vida lazrada, ca nos es mejor que no aviltar nuestro linaje y someternos al enemigo de quien somos más nobles. Y aun sé yo bien que maguer que se lo demostrásemos, no nos lo recibirán si no con grandes posturas. Y dicen: "Date a tu enemigo algún poco, y habrás dél lo que quisieres; y no te le des todo, ca se atreverá contra ti, y someter se le han tus mesnadas". Y esto es así como la viga que está parada en el Sol, y si la irguieren un poco, acrecerá su sombra, y si más de su derecho la inclinares, menguará su sombra. Y nuestro enemigo no se terná por contento de nos con menor inclinamiento; donde el consejo es esquivar esto y sufrir».

Dijo el rey al quinto: «Y tú, ¿qué tienes por bien: la paz o la lid, o huir, o ál?». Dijo: «Digo vos que no es en guisa de lidiar con aquel que no se semeja en fuerza y en valentía; ca el que se atreve contra su enemigo teniéndolo por flaco, engáñase, y quien se engaña apodera a otri en sí. Y yo temo mucho los búhos y ante que ellos viniesen a nos, todavía los temía; ca el hombre entendido no se segura en su enemigo, maguer que poco poder haya, y maguer que sea solo, no se asegure en su arte. Y los más delibres hombres son aquellos que no quieren hacer su hacienda por lid, mientras que otra carrera fallan; ca la despensa que se hace en la lid es de las almas, y en las otras cosas es la despensa de los haberes. Donde lidiar con los búhos no querades hacerlo, que quien lidia con el elefante y no ha fuerza, él trae la muerte a sí mismo».

Dijo el rey: «Pues ¿qué tienes por bien?». Dijo: «Que te aconsejes, que el rey que se aconseja vence en aconsejándose con los entendidos y con los leales de su casa, mas que otro rey con sus mesnadas y con su gran poder. Y el rey enviso acrece su consejo en aconsejándose con su compaña, así como acrece el agua de la mar con los ríos que caen en ella. Y los reyes no deben cesar de hacer su hacienda y hacienda de sus enemigos, y parar y mostrar las cosas a su corazón, y pasar y atreverse a las cosas o oírlas según su corazón mostrare, y aconsejarse con sus vasallos leales o con aquellos en que fían. Y tú, señor, por la bondad y la nobleza que te Dios dio, eres el rey que de mejor consejo sea y el que mejor mantiene sus pueblos; y tú mandástenos consejo en cosa atal que no podemos estar que te no respondamos. Y yo responderte he alguna cosa dello en puridad, y lo que me no aborrece diré concejeramente: que así como no tengo por bien la lid, otrosí no tengo por bien someter nos y dañarse y ser soseido del siglo; ca el entendido por mejor tiene la muerte muriendo honrado y guardando, su derecho, que la vida viviendo sometido y soseido. Y tengo por bien que no lo pongas en traspaso, que es raíz de la pereza. Y lo que quiero que sea puridad téngolo en puridad; ca dicen que los reyes no vencen si no seyendo envisos, y ser enviso es celar las puridades. Y la puridad no es descubierta si no por cinco personas: por el señor, o por los que le aconsejan, o por los mandaderos, o por los que la oyen, o por los que ven qué se hará por ende. Y quien encubre su puridad logrará por la celar una de dos cosas, o vencer lo que quiere o estorcer del daño della, si no recaudare lo que le es menester. Y el hombre a quien acaece alguna tribulación no se puede esquivar de se aconsejar con el leal hombre; que el hombre entendido, maguer que sea de buen seso y de buen consejo y de buen acuerdo, acrece su entendimiento y su consejo aconsejándose, así como acrece el fuego en la luz y con la grosura y con el óleo. Y el hombre que se quiere aconsejar debe concordar con aquel que se conseja, en el buen acuerdo; y débelo contrastar por el malo con mansedumbre y con halago, y debe usar su acuerdo en las cosas dudosas hasta que se le enderecen las cosas.

»Y debe el hombre a aquel que le demanda consejo, que se lo dé el mejor que pudiere y supiere, y que lo desengañe de su hacienda; y si viere que la trae mala, que se la desvíe; y si viere que yerra en alguna cosa, que lo desvíe y que le muestre su yerro y que no le aconseje hasta que lo cate bien y que lo asme bien. Y cuando no fuere tal el aconsejador, es enemigo de aquel que le demanda consejo y de sí mismo. Y si aquel consejero tal no fuere contra el que se aconseja con él, es tal como el hombre que conjura al diablo por meterlo en alguno, y si bien no le sabe conjurar, entre el diablo en él mismo. Y cuando el rey tuviere bien sus puridades, y se aconsejare con sus privados leales, y fuere temido de sus pueblos y muy caro en no saber ninguno su corazón, y que galardone bien al que le hiciere servicio, y que escarmiente al que hiciere mal, y que sea mesurado en su despensa, con estas cosas le puede durar la merced que Dios le hizo.

»Y las puridades, señor rey, son y hay de dos grados: hay puridad que la deben saber muchos, y hay puridad que la no deben saber si no dos hombres. Y tengo por bien que no sepan esta puridad tan alta si no cuatro orejas y dos lenguas». Y el rey apartóse con él y demandó le consejo y preguntóle primeramente por qué fue la enemistad entre los cuervos y los búhos. Dijo el cuervo: «Señor, sabed que la enemistad entre los cuervos y los búhos fue por una palabra que dijo un cuervo». Dijo el rey: «¿Y cómo fue eso?». Dijo el cuervo: «Dicen que todas las aves quisieron haber rey a que diesen su poder, y acordaron de hacer rey a uno de los búhos; y estando en esto asomó un cuervo de alueñe, y dijo una dellas: "Esperemos hasta que venga este cuervo, y demandar le hemos consejo". Y llegó el cuervo a ellos, y demandaron le consejo, y dijeron le de como acordaban de hacer al búho rey».

Dijo el cuervo: «Si todas las aves fuesen muertas y perdidas y aterradas, y muriesen los pavones y las grúas y las ánades y las palomas y todas las otras aves, no estaríades en tan gran cuita en hacer reinar al búho, que es la más laida ave y la más fea y de peor donaire y de menos seso y la más sañuda y de menos piedad y de mayor saña; y ha gran enfermedad durable que no ve nada de día, y lo peor della que es de mala mantenencia. Y no tengo por bien que él sea rey si no lo hiciéredes de una guisa, que lo hagades rey y que no hagades nada por su mandado ni por su consejo, así como hizo la liebre que se alabó que la Luna era su rey». Dijeron las aves: «¿Y cómo fue eso?».

Las liebres y la fuente de la Luna

Dijo el cuervo: Dicen que en una tierra de elefantes aportaron años de seca, y menguó el agua en aquella tierra, y secáronse las fuentes; y hubieron los elefantes muy gran sed, y querelláronlo a su rey. Y envió el rey de los elefantes sus mandaderos y sus atajadores a recaudar agua, y tornóse para él un su mandadero y díjole que en lugar señalado fallara una fuente que es llamada la fuente de la Luna, y había y mucha agua. Y fuese el rey de los elefantes con toda su compaña aquella fuente para beber della. Y había en aquella tierra muchas liebres, y estragáronlas los elefantes dentro en sus cuevas, y murieron las más dellas. Y ayuntáronse las que fincaron con su rey, y dijéronle: «Bien sabedes lo que nos avino del rey de los elefantes; pues dadnos consejo y remedio ante que torne a esta tierra otra vegada y nos mate a todas». Dijo el rey: «Diga cada una de vos su consejo y su seso».

Y vino una liebre dellas, que había nombre Feyrus, y conocíala el rey por de buen acuerdo y de buen consejo, y dijo: «Si lo por bien tuviéredes, señor, enviadme a los elefantes, y enviad conmigo un fiel, y vea lo que haré y que diré, y decir lo ha a vos». Dijo el rey: «Tú eres mío fiel, y yo pagado só de tu consejo, y creer te he de lo que me dijeres. Pues vete para los elefantes, y diles de mi parte lo que quisieres, y faz tu seso. Y sey blando y manso, quel buen mandadero ablanda el corazón si mansamente habla». Y fuese la liebre una noche en que hacía lunar, hasta que llegó a do eran los elefantes. Y no quiso llegar a ellos por que la no pisasen con los pies, y subióse encima de un monte muy alto. Y llamó al rey de los elefantes por su nombre, y díjole: «La Luna me envió para vos, y el mandadero no debe ser culpado maguer que departa palabras bravas».

Dijo el rey de los elefantes: «¿Qué es la mandadería que me traes?». Dijo: «Dice vos la Luna que quien conoce cuánta mejoría ha en su fuerza sobre los flacos, y se engañan por esto los fuertes, su fuerza es cobardez y mala andancia contra sí. Y porque sabedes cuánta mejoría ha la fuerza que habedes sobre las otras bestias, fuiste atrevidos contra mí, y viniste a la fuente que le dicen el mi nombre, y tomaste mi agua y bebiste la, vos y vuestras compañas. Yo vos defiendo que no vengades y más, y si no, yo vos cegaré y vos mataré. Y si habedes duda desto que vos envío decir, id a la fuente, y ahí hallaredes que yo seré convusco luego».

Y maravillóse el rey de los elefantes de lo que le decía la liebre, y fuese con ella para la fuente, y vido la luz de la Luna en el agua. Dijo la liebre: «Tomad del agua con vuestra manga y lavad vuestro rostro, y adorad la Luna y pedid le merced que vos perdone». Y cuando tomó del agua con su manga, movióse el agua y semejóle que tremía la Luna, y dijo el elefante a la liebre: «¿Qué ha la Luna? ¡Si se ensañó contra mí porque metí la manga en el agua!». Dijo la liebre: «Así es como vos decides». Y repentióse el elefante de lo que hiciera e inclinóse a ella, y echó se en preses, y hízole pleito y homenaje que nunca tornaría más en aquel lugar él ni los otros elefantes.

Dijo el cuervo: «Y de más de cuanto vos he dicho del búho, es por natura falso y engañoso y terrero, y el peor rey sí es el engañoso; y quien apodera al engañoso, acaecer le ha lo que acaeció a la gineta y a la liebre que hicieron su alcalld al gato religioso ayunador». Dijeron las aves: «¿Y cómo fue eso?».

La gineta, la liebre y el gato religioso

Dijo el cuervo: Yo había una gineta por vecina en una cueva cerca de un árbol do había mi nido, y veíamonos muchas veces, y fuimos vecinos gran tiempo. Desí perdíla, y no sope dónde se fuera, y cuidé que era muerta. Y vino una liebre a la cueva de la gineta, no sabiendo qué se hiciera, y moró ahí la liebre un tiempo. Y después tornóse la gineta a su lugar y falló y la liebre, y dijo: «Este lugar mío es, pues múdate ende». Dijo la liebre: «Yo só tenedor del lugar; prueba lo que dices y demándame por derecho». Dijo la gineta: «El logar es mío, y desto he pruebas». Dijo la liebre: «Menester habemos alcalld». Dijo la gineta: «Cerca está el alcalld de nos». Dijo la liebre: «¿Dónde es?». Dijo la gineta: «Aquí cerca deste río hay un gato religioso. Vayamos nos para él, que es hombre que hace oración y no hace mal a ninguna bestia ni come ál fueras yerba». Dijo la liebre: «Pláceme».

Y fuese la liebre con la gineta, y seguílos yo por ver qué les juzgaría. Cuando el gato vido la liebre y la gineta asomar de alueñe, paróse en pie a orar; y maravillóse la liebre de lo que vido de su bondad y de su humildad, y llegáronse cerca dél, y no mucho de guisa que les no pudiese hacer mal. Díjoles el gato: «Yo soy muy viejo y no oigo bien. Llegad vos a mí y oiré lo que decides, que no oigo, ni veo bien». Llegáronse a él y dijeron otra vez su razón. Dijo el gato: «Entendido he lo que dijiste, y quiero vos aconsejar lealmente ante; y mando vos que no demandés si no verdad, ca el que demanda verdad barata bien y va adelante, maguer que sea juicio contra él. Y el hombre bueno no ha deste mundo ninguna cosa ni ningún poder ni ningún amigo, si no las buenas obras y no más. Y el hombre entendido debe demandar la cosa que ha de turar y que le torne en pro del otro mundo. Y que desprecie todo lo ál, ca el hombre de buen seso por tal ha el haber como el caedizo que cae en el ojo, y las mujeres ajenas como las víboras, y lo que quiere para sí, quiere para los otros hombres. Y no cesó de les predicar y de se llegar a ellos y solazarse con ellos, hasta que saltó en ellos ambos y los mató.

»Y los búhos han en sí todas tachas malas, y lo más que reina en ellos es traición y falsedad; pues no querades hacer lo reinar». Las aves dejáronse de aquel consejo que habían acordado, y oyeron y recibieron lo que les dijo el cuervo, y no hicieron rey al búho que era elegido para lo ser. Dijo el búho al cuervo: «¡Cómo te has homiciado conmigo muy mal, y no sé por qué razón! Y sepas quel azadón corta el árbol, y renace; y el espada taja la carne y quebranta el hueso, y sobresana y suéldase; y la llaga de la lengua nunca sana. Y todo mal se puede amatar, ca el agua mata el fuego, y al tósigo válele el atriaca, y al dolorido válele el conorte, y al enamorado válele el departimiento, y la enemistad siempre arde en el corazón. Y tal enemistad es puesta entre vos los cuervos y nos, que nunca habrá fin mientras el mundo durare».

Y fuese el búho muy sañudo. Desí arrepintióse el cuervo por lo que le dijera además, y dijo: «Loco fui en decir lo que dije, y no era yo el ave que más debía trabajarse en pleito del rey de las aves. Y por aventura otras aves vieron lo que yo vi, y supieron lo que yo sope, y dejáronse de lo mostrar con miedo de lo que yo no temí, y parando mientes en lo que yo no paré, ca el hombre entendido, maguer que se fíe por su fuerza y por su valentía y por su seso, no debe ganar enemistad afeuciándose en su seso y en su fuerza, así como el hombre, maguer tenga la triaca y las melecinas, no debe beber la vedegambre a fucia dellas, ca la bondad es dicha de los que bien hacen, y no de los que bien dicen; ca el que hace el hecho, si le menguare el dicho, mostrar se ha su bondad a la prueba, y el que dice, maguer que bien diga, no se lo alaban si no le cumple con el hecho. Y yo fui loco en atreverme a fablar en tan alta cosa no me aconsejando con ninguno, y yo sé que el que demanda consejo a los sesudos y a los hombres que sabe que lo desengañarán, hállase ende bien, y no puede errar, y loa su cima de su hacienda. ¡Ay! ¿Cómo pudiera yo excusar esto que hoy gané, y esta tristeza en que só entrado?».

Y aquesta, señor, es la razón por que se levantó enemistad entre nos y los búhos. Dijo el rey: «Ya entendí esto, mas piensa en lo que nos es menester agora del acuerdo en que somos». Dijo el cuervo: «Ya sabes mi acuerdo en la lid cuál es y cómo la aborrezco; mas cuido que por arte podremos haber holgura desta laceria en que somos, ca mucho aína puede hombre haber por arte lo que no puede haber por fuerza, así como hicieron los tres hombres que engañaron al religioso cuando le llevaron el ciervo que traía». Dijo el rey: «¿Y cómo fue eso?».

El religioso y los tres ladrones

Dijo el cuervo: «Dicen que un religioso compró un ciervo para hacer sacrificio, y llevólo consigo por una cuerda. Y viéronlo tres hombres engañosos, y aconsejáronse entre sí cómo lo engañarían. Y fuéronse al camino por do él había de ir, y paróse el uno delante y díjole: ¿Qué can es éste que traes contigo? ¿Quiéreslo vender?». Y el hombre bueno no respondió, y fuese su camino al encuentro con el otro. Y díjole: «¿Queredes ir a cazar con este can?». Y después encontróse con el otro. Y díjole: «Bien creo que éste, aunque trae hábito de religioso, que no es así. Ca los religiosos no traen canes». Y pues que esto le hubieron dicho, no dudó si no que era can, y dijo en su corazón: «Por aventura aquel que me lo vendió me encantó y me engañó». Y soltólo y tomáronlo ellos y degolláronlo y partiéronlo entre sí.

Y yo dite este ejemplo por que he esperanza que habremos lo que querremos por arte y por engaño. Y tengo, señor, por bien que hagas saña entre mí y ti ante toda tu mesnada, y que me mandes picar y herir atanto que me bañen todo en sangre, y que me mesen todo, y que me echen a pie de un árbol, y que vayas tú y tu mesnada a tal logar, hasta que yo me venga para ti y te haga saber todo lo que hubiere hecho. Y el rey hízolo así hacer, y fuese con sus cuervos al logar que les dijo el cuervo. Desí vinieron luego esa noche los búhos, y no fallaron a los cuervos, y no sintieron al cuervo a pie del árbol. Y temióse que se irían ante que lo viesen, y que se habría atormentado de balde, y comenzó a dar voces y gemir atanto que lo oyeron los búhos.

Y después que lo vieron hiciéronlo saber al rey, y fuese el rey con alguna compaña de los búhos, por le preguntar por los cuervos. Cuando fue cerca mandó a un búho que le preguntase quién era y dónde eran los cuervos. Dijo el cuervo: «Yo so Fulán, hijo de Fulán, y vedes qué me han hecho los cuervos». Dijo el rey de los búhos: «Tú eres privado del rey de los cuervos, y de su consejo; pues ¿qué fue el pecado que hiciste por que mereciste esto que te han hecho?». Dijo el cuervo: «Mi mal seso me lo hizo». Dijo el rey: «¿Y qué fue?». Dijo el cuervo: Después que nos venciste, así como sabedes, demandó nos consejo nuestro rey, y dijo nos: «¿Qué vedes por consejo?». Y yo era privado del rey, y dije: «Yo veo que no podremos lidiar con los búhos, ca son más valientes que nos y más esforzados. Do vos por consejo que punedes por salir desta premia y que les dedes parias si vos las reciben; si no, huid por las tierras». Y dijeron los cuervos que mejor es de lidiar convusco, y que era peor para vos. Y yo aconsejéles que se vos sometiesen, y díjeles así: «Al enemigo fuerte y valiente no es cosa deste mundo con que se contraste su fuerza, mejor que sometérsele. ¿Y no vedes que la paja no estuerce del fuerte viento si no con su blandez, y por se tornar con él doquier que se él torna?».

Y desobedecieron mi consejo y alabáronse que querían lidiar, y sospecháronme y dijeron: «Tú eres contra nos, y nos has engañado». Y menospreciaron mi lealtad, e hicieron me esto que veis. Y después que oyó el rey al cuervo, dijo a un su privado: «¿Qué te parece que hagamos a este cuervo?». Dijo: «No tengo por bien que razones con él, ca éste, por que es de muy gran acuerdo, se hizo atormentar así. Y en lo matar habremos espacio y holgura, y seremos seguros de su falsedad, y habrán gran pérdida los cuervos en él, ca dicen que el que tiene su enemigo en su poder y no se espacia dél no loará la cima de su hecho». Dijo el rey a otro su privado: «A ti, ¿qué te semeja deste cuervo?». Dijo: «Mi consejo es de lo no matar, que el hombre deshonrado, maguer que enemigo sea, razón es de haber hombre piedad dél y que le deje a vida; que el hombre que ha miedo y demanda acorro, merece ser asegurado y acorrido; que las aventuras a las veces traen al hombre a tal estado que demande acorro a su enemigo y metérsele en poder, así como la mujer del viejo que huyó y se fue para él, maguer que lo quería mal». Dijo el rey: «¿Cómo fue eso?».

La mujer del viejo

Dijo: Dicen que era un mercader rico, y era muy viejo, y había una mujer muy hermosa que él mucho amaba. Así que una noche entró un ladrón en casa del mercader, y él estando durmiendo. Y su mujer estaba despierta, y ella hubo gran miedo del ladrón, y ella saltó con el marido en la cama y abrazóse con él tan reciamente que le despertó. Y él dijo entre su corazón: «¿Cómo me dio Dios esta buena andanza?». Y entonces vio al ladrón, y sopo por qué le viniera, y dijo al ladrón: «Toma cuanto pudieres levar, y vete en buena hora, y por que me has hecho que mi mujer me abrace».

Y desí preguntó el rey al tercero privado qué era su acuerdo cerca de aquel cuervo. Dijo: «Tengo por bien que lo dejes vivir, y que le hagas algo, que él nos será gran cuidador contra los cuervos; que una de las cosas con que se hombre apodera de sus enemigos, es haber hombre algunos dellos por vasallos, por que sean contra los que fincan; y recibir hombre algunos de sus enemigos es majamiento de los que fincan, y nace por ello discordia entre sí, y así como la discordia que nació entre el diablo y el ladrón, maguer amigos y aparceros eran; y por aquella discordia estorció el religioso». Dijo el rey: «¿Cómo fue eso?».

El diablo y el ladrón

Dijo el privado: Dicen que un religioso hubiera de un rico hombre una vaca con leche que le diera; y en levándola a su posada, siguióle un ladrón por se la hurtar, e hizo compañía en un camino con el diablo que andaba en forma de hombre. Dijo el ladrón al diablo: «¿Quién eres?». Dijo: «El diablo: va en pos deste religioso por le ahogar cuando durmiere». Dijo el ladrón: «Yo seguíle por le hurtar aquella vaca que lleva». Y fuéronse amos en uno, hasta que llegaron a casa del religioso, y el religioso entró en su casa y metió la vaca dentro, y cenó y echóse a dormir. Y el ladrón temióse que si esperase que el diablo que iría a ahogar al religioso, y que despertaría, y que no podría hurtar la vaca; así que habría perdido su afán y que no levaría cosa. Dijo al diablo: «Súfrete un poco hasta que yo hurte la vaca, y después de yo salido ve y ahógalo».

Y el diablo hubo miedo que si el ladrón fuese a hurtar la vaca, que despertaría el religioso, y que no podría acabar cosa de lo que quería. Dijo entonces al ladrón: «Espera tú un poco, hasta que yo ahogue al religioso, y entonces podrás mejor acabar lo que quieres». Y no quiso el ladrón; y sobre cuál comenzase primero, hubieron gran discordia; y estuvieron así en esta discordia atanto que llamó el ladrón al religioso y le dijo: «Despierta, ca está aquí el diablo que te quiere ahogar». Y llamólo el diablo, y díjole: «Este ladrón te quiere hurtar la vaca». Y despertóse el religioso y fuéronse el ladrón y el diablo, y así estorció sin daño por discordia dellos.

Y desque acabó el tercero consejero su razón, dijo el primero que diera consejo que matasen al cuervo: «Engañados nos ha este cuervo y enartados con su palabra, y vos querés menospreciar el buen consejo. Parad mientes así como hacen los agudos, y no vos engañen las palabras de nuestro enemigo, ni vos destorbe vuestro hecho; ca los hombres de cansada natura abládanse sus corazones con lo que oyen decir a sus enemigos de lisonja o de humildad. Y engañan se en esto atanto que los llevan a mal, y creen más lo que oyen que lo que saben, así como el carpintero que se desmintió de lo que viera y supiera, y creó la lisonja que oyó y fue engañado». Dijo el rey: «¿Y cómo fue eso?».

El carpintero engañado

Dijo el búho: Dicen que un carpintero había una mujer que amaba mucho, y enamoróse della un hombre, y atanto llegó la cosa que se hubo de saber, y fuele hecho saber al marido y él quísolo probar. Dijo a su mujer: «Yo quiero ir a tal aldea lejos de aquí, a labrar con un rico hombre, y estaré allá algunos días, y guísame conducho que lleve». Y ella plúgole y aderezógelo. Y cuando anocheció díjole: «Cierra bien tu puerta y guarda bien tu casa hasta que yo venga». Y salió ante ella; y ella parando mientes hasta que lo vio ir bien lejos. Desí tornó él por otra parte y entró en casa, y metióse so el lecho en que yacían él y ella.

Y luego ella envió por su amigo y díjole: «El carpintero es ido a tal lugar, y tardará allá muchos días». Y vino el amigo, y dióle ella a comer y a beber, desí yógose con ella. Y habíase entonces adormido el marido so el lecho, y no sopo cuándo entró el amigo. Y él, como estaba así durmiendo, sacó el pie de so el lecho, y vídolo la mujer y temióse, y dijo a su amigo en puridad: «Pregúntame a voces y dime: ¿A cuál quieres más, a mí o a tu marido? Y yo no te querré responder, y tú dirásmelo muchas veces hasta que te lo diga». Y el amigo hizo así, y ella díjole: «Amigo, ¿quién te metió en demandar tal demanda? Ca quizá diré cosa con que te pesará». Y él díjole: «Por el amor que ha entre mí y ti que me lo digas». Y todo esto oyendo el carpintero y callaba por oír lo que decían. Y dijo ella: «Nos todas las mujeres no amamos a los amigos si no por cumplir nuestras voluntades, ni catamos a sus linajes ni a ningunas de sus costumbres, ni por otra cosa ninguna. Y desque cumplimos nuestra voluntad no los preciamos más que a otros hombres; mas al marido tenémoslo en lugar de padre y de hijos y de hermano, y mejor aún; y mala ventura haya la mujer que no ama más la vida de su marido que su vida misma».

Y desque esto oyó decir el marido a su mujer, hubo piedad, y creó que lo amaba de todo en todo, y no se quitó de aquel lugar hasta que amaneció y se fue el amigo. Y salió él de so el lecho y falló a su mujer adormida; y asentóse cerca della y comenzóla de aventar. Y removióse ella por despertar, y él díjole: «Por Dios, amiga. Dormid, ca mucho velaste esta noche, y mucho lazraste. Y por buena fe, si no que me temí de te hacer pesar, yo matara aquel hombre por lo que te hizo».

Y vos guardad vos de creer lo que el cuervo dice, y sabed que muchos enemigos hay que no pueden nocir a sus enemigos de alueñe, y acércanse a ellos y vénganse dellos. Y digo vos yo de mí que nunca tamaño miedo hube de los cuervos como desque vi este cuervo y vos oí decir dél lo que decides.

Y con todo esto no tornaba cabeza el rey de los búhos, ni los otros sus privados, por lo que le decía. Y mandólo el rey levar a su posada y honrarlo hasta que guareciese de sus llagas. Dijo el privado que aconsejaba su muerte: «Pues no lo queredes matar, tenedlo en cuenta de enemigo temido, y guardad vos dél; ca es sesudo y artero y engañoso, y creo que él no quiere morar con nusco si no por buscar su pro y nuestro daño».

Y el rey en esto no tornó cabeza por lo que éste decía, y mandó hacer al cuervo mayor honra y mayor bien que ante. Y comenzó el cuervo a fablar cada día con los búhos, y decir les cosas con que lo amaban y fiaban más por él. Desí dijo un día a una compaña de los búhos, estando y el que aconsejaba su muerte: «Diga alguno de vos de mi parte al rey que los cuervos se han homiciado conmigo de mala manera, y yo no holgaré hasta que alcance mi derecho dellos. Y yo pensé en esto, y veo que lo no podré hacer ni podré con ellos, seyendo yo un cuervo solo. Mas dicen algunos que el que de buena voluntad se quema en el fuego, hace a Dios gran sacrificio, y nunca rogará a Dios por cosa que lo no oiga. Y si lo el rey por bien tuviere, mande me quemar; desí rogaré a Dios que me mude en búho, por tal que me vengue de mis enemigos, y haré mi voluntad y cumpliré mi saña cuando me mudare en forma de búho».

Dijo el búho que aconsejaba su muerte: «No me semejas en el bien que muestras y en el mal que encubres, si no al vino de buen olor y de buen color, y yace en él el tósigo mortal, y cuando lo bebe el hombre mátalo. ¿Y tú dices que si te quemásemos que se cambiaría tu natura? No puede ser; ca tú tornarías a tu sustancia y a tu raíz, así como hizo la rata, cuando le dijeron que se casase con quien quisiese, con el Sol o con las nubes o con el viento o con el monte, y dejólo todo y casó con un ratón». Dijo el cuervo: «¿Cómo fue eso?».

La rata cambiada en niña

Dijo el búho: Dicen que un buen hombre religioso cuya voz oía Dios, estaba un día ribera de un río, y pasó por y un milano, y levaba una rata, y cayósele delante de aquel religioso. Y hubo piedad della, y tomóla y envol-

vióla en una foja, y quiso la levar para su casa. Y temióse quel sería fuerte
de criar, y rogó a Dios que la tornase niña. E hizo la Dios niña hermosa y
muy apuesta; y levóla para su casa, y crióla muy bien, y no le dijo nada de
su hacienda como fuera. Y ella no dudaba que era su hija. Y desque llegó a
doce años díjole el religioso: «Hijuela, tú eres ya de edad, y no puedes estar
sin marido que te mantenga y te gobierne, y que me desembargue de ti,
por que me torne a orar como ante hacía sin ningún embargo. Pues escoge
agora cuál marido quisieres, y casar te he con él». Dijo ella: «Quiero un tal
marido que por ventura no haya par en valentía y en esfuerzo y en poder».
Díjole el religioso: «No sé en el mundo otro tal como el Sol, que es muy
noble y muy poderoso, alto más que todas las cosas del mundo; y quiérole
rogar y pedir le por merced que se case contigo».

Y hízolo así, y bañóse e hizo su oración. Desí oró y dijo: «Tú, Sol, que
fuiste criado por provecho y por merced de todas las gentes, ruégote que
te cases con mi hija, que me rogó que la casase con el más fuerte y con el
más noble del mundo». Díjole el Sol: «Ya oí lo que dijiste, hombre bueno, y
yo só tenudo de te no enviar sin respuesta de tu ruego, por la honra y por
el amor que has con Dios y por la mejoría que has entre los hombres; mas
enseñar te he el ángel que es más fuerte que yo». Díjole el religioso: «¿Y
cuál es?». Díjole: «Es el ángel que trae las nubes, el cual con su fuerza cubre mi fuerza y no me la deja extender por la tierra». Tornóse el religioso al
lugar do son las nubes de la mar, y llamó a las nubes, bien así como llamó al
Sol, y díjoles bien así como dijo al Sol. Y dijeron las nubes: «Ya entendimos
lo que dijiste, y tenemos que es así, que nos dio Dios fuerza más que a otras
cosas muchas; mas guiar te hemos a otra cosa que es más fuerte que nos».
Dijo el religioso: «¿Quién es?». Dijeron le: «Es el viento que nos lleva a do
quiere, y nos no podemos defender dél».

Y fuese para el viento, y llamó lo así como a los otros, y díjole la misma
razón. Díjole el viento: «Así es como tú dices, mas guiar te he a otro que es
más fuerte que yo, y que pugné en ser su igual y no lo pude ser». Díjole el
religioso: «¿Y quién es?». Díjole: «Es el monte que está cerca de ti». Y fuese
el religioso para el monte, y díjole como dijo a los otros. Díjole el monte:
«Atal só yo como tú dices, mas guiar te he a otro que es más fuerte que yo,
que con su gran fuerza no puedo haber derecho con él, y no me puedo de-

fender dél, que me hace cuanto daño puede». Díjole el religioso: «¿Y quién es ése?». Díjole: «Es un mur, ca éste me hace cuanto daño quiere, que me forada de todas partes».

Y fuese el religioso al mur, y llamólo así como a los otros, y díjole el mur: «Atal só yo como tú dices en poder y en fuerza; mas ¿cómo se podrá guisar que yo casase con mujer seyendo mur y morando yo en covezuela y en forado?». Dijo el religioso a la moza: «¿Quieres ser mujer del mur, que ya sabes cómo hablé con todas las otras cosas, y no fallé más fuerte quél, y todas me guiaron a él? ¿Quieres que ruegue a Dios que te torne en rata y que te case con él? Y morarás con él en su cueva, y yo requerir te he y visitar te he, y no te dejaré del todo». Díjole ella: «Padre, yo no dudo en vuestro consejo. Pues vos lo tenedes por bien, hacer lo he». Y rogó a Dios que la tornase en rata, y fue así, y casóse con el mur, y entró se con él en su cueva, y tornóse a su raíz y a su natura.

Y tú, traidor, falso, mintroso, atal serás, ca tornarás a tu raíz y a tu natura.

Y por todo esto no cató el rey ni los otros a este ejemplo. Y díjole el rey de los búhos al cuervo: «Amigo leal, no has menester que te quemes en fuego, ca nos te daremos venganza de los cuervos, y más que venganza». Y el cuervo fue siempre entre ellos muy blando y muy manso, y creció la honra entre ellos al cuervo hasta que sanó y engordó y le crecieron las alas y guareció, y sopo sus puridades y su ardimiento de los búhos, y todo lo que quiso saber de su hecho dellos. Desí salióse a hurto, y fuese para los cuervos, y dijo al rey de los cuervos: «Dígote buenas nuevas, que he acabado todo lo que quise para matar a los búhos. Mas finca lo que tú y tus compañas debedes hacer; y si fuéredes bien agudos y sabedores en vuestro hecho, muertos son los búhos». Dijo el rey de los cuervos: «Nos haremos cuanto tú mandares».

Dijo el cuervo: «Los búhos son en tal lugar, y ayúntanse de día en una cueva del monte, y yo se do cerca de aquel lugar hay mucha leña seca. Lleve cada un cuervo cuanto pudiere llevar della a la boca de la cueva do ellos son de día, y ahí cerca hay grey de ganado, y yo habré fuego y echar lo he ahí en la leña, y vosotros todos no cesedes de aventar con vuestras alas y de soplar el fuego hasta que se encienda bien, y cuantos y estuvieren quemar se han, y los que dentro estuvieren ahogar se han con el fumo».

E hiciéronlo así, y mataron a todos los que y estaban; desí tornáronse los cuervos a sus lugares salvos y seguros.

Dijo el rey de los cuervos al cuervo: «¿Cómo pudiste sufrir de haber vida con los búhos? Ca los buenos no sufren ser en compaña de los malos». Dijo el cuervo: «Así es como tú, señor, lo dices; mas el hombre cuerdo, cuando se ve en cuita que se teme de perder el cuerpo y los parientes, no ha cosa que no debe sufrir por salir de aquella cuita y estorcer a sí y a sus parientes y amigos de muerte». Díjole el rey: «Di me de sus entendimientos de los búhos». Dijo el cuervo: «No fallé ninguno dellos sesudo, si no uno que aconsejaba mi muerte, y eran de muy flaco consejo y de mal acuerdo que nunca pensaron en ninguna cosa de mi hacienda, habiéndoles el de buen seso aconsejado, y desobedesciéronle y no entendieron su mal ni creyeron al entendido. Y dicen que conviene al rey de guardarse del hombre en que ha alguna sospecha, de lo no meter en su puridad, ni le debe mostrar sus cartas, ni le debe dejar llegar al agua con que se lava, ni a su lecho, ni a sus paños, ni a su bestia, ni a sus armas, ni a lo que ha de comer, ni a ninguna de sus cosas».

Dijo el rey de los cuervos: «No murieron los búhos si no por desdén y flaqueza de consejo». Dijo el cuervo: «verdad es que pocos son los que vencen que no se engreyan, y pocos son los que han sabor de las mujeres que afrontados no sean, y pocos son los que mucho comen que no costriben, y pocos son los que han malos privados que en peligro de muerte no cayan». Y dicen: «No haya esperanza en engreído y el desvergonzado de haber buena fama, ni el falso de haber amigo, ni el mal enseñado de haber nobleza, ni el escaso a varón en ser honrado, ni el codicioso de no haber pecados, ni el rey que ha privado necio en durar su reino». Dijo el rey: «gran lacerio has sufrido en hacer vida con los búhos». Dijo el cuervo: «El que sufre alguna laceria esperando algún pro, débela endurar, así como hizo la culebra que sufrió la rana cabalgar sobrella». Dijo el rey: «¿Y cómo fue eso?».

La culebra y las ranas

Dijo el cuervo: Dicen que una culebra envejeció y enflaqueció, y no podía cazar y vínose para una fuente do había muchas ranas de que ella solía cazar, y se mantenía dellas. Y echó se cerca de la fuente, a semejanza de triste y de pesante. Díjole una rana «¿Qué has que estás triste?». Dijo ello: «¿Y cómo no seré triste que la mi vida no era de ál, si no de las ranas, y agora vino me gran ocasión de guisa que no puedo comer ni tomar si no las que me dan en limosna?». Y fuese la rana, y hízolo saber al rey de las ranas, y él vino le preguntar aquesto, y llegóse a ella y preguntóle: «¿Cómo te acaeció esto que dices?».

Díjole: «Fui en rastro de una rana por la tornar, y ella metióse en casa de un religioso, y yo entré en pos ella, y la casa estaba oscura. Y estaba en la casa un niño. Y cuidando que mordía a la rana, mordí al niño en la mano y murió. Y salí dende huyendo, y salió el religioso empos de mí, y maldijo me, y díjome: "Así como mataste este niño sin culpa ninguna con tu traición, maldígote que seas triste y confundida, y que seas cabalgadura del rey de las ranas, y que no hayas poder de tomar ninguna rana, si no las que te diere su rey por limosna".

»Y yo por ende vine a ti que cabalgues en mí, y de lo recibir, só placentera dello». Y hubo el rey de las ranas gran codicia de cabalgar en la culebra, y tuvo que era gran honra y gran nobleza, y cabalgó la unos días. Desí díjole la culebra: «Ya ves que só mal aventurada, que no puedo comer de las ranas si no la que tú me dieres. Pues mándame poner alguna ración de que viva». Dijo el rey: «Sí, me vala Dios, seyendo tú mi cabalgadura, no puede ser que te no ponga yo algún vito de que te gobiernes y te mantengas». Y mandóle dar cada día dos ranas. Y pasó con esto y no le nució someterse a su enemigo por vivir.

Y yo otrosí sufrí lo que sufrí por la gran pro que nos veno dello que hubimos venganza de nuestros enemigos. Y dijo el rey: «Agora veo que la fortaleza del engaño derraiga al enemigo más que la fortaleza del fuego; que el fuego no puede más quemar con toda su fuerza y con toda su calentura, cuando da en el árbol, si no cuanto está más sobre tierra, y el agua con su humedad y con su friura derraiga cuanto está so tierra. Y dicen que cuatro cosas son que no se deben tener en poco, por lo poco dellas, ca se puede pujar a lo mucho; y son el fuego y la enfermedad y el enemigo y el deudo. Y yo lo que hice fue por tu buen seso y por tu buena ventura. Y dicen que cuando dos hombres demandan una cosa y la acaba el uno dellos, tienen que aquél es de mayor seso; y si amos son iguales en el seso, tienen por mejor aquel que la recauda primero, y de mejor ventura.

»Y dicen que el que quiere contender con el rey enviso y agudo, y sabio, que no se engree por bien que Dios le dé, ni se desmaya su corazón por gran miedo, su muerte lo trae por él, cuanto más si es tal como tú, sabedor de las cosas. Y sabes do debes ser bravo, y do debes ser manso, y do debes ser airado, y do debes ser pagado, y do debes ser presuroso, y do debes ser vagaroso, y que cates lo que es presente y lo que es por venir y las cimas de tus hechos». Dijo el rey al cuervo: «Mas con tu buen seso y con tu consejo fue hecho, y siempre por tal te conocimos y por tal te razonamos. Y dijiste como dice hombre gracioso y leal, y acabate gran hecho con mansedumbre y con ingenio y con buen pensamiento, tanto que nos libró Dios de nuestros enemigos, e hiciste tal hecho que pocos son los que podrían hacer. Y los esforzados y los valientes, cuando llegan a la lid, entran con diez o con veinte, y hacen su buen hecho, y con tanto salen por buenos. Y el hombre blando agudo, tal como tú, mata con sabiduría al rey de gran prez y de gran mesnada. Y este atal hace mayor daño a los enemigos que los mucho esforzados y valientes; ca el consejo que de ti nació, seyendo uno dellos, hizo mayor daño en matar nuestros enemigos, que eran tantos y tan dañosos, que la nuestra fuerza de todos. Y de lo más que me maravillo de ti, cómo moraste con ellos y sufriste tanto pesar cuanto veías y oías, y no te moviste a ninguna palabra».

Y dijo el cuervo: «Señor, siempre me atove al tu buen enseñamiento en acompañar al pariente y al extraño con mansedumbre, y siguiendo su sabor y consintiendo al su talente». Dijo el rey: «A ti he por obrero, y a los otros priva os por decidores, y hízonos Dios por ti gran bien y gran merced. Y bien sepas que hasta que tú tornaste no nos sopo bien comer ni beber ni dormir; ca dicen que el enfermo no ha sabor de dormir hasta que guarece; ni el que anda camino a que el rey faz fucia de dar algo o de lo poner en algún oficio, hasta que se lo cumple, ni el hombre que se teme de su enemigo y que está a suerte de haber la hacienda con él, hasta que lo mata. Y dicen que el que pierde la fiebre huelga su corazón, y quien se descargó de la pesada carga huelga su hombro, y quien es seguro de su enemigo huelga su corazón».

Dijo el cuervo: «Ruego a Dios, el que mató a tus enemigos, que te apodere en tu reino, y esto que sea a provecho de tu pueblo, y ellos que hayan parte en la alegría que tú hubieres en tu reino». Dijo el rey: «¿De qué vida era el rey de los búhos?». Dijo: «El era muy desdeñoso y engreído y perezoso, y preciábase mucho, y era de mal acuerdo, y sus privados eran tales como él, si no aquel que aconsejaba mi muerte». Dijo el rey: «¿Y qué viste dése por que entendiste que era de buen seso?».

Dijo: Por dos cosas: la una por que aconsejaba mi muerte, y la otra por que aconsejaba lealmente a su señor y le no celaba nadi maguer que le pesaba, ni hablaba a guisa de loco ni de soberano, mas hablaba mansamente y cuerdamente, así que a las veces le demostraba sus tachas mansamente de guisa que le no ensañaba, y dábale ejemplos de otros, así que conociese el rey lo que estaba mal, y no fallaba carrera, para ensañar se le. Y esta fue una de las cosas que le oí aconsejar al rey: «No te debes descuidar del hecho deste cuervo, que muy gran hecho es, y tal que lo no acaban si no muy pocos, ni se contrasta si no con muy gran sabiduría; y es mucho aliviado, así, como el simio que no sosiega una hora en ir y en venir, y es tal como el viento en mudarse, y es tal como el amor del hombre dioso, y en el mal galardón y en el mal salto que el hombre atiende de su ira, y es así como la mordedura de la culebra, y en se ir más aína es así como el destello de la lluvia».

Capítulo VII. Del galápago y del simio; y es Capítulo del que demanda la cosa antes que la recaude y después la desampara

Dijo el rey al filósofo: «Ya oí este ejemplo. Dame agora ejemplo del que alcanza la cosa en gran trabajo y gran lacería, y desque la ha desampárala y déjala perder». Dijo el filósofo: «Más ligera cosa es recaudar la cosa que guardar la. Y quien esto hace acontecer le ha lo que acaeció al galápago que quiso matar al simio, y desque lo tuvo en su poder desamparólo». Dijo el rey: «¿Y cómo fue eso?».

Dijo el filósofo: Dicen que una compaña de simios había un rey que decían que había nombre Tadis, y envejeció y enflaqueció. Y alzóse en el reino otro simio que era mancebo, y dijo a los simios: «Este es ya muy viejo, y no hay en él pro ninguna, y no puede mantener el reino, ni es para ello. Echad lo del reino, y haced a mí reinar, ca yo manterné bien a vos y a vuestros pueblos». Y los simios acordáronse con él en esto, y echaron al viejo, e hicieron reinar al mancebo. Y fuese el viejo a la ribera de la mar, y llegó a una higuera que y estaba, y comenzó a coger de los higos, y cayéronsele de las manos uno empos de otro, así que un día acaeció que se le cayó un higo de la mano, y tomólo un galápago que ende estaba, y comióselo. Y el simio, como es desvergonzado, hubo sabor de echar le los higos en el agua, y comenzó el galápago de comer los, y no dudaba que el simio se los echaba a sabiendas.

Y salió a él y abrazáronse uno con otro, y solazáronse y hablaron en uno y pusieron su amor, y estuvieron amos desta guisa un tiempo, que el galápago no tornó a su compaña ni otrosí el simio se partía dél. Desí la mujer del galápago fue muy triste por la tardanza de su marido, y quejóse a una su comadre y díjole la comadre: «No te acuites, que me dijeron que tu marido está en la ribera de la mar, y que ha por amigo un simio y están ambos comiendo y solazándose, y por esto tardó tanto que no veno, y no te pese dello, y olvídalo tú así como él te olvida a ti. Pero si pudieres guisar como mates al simio faz lo, ca si el simio muere, luego se verná tu marido para ti y fincará contigo». Y la mujer del galápago estaba triste, y lloraba, y no comía, y dejó se mal caer, atanto que enflaqueció de mala manera.

Desí dijo el galápago al simio: «Yo me quiero ir a mi casa a mi compaña, que he mucho tardado, y he morado aquí mucho». Y fuese para su posada, y falló a su mujer en mal estado, y díjole: «Hermana, ¿cómo te va, y por qué eres tan deshecha?». Y ella no le recudió. Y desí preguntóle de cabo, y respondióle su comadre por ella: «Tu mujer está muy mal, y la melecina que la podría prestar no la puede haber, y su enfermedad es muy grave, y no ha cosa más fuerte que la enfermedad y no haber melecina».

Y dijo el galápago: «Pues dime tú qué melecina es, y por aventura fallarla he». Y dijo la comadre: «Nos conocemos esta enfermedad, y no ha otra melecina si no corazón de simio». Y dijo el galápago: «Esta es muy cara cosa de haber; ¿y dónde podría yo haber corazón de simio, si no fuese el corazón de mi amigo? ¿Y en hacer traición a mi amigo por amor de mi mujer no he ninguna excusación? Ca el deudo quel hombre ha con la mujer es muy grande, y aprovéchase el hombre della en muchas guisas. Y yo débola más amar y no dejarla perder».

Desí madrugó y fuese allá con gran pesar, y comenzó de pensar y de decir en su corazón: «Querer matar los amigos por amor de una mujer no es de las obras que a Dios place». Y fuese con este ardid hasta que llegó al simio y saludóle. Y dijo el simio: «¿Qué te tuvo de me no ver toda esta sazón?». Dijo el galápago: «No se me tuvo de te venir ver, con cuanto deseo he de ti, si no por vergüenza de ti, que tan poco te galardoné el bien que me hiciste, ca maguer que yo sé que tú no quieres galardón del bien que me hiciste, tengo me por adeudado de te lo galardonar; ca la tu costumbre es de los buenos, que hacen bien a sus amigos, y que muestran en ello su bien hacer». Dijo el simio: «No digas así, que tú has hecho amas estas cosas a mí, que tú comenzaste a hacer por que só adeudado de te lo galardonar, porque me consolaste cuando llegué aquí de mío lugar, echado con muy gran deshonra, y me consolaste con tus buenas palabras y alegre rostro y franco corazón, y fuísteme amigo y buen compañero, y contigo me tollió Dios cuita y pesar».

Dijo el galápago: «Tres cosas son por que acaece el amor entre los amigos: la una es fiarse unos de otros, la otra es comer en uno, la otra es conocer sus parientes y su lugar, y desto no hubo entre nos nada, y quería que fuese». Dijo el simio al galápago: «El hombre debe solamente trabajarse por haber algo por sí mismo; que en conocer la compaña del otro no le ha pro; ca el que juega en somo del mástel cata y ve muchas cosas más que los ojos no verían en los parientes. Otrosí del comer que dices, las bestias se ayuntan a comer en los establos y a beber, y no han amor en uno. Otrosí ir ver las posadas; los ladrones se entran en las posadas, y no han amor por ende».

Dijo el galápago: «Por buena fe dices verdad, que el amigo no quiere ál de su amigo si no su salud y su amor. Ca el que quiere amor de los hombres por su pro, con derecha necesidad se habrá de enojar dellos; así como el becerro, que si acuita la vaca mamándola, hácele ella mal y ha lo de herir con su cuerno, y sangriéntalo. Y lo que yo dije no lo dije si no por ser sabedor de tu bondad y de tus buenas costumbres. Y más quiero que me vayas ver en mi posada, que es en una isla donde hay muchos frutales y muchos buenos árboles y saben muy bien, y recibe mi ruego». Y el simio, en que oyó decir de la fruta, hubo sabor della, y priso le gran codicia, y dijo: «¿Cómo podré yo pasar esta mar tan grande?». Y dijo el galápago: «Cabalga sobre mi espinazo y levar te he allá». Y saltó él en somo del galápago, y nadó el galápago con él hasta que fue bien dentro.

Y comenzó de pensar en su corazón la traición y la desconocencia que quería hacer y dijo: «Muy fea cosa es esta, y no merecen las mujeres que por ellas sea fecha traición, ca debe hombre fiar muy poco por ellas. Y dicen que el oro no se prueba si no en el fuego, y la fieldad del hombre en dar y en tomar, y la fuerza de la bestia con la carga, y las mujeres no hay cosa por que se conozcan». Y cuando vio el simio que el galápago se detenía, sospechó y dijo: «No só seguro que el galápago no se ha mudado del amor y de la amistad que me había, y quiere me mal hacer; ca no es ninguna cosa que más liviana ni más mudable sea que el corazón del hombre. Y dicen que el hombre entendido no se le encubre lo que tienen en su corazón su compañía y sus hijos y sus amigos, en toda cosa y en toda catadura y en cada palabra, y al levantar y al asentar, y en cada estado; ca todas estas cosas atestiguan lo que yace en los corazones».

Y comenzó a decir al galápago: «Amigo, ¿qué has que estás triste, y qué te tiene de andar?». Dijo el galápago: «Estoy triste porque irás a mi posada y no la fallarás así como yo querría; ca mi mujer está doliente». Dijo el simio: «No estés triste; mas busca físicos para ella, ca guarecerá y sanará». Dijo el galápago: «Dicen me los físicos que no ha otra melecina por que se pueda melecinar si no corazón de simio». Y peso mucho al simio desto, y pensó en sí diciendo: «¡Cómo me ha metido la codicia en mal lugar, seyendo yo tan viejo! ¡Oh, qué tamaña verdad dijo el que dijo: "El que se tiene por pagado y por abundado con lo que le viene, vive salvo y seguro, y el goloso codicioso siempre vive en cuita y en tristeza y en lacerio"!; mas agora me es a mí menester mío seso, y buscar carrera cómo salga deste lazo en que caí».

Y dijo al galápago: «Amigo, debes saber que el leal amigo no debe encubrir a su amigo su buen castigo ni su pro, maguer que le haga daño. Y si yo esto hubiera sabido, trajera conmigo mi corazón, ca lo dejé allá do estaba, y diera telo porque melecinaras tu mujer con él». Y dijo el galápago: «¿Y no lo traes contigo? ¿Y cómo lo dejaste allá?». Dijo el simio: «Habemos por ley todos los simios, que cuando alguno sale de su posada, que deje y su corazón; empero si tú quisieres, traer te lo he yo del lugar do es, si me tornares allá». Y fue alegre el galápago, por que tan de grado le daba su corazón, y tornóse con él a la ribera, y saltó el simio en tierra, y subióse luego en el árbol, y esperólo el galápago. Cuando vido que se tardaba llamólo y díjole: «Toma tu corazón y vente para mí, ca mucho nos detardamos». Dijo el simio: «Veo que cuidas que só tal como el asno que decía el lobo cerval que no tenía corazón ni orejas». Y dijo el galápago: «¿Y cómo fue eso?».

El asno sin corazón y sin orejas

Dijo el simio: Dicen que un león criaba en un lugar, y estaba en él un lobo cerval que comía su relieve. Y ensarneció el león tanto que fue muy flaco y muy atribulado, y no podía venar. Y dijo el lobo cerval: «Señor, tu estado es ya mudado, y no puedes ya venar. Esto, ¿por qué es?». Dijo el león: «Por esta sarna que ves, y no ha otra melecina si no orejas y corazón de asno». Dijo el lobo cerval: «Yo sé un lugar do hay un asno de un curador que trae sobre él los lienzos a un prado aquí cerca de nos, y desque lo descarga déjale en el prado, y fío por Dios que lo traeré, y tomarás sus orejas y su corazón». Dijo el león: «Hazlo si pudieres, ca mi melecina y mi salud es eso». Y fuese el lobo cerval, y llegó al asno y díjole: «¿De qué estás tan magro, y de qué tienes estas mataduras en las cuestas?». Dijo el asno: «Este curador falso me lo hace, que se sirve de mí continuamente, y me mengua la cebada».

Dijo el lobo cerval: «Yo te enseñaré un lugar muy vicioso y muy apartado do nunca anduvo hombre, y hay unas asnas las más hermosas que nunca hombre vido, y han menester maslos». Dijo el asno: «Pues vayamos allá, que si por ál yo no lo hiciere si no por la codicia del tu amor, esto me haría allá ir contigo». Y fueron se amos al león, y adelantóse el cerval y hízoselo saber, y saltó el león en el asno detrás por lo tener. Mas no lo pudo tener con la flaqueza que había, y salióse el asno de entre las manos y fuese y tornóse a su lugar. Dijo el lobo cerval al león: «Si a sabiendas dejaste el asno, ¿por qué me hiciste trabajar en lo buscar? Y si la flaqueza te lo hizo dejar, que lo no pudiste tener, esto es aún peor». Y sopo el león que si dijese que a sabiendas lo dejara que sería tenido por necio, y si dijese que lo no pudiera tener que lo ternían por flaco y por cansado, y dijo al lobo: «Si me tú tornares acá el asno, decir te he esto que me preguntas». Dijo el lobo: «Tengo que el asno está escarmentado y no querrá venir otra vez, en pero iré a él de cabo, si lo pudiere engañar para lo traer acá».

Y fuese para el asno. Y el asno cuando lo vido díjole: «¿Qué fue la traición que me quisiste hacer?». Dijo el lobo cerval: «Quísete bien hacer, y no fuiste para ello. Y lo que saltó en ti no era si no una de las asnas que te dije. Y como vido asno no sopo en qué manera jugar contigo; y si tú quedo estuvieras un poco, diuso se te metiera». Cuan el asno oyó decir de las asnas moviósele su sabor, y fuese con el lobo cerval al león, y saltó el león en él y prísolo y matólo. Desí dijo el león al lobo cerval: «Yo quiero me bañar, desí comeré las orejas y el corazón, y de lo ál haré sacrificio, que así me dijeron los físicos; pues guarda tú el asno y desí venir me he para ti».

Y después que se fue el león, tomó el lobo cerval las orejas y el corazón del asno y comió lo, a fucia que cuando el león esto viese, que no comería nada de lo que fincaba, por que lo temía por agüero. Y desque fue tornado el león díjole: «¿Dónde es el corazón y las orejas del asno?». Dijo el cerval: «¿No entendiste tú que el asno no tenía corazón ni orejas?». Dijo él: «Nunca mayor maravilla vi que esta que tú dices». Dijo el lobo cerval: «Señor, no te maravilles, mas piensa que si el corazón y las orejas hubiera, no tornara a ti la segunda vez, habiendo le hecho lo que le hiciste».

Y yo dije este ejemplo por que sepas que no só yo tal como el asno; mas engañaste me con tu traición por me matar y yo hícete otro tal, y estorcí por mi seso de la locura en que era caído. Dijo el galápago: «Verdad dices, ca el sesudo es de poca palabra y de gran hecho, y conoce las obras antes que se meta a ellas, y estuerce de las cuitas por su seso y por su arte, así como el hombre que cae en tierra con su fuerza, y con ella misma se levanta».

Este es el ejemplo del hombre que busca la cosa, y desque la ha recaudado, dale de mano y déjala perder.

Capítulo VIII. Del religioso y del can; es el Capítulo del hombre que hace las cosas rabiosamente, y a que torna su hacienda

Dijo el rey al filósofo: «Ya oí este ejemplo y entendí lo; pues dame agora ejemplo del hombre que hace las cosas sin albedrío y sin pensamiento y a qué torna su hacienda y cima». Dijo el filósofo: «El que no hace sus cosas de vagar, siempre se arrepiente, y esto semeja al ejemplo del religioso y del can y del culebro». Dijo el rey: «¿Y cómo fue eso?».

Dijo el filósofo: Dicen que en tierra de Jorgen, había un religioso que había su mujer, y estovo ella que se no empreñó un tiempo, desí empreñóse, y fue su marido muy gozoso, y díjole: «Alégrate, ca fío por Dios que parirás hijo varón, cumplido de sus miembros, con que nos alegremos y de que nos aprovechemos; y quiero le buscar ama que lo críe, y buen nombre que le ponga». Y dijo la mujer: «¿Quién te pone en fablar en lo que no sabes si será o no? Calla y sei pagado con lo que Dios te diere; que el hombre entendido no asma las cosas no ciertas, ni juzga las aventuras, ca el querer y el asmar en solo Dios es, y sepas que quien quiere contrastar las aventuras y juzgar las cosas antes que sean, acaecer le ha lo que acaeció al religioso que vertió la miel y la manteca sobre su cabeza». Dijo el marido: «¿Cómo fue eso?».

El religioso que vertió la miel y manteca sobre su cabeza

Dijo la mujer: Dicen que un religioso había cada día limosna de casa de un mercader rico, pan y miel y manteca y otras cosas de comer. Y comía el pan y los otros comeres, y guardaba la miel y la manteca en una jarra, y colgóla a la cabecera de su cama, hasta que se finchó la jarra. Y acaeció que encareció la miel y la manteca, y estando una vegada asentado en su cama, comenzó a fablar entre sí y dijo así: «Venderé lo que está en esta jarra por tantos maravedís, y compraré por ellos diez cabras, y empreñar se han, y parirán a cabo de cinco meses». E hizo cuenta desta guisa, y falló que hasta cinco años montaban bien cuatrocientas cabras. Desí dijo: «Vender las he y compraré por lo que valieren cien vacas, por cada cuatro cabras una vaca, y habré simiente, y sembraré con los bueyes, y aprovechar me he de los becerros y de las hembras y de la leche, y antes de los cinco años pasados

125

habré dellas y de la leche y de las mieses algo grande, y labraré muy nobles casas, y compraré esclavos y esclavas; y esto hecho, casarme he con una mujer muy hermosa y de gran linaje y noble, y empreñar se ha de un hijo varón cumplido de sus miembros, y poner lo he muy buen nombre, y enseñar le he buenas costumbres, y castigar lo he de los castigos de los reyes y de los sabios, y si el castigo y el enseñamiento no recibiere, herir lo he con esta vara que tengo en la mano muy mal». Y alzó la mano y la vara, en diciendo esto, y dio con ella en la jarra que tenía a la cabecera de la cama, y quebróse, y derramóse, la miel y la manteca sobre su cabeza.

Y tú, hombre bueno, no quieras fablar ni asmar lo que no sabes que será.

Desí parió la mujer un hijo cumplido de sus miembros, y fueron muy gozosos con él. Y acaeció un día que se fue la madre a recaudar lo que había menester, y dijo al marido: «Guarda tu hijo hasta que yo torne», y fuese ella. Y estovo él y un poco, y antojóse le de ir a alguna cosa que hubo menester, que no podía excusar, y fuese dende, y no dejó quien guardase el niño, si no un can que había criado en su casa. Y el can guardó lo cuanto pudo, ca era bien nodrido. Y había en la casa una cueva de un culebro muy grande negro. Y salió y veno para matar al niño. Y el can cuando lo vido saltó en él y matólo, y ensangrentó se todo dél.

Y tornóse el religioso de su mandado. Y en llegando a la puerta, salió lo a recibir el can con gran gozo, mostrando le lo que hiciera. Y él, cuando vido el can todo ensangrentado, perdió el seso pensando que había muerto a su hijo, y no se sufrió hasta que lo viese, y dio tal golpe al can hasta que lo mató y lo aquedó, y no lo debiera hacer. Y después entró y falló al niño vivo y sano, y al culebro muerto y despedazado, y entendió cómo acaeciera, y comenzóse a mesar y a llorar y a carpirse y a decir: «Mandase Dios que este niño no fuese nacido, y yo no hubiese hecho este pecado y esta traición». Y estando en esto entró su mujer y falló lo llorando. Y díjole: «¿Por qué lloras y qué es este culebro que veo despedazado y este can muerto?». Y él hizo se lo saber todo como acaeciera, y dijo la mujer: «Éste es el fruto del apresuramiento, y del que no comide la cosa antes que la haga, y que sea bien cierto della: arrepentir se cuando no le tiene pro».

Capítulo IX. Del gato y del mur

Dijo el rey al filósofo: «Ya oí este ejemplo del hombre rabinoso, qué es su cima. Pues dame agora ejemplo de los dos enemigos, cómo se ayudan el uno del otro a la hora de la cuita, y cómo se guardan». Dijo el filósofo: «Conviene al hombre, cuando cayere en manos de sus enemigos, que pugne de haber amor con alguno dellos, y tomarlo por amigo, para vencer con él los otros enemigos; ca no puede ser que el amigo sea todavía amigo, ni el enemigo, enemigo. El amigo, cuando le hacen pesar, tórnase enemigo, y el enemigo, cuando ve que le yace pro en su amigo, no finca en su enemistad, y tórnase amigo leal. Y el hombre sabio, a la hora de la cuita, hace amistad con sus enemigos, y al necio ciérranse le todas las carreras, así que no sabe razón ni manera por do estuerza, hasta que perece en necedad. Y este es el ejemplo del mur y del gato, los cuales se libraron uno a otro». Dijo el rey: «¿Cómo fue eso?».

Dijo el filósofo: Dicen que en una tierra había un árbol muy grande, que llamaban vairod, y había al pie dél muchos vestíbulos, y en sus ramas muchos nidos de aves. Y había a raíz deste árbol una cueva de un mur, que había nombre Vendo, y allí cerca del árbol había un gato, que había nombre Rabí. Y solían allí venir a menudo los venadores y venar aquellos venados y cazar las aves de cerca de aquel árbol. Así que un cazador armó sus lazos, y cayó y el gato. Y en esto el mur salió de su cueva, y anduvo buscando qué comiese; y en resguardándose con todo esto, y catando a todas partes muy apercibido, vido al gato estar en los lazos, y fue muy alegre. Desí paró mientes empós desí, y vido un lirón que le vacía en celada, y cató a suso y vido un búho en un ramo del árbol que lo estaba aguardando por lo matar. Y temióse que si se tornase atrás que saltaría en él el lirón, y si se fuese a diestro o a siniestro que lo levaría el búho, y que si fuese adelante que lo prendería el gato; y dijo en su corazón: Debo me ayudar del seso y de las artes de guisa que estuerza deste peligro; ca los corazones de los sabios, mares son profundos, y con ellos saben qué ha entre desamparar se hombre a muerte y entre trabajar se de escapar; y cuando son en el vicio no se aseguran de los durar la vida ni se desamparan en la tribulación y en la cuita. Y yo he pensado, y no fallo otra arte por que estuerza deste mal, si no pedir tregua al gato y ganar su amor. Ca él está en gran cuita, que lo no puede otro librar si no yo, y por ventura dar me ha el gato tregua por su pro, y yo otrosí escaparé por él deste mal a que só llegado.

Desí llamó al gato y díjole: «¿Cómo estás?». Dijo el gato: «Ya ves tú cómo estoy; pues ¿por qué preguntas?». Dijo el mur: «No te mentiré, ca el mentir es cosa aborrecida; y por ventura bien querría yo que fueses en mayor estrechura, y que llegase el tiempo de la tu muerte. Mas es acaecido tanto de mal, que me no place por que estás así, y no es ninguno que mejor me pueda librar desto en que estoy, y deste tan gran peligro en que estoy, salvo tú; y tú otrosí, no hay ninguno que mejor te pueda librar desto en que estás, que yo. Ca yo estoy en resguardo del lirón y del búho que me están aguardando, y yo estoy flaco que me les no podré amparar. Y si tú me asegurares de ti mismo, y me fueres fiador de me librar de los otros que me tienen cercado, librar te he yo desto en que estás y estorcerás desta prisión. Y plégate desto, y ayúdame a librar a mí y a ti; ca así como yo quiero tu vida por razón de la mía, otrosí tú debes amar mi vida por razón de la tuya, así como escapan los hombres de la mar por las naves, y las naves escapan por los hombres, y así fío por Dios que escaparemos desta tribulación amos, ayudando nos».

Y después que esto oyó decir el gato al mur, sopo que decía verdad, y díjole: «Verdad dices, y yo te guardaré esta merced por siempre, y habré de te lo galardonar». Y dijo el mur: «Déjame llegar a ti, ca el búho y el lirón, cuando nos vieren atreguados, tornar se han. Y cuando yo fuere seguro dellos, tajaré estos lazos en que yaces». Y hízolo así el gato, y asegurólo, y el mur llegóse a él. Y cuando el búho y el lirón vieron esto, tornáronse de aquel lugar. Y comenzó el mur a tajar la red nudo a nudo; y en viendo el gato que no era acucioso en lo tajar, dudó dél y díjole: «Amigo, ¿por qué no te apresuras en tajar la red? Por ventura que acabaste ya lo tuyo y eres seguro, por esto lo haces. Y si así es, no es hecho de hombre justo. Y así como me yo apresuré en te librar, tú otrosí debes te femenciar en librar a mí. Y si te miembras de la enemistad antigua no lo debes hacer; ca me has ya probado por bueno, que otro o mejor debe ser loado. Y no debes parar mientes a la antigua malquerencia; ca los buenos no tienen mala voluntad, mas son agradecedores del bien hecho; y la merced, según ellos creen, amata los muchos pecados».

Dijo el mur: «Los amigos son en dos maneras: el uno es amigo puro, y el otro es el que hace amistad de otro en hora de cuita y de necesidad. Donde el puro amigo debe amar al amigo más que a sí mismo, y a sus parientes y a su haber; ca es leal por naturaleza. Y el otro, que se toma por hora de cuita, a las veces dura su amor y a las veces deshácese. Y por ende conviene al hombre cuerdo que se guarde; ca el que pone amor con su enemigo y fía por él y no se guarda dél, será tal como el hombre que come más de lo que debe y no lo sufre su estómago ni lo puede moler, y lazra con ello. Y yo he compartido mi obra, y fíncame un poco por hacer; ca toda obra ha sazón y tiempo, y el que hace la obra sin sazón y sin tiempo no se aprovecha de su fruto. Y yo tajar te he esta red un nudo empós otro, y dejaré un nudo por ser seguro de ti en guisa que le quiebres tú en tiempo que me no puedes alcanzar cuando salieres de la red». Y cuando amaneció veno y el cazador a aquel lugar; y el mur, cuando lo vido, comenzóse a esforzar a cortar lo que quedaba de la red, y cortólo; y subió el gato en el árbol, y entró el mur en su forado, y el cazador tomó su rede y fuese su carrera.

Desí quiso el mur salir del forado y vido al gato y no se llegó a él. Y llamó lo el gato y díjole: «¿Por qué no te llegas a mí, el mi amigo que tan gran merced me hiciste? Ca yo he gran sabor de hacer galardonar el bien que me has hecho, y dar te he yo a comer el fruto de tu obra. Pues llégate a mí y no temas, ca no amo más a mí que a ti». Y juróle que le no buscaría mal. Dijo el mur: «El que no sabe traer su hecho con sus enemigos y con los amigos, hace mal a sí y mátase. Y la enemistad y la amistad han lugar, do debe el entendido usar dellas según debe. Y el hombre entendido no debe poner su amor con el hombre que era su enemigo, si no fuere en hora de cuita; ca los hijos de las bestias siguen a sus madres mientras han de mamar dellas, y cuando las pueden excusar huyen dellas, y el enemigo cuando se torna amigo por esperanza de algún pro, después que lo acaba tórnase a su ene- mistad, así como hace el agua cuando la calienta el fuego, que si se parte del fuego tórnase a su friura. Y tú eres mi enemigo natural y tú a mí otro tal. Pues ¿cómo se enderezará amor entre nos? Y yo no sé para qué me hayas tú menester si no para comer me». Desí comenzó el mur a se reguardar del gato y a ser muy apercibido.

Capítulo X. Del rey Varamunt y del ave que dicen Catra

Dijo el rey al filósofo: «Ya oí este ejemplo pues dame ejemplo del que recibió tuerto y cómo el que se lo hizo se debe guardar dél». Dijo el filósofo: «Esto es el ejemplo del rey y del ave que decían Catra». Dijo el rey: «¿Y cómo fue eso?». Dijo el filósofo: Dicen que un rey muy poderoso, que había nombre Varamunt, tenía un ave que decían Catra, y esta ave hablaba y era muy entendida, y había un hijo pollo. Y el rey mandó guardar a Catra y a su hijo en casa de su mujer, la que era señora de sus mujeres, y mandó a ella que los mandase guardar. Desí acaeció que parió la mujer del rey un hijo; y criaron se el niño con el pollo, y comían en uno y jugaban en uno. Y Catra iba cada día al monte, y traía dos frutos muy extraños que no sabía ninguno qué era, y daba el uno a comer a su hijo y el otro al infante. Y crecieron por esto más aína, y esforzáronse mucho, de guisa que lo entendió el rey, y amó más por ende a Catra.

Y acaeció un día que mientras Catra fue a buscar aquellos dos frutos entró su hijo a una casa do tenía el hijo del rey sus palominos. Y cuando vio entrar ende al hijo de Catra pesóle, y ensañóse y tomólo, y dio con él tierra y matólo. Y veno Catra, y falló su hijo muerto, y dio voces, e hizo gran duelo, y dijo: «¡Oh, qué mal barata el hombre en vivir con los reyes, que no a en ellos verdad ni lealtad, y malastrugo es el que ha amor con ellos! ca ni son para amigo ni para vasallo ni para acostado, ni honran a ninguno, si no por algún pro o por alguna esperanza. Y desque han acabado con él lo que han menester, no finca amor entre ellos ni amistad; mas solamente no es su hecho si no mentir y fallir y engañar y descreer y desconocer a los que los sirven, y cuentan los por pequeños. Y quiérome vengar deste falso traidor que mató a su compañero y a su amigo, con quien comía y bebía y jugaba». Desí saltó a los ojos del niño y quebró se los con sus uñas, y voló y posó en un lugar muy alto.

E hiciéronlo saber al rey, y hubo muy gran pesar, y hubo esperanza que enartaría a Catra, de guisa que la enartando la mataría. Y cabalgó el rey y fuese para ella, y llamóla por su nombre, a salva fe, y díjole que viniese. Y ella no quiso venir y dijo: «Rey, bien sabes que al traidor, si le yerra la justicia deste siglo, no le yerra la del otro. Y tu hijo hizo traición, y yo le di la pena en este siglo». Dijo el rey: «Verdad dices, y bien sé yo que es así como tú dices; pues vente tú para nos y sei segura, ca no habemos desto cura». Dijo Catra: No me llegaré a ti, ca los hombres de buen entendimiento defienden que se no llegue hombre al hombre que recibió tuerto, y dijeron: «Cuanto más te halagare el que mala voluntad te tiene y al que hiciste mal, y cuanto más hablando te fuere, tanto más lo extraña tú y lo aparta de ti; ca no ha tal seguridad del enemigo, como alongar se dél y guardarse dél». Y dicen que el hombre entendido debe contar a su padre y a su madre por amigos, y sus hermanos por compañeros, y su mujer por solaz, y sus hijos por nombradía, y sus hijas por contendoras, y cuente así mismo por solo señero. Y yo llevo hoy de ti muy gran carga de pesar, que ninguno no la lleva conmigo; y finca con salud.

Dijo el rey: «Si tú comenzaras a hacer el mal y el atrevencia, sería según tú dices; mas pues que lo no comenzamos, ¿qué culpa has tú, y qué te veda que no fíes de nos?». Dijo Catra: «Las malas voluntades han muy apoderados lugares en los corazones, así que la lengua no dice lo que es en el corazón con verdad, y el corazón afirma y atestigua más derechamente lo que está en el otro corazón que la lengua; y yo, fallo que mi corazón no atestigua ni acuerda con tu lengua, ni con tu corazón». Dijo el rey: «¿No sabes tú que las malas voluntades son entre muchos hombres, y el que ha seso ha mayor sabor de amortiguar la malquerencia que avivarla?». Dijo Catra: «Bien es así como tú dices; pero el hombre de buen acuerdo no se debe asegurar en aquel con quien está homiciado, y el hombre de buen consejo témese de las artes y de los engaños. Y sabe que muchos hombres hay que degüellan los ganados que crían y comen sus carnes, y por cuantos dellos degüellan, no cesan los que fincan de seguir sus señores y de vivir con ellos. Otrosí las bestias salvajes ha hombre dellas muchas, y cuando degüella algunas dellas no se parten por ende las que fincan del hombre».

Dijo otrosí Catra: «Las malas voluntades temidas deben ser, y mayormente las que son en los corazones de los reyes, ca los reyes creen que vengar su homecillo es honra y gran prez. Y el hombre entendido no se engaña en la tregua del hombre que tiene mala voluntad, ca tal es la mala voluntad cuando no la mueven, como las ascuas del fuego cuando no echan leña. Y el que demanda su homecillo así es como el fuego que demanda la leña, y cuando se la echan de suso enciéndese luego. Y con todo esto algún homiciero hay que ha esperanza de haber amor con su homiciado por algún pro o por algún ayuda que entiende que le haga; y yo só tan flaco que tú no puedes de mí haber ayuda ni pro, para que pierdas la mala voluntad que me tienes en tu corazón. Donde no veo mejor consejo que huir de ti, y finca con salud».

Dijo el rey: «Sabe que las criaturas no han poder de se nucir unas a otras, ca este poder es de Dios solo; y si ventura has de recibir de nos algún mal de que temas, no lo podrás huir ni esquivar. Y si yo he puesto en mi corazón de te matar y de te prender, desí el juicio de Dios a contra de lo que quiero es, no lo podrás; así como ninguno puede criar ninguna cosa del mundo si no por mandamiento de Dios, así no la puede perecer ni matar. Y lo que tú hiciste a mi hijo, no hubiste y culpa ninguna, ca fue por mandado de Dios; ca lo que hizo mi hijo, al tuyo, otro tal, ca fue por el juicio divino, y tú no debes reprender lo que la ventura hizo».

Dijo Catra: «Así es como tú dices, que todas las cosas por mandado de Dios se hacen; en pero el enviso débese guardar de las cosas temederas, ca ayuntan con la creencia apercibimiento, y yo sé bien que me dices con la boca lo que no tienes en el corazón. Y tú quieres vengar lo que hice a tu hijo, y mi alma aborrece la muerte. Y dicen que las malas venturas y las tempestades son pobreza y pesar y certidumbre de enemigos, y partimiento de amigos, y enfermedad y vejez, y cabeza de todos estos males es la muerte. Y no ha ninguno que sepa mejor el corazón del cuitado que el que sintió lo que él siente. Y por lo que yo tengo en el corazón conozco lo que tú tienes en el tuyo. Y no me es bien la tu compaña, ca nunca vez te nembrarás de lo que hice a tu hijo, ni yo de lo que tu hijo hizo al mío, que no se nos muden los corazones».

Dijo el rey: «No es hombre de buena parte el que no puede olvidar lo que tiene en el corazón, de guisa que le no haga pesar». Dijo Catra: El hombre que tiene en la planta del pie la llaga, no puede excusar de se no hacer mal, maguer que pugne de no andar sobre ella. Y no conviene al hombre cuerdo de dejar la guarda de su cuerpo y ser engreído, que el que se engríe en su fuerza y quiere andar los caminos peligrosos, anda buscando su muerte; y el que come o bebe más de lo que debe y yace con mujeres sin mesura, quiere se matar. Y quien mayor bocado hace en su boca de lo que puede tragar, derecho es que se ahogue con él. Y quien se deja de guardar y se engaña por palabra de su enemigo, mayor enemigo es de sí mismo que no su enemigo.

Y no debe hombre parar mientes en las aventuras que no sabe si le vernán; más débese entremeter de ser enviso y fuerte en su hacienda. Y el hombre entendido no se debe meter a los miedos, fallando otra carrera para sin miedo; y yo he muchas carreras do vaya, así que no iré a parte del mundo que no falle mío vito. Ca cinco cosas son, que debe el hombre hacer y haber, doquier que vaya; y si las hace conórtanle cuando es en tierra extraña, y hácenle ganar vito y amigos; la primera es resistirse de mal hacer; la segunda es enseñamiento; la tercera es esquivar las colpas; la cuarta es franqueza de corazón; la quinta es sutileza y acuciamiento, en su obra.

Y el hombre entendido, cuando se teme de perecer, de grado desampara la mujer y los hijos y el haber y la tierra, ca todo lo puede cobrar, y el anima nunca. Y el peor haber es el que no despiende dello, y la peor de las mujeres es la que no se aviene bien con su marido, y el peor hijo es el desobediente, y el peor amigo es el que desampara a su amigo a la hora de la cuita, y el peor de los reyes es el que teme el que no ha culpa, y la peor tierra es la temerosa do no se asegura el hombre; y yo sé que mi alma no ha aseguranza ni sufrimiento en ser cerca de ti. Desí despedióse del rey y voló y fuese.

Capítulo XI. Del rey Cederano y de su alguacil Belet y de su mujer Helbed

Dijo el rey al filósofo: «Va oí este ejemplo. Dime agora de cuáles cosas debe el rey más usar para guardar a sí y a su reino y su poder, si es mesura o nobleza de corazón, o esfuerzo o franqueza». Dijo el filósofo: «Sepas que la cosa con que debe el rey guardar su reino y sostener su poder y honrar a sí mismo, es mesura; ca la mesura guarda la sapiencia y la honra, y la materia de la honra es aconsejarse con los sabios y con los entendidos, y hacer su obra de vagar Y la más santa obra y la mejor para cada uno es la mesura, cuanto más para los reyes, que propiamente se deben aconsejar con los sabios y con los fieles, por tal que les departan el buen consejo y se lo muestren, y que los ayuden con la nobleza de corazón.

Ca el hombre maguer sea esforzado y escorrecho, si no hubiere mesura y fueren sus consejeros menguados de seso, maguer que la ventura le guise bien sus cosas y lo metan en alegría y en placer, y en vencimiento y en gozo, no puede ser que a arrepentimiento y a peligro no torne, ca la ventura es raíz de las cosas y es apoderada en ellas. Y el hombre que más se debe alegrar en su consejo es el sabio que aconseja todavía con los sabios. Y cuando el rey fuere sabio y fuerte, y su consejero sabio y leal y desengañador, a ése da Dios lo que quisiere de seso y de ganancia, y vivirá siempre en bien y en buena andanza, y no le podrá nocir su enemigo, ni haber poder sobre él. Y si él quisiere hacer alguna cosa que no debe, que sea a daño de sí y a provecho de su enemigo, estorcerá della por consejo de sus privados, así como estorció el rey Cedrán por su privado Belet y su mujer Helbed». Dijo el rey: «¿Cómo fue eso?».

Dijo el filósofo: Dicen que un rey de los reyes de India era muy granado y de gran prez y vencedor, y de muy gran mantenimiento, y sostenedor de su reino. Y había un privado que decían Belet, y era muy sesudo, y pugnaba toda vía en hacer servicio a Dios y al rey. Y aquel rey, yaciendo en su lecho durmiendo, vido en sueños una visión siete vegadas, una empós de otra, y despertó muy espantado. Y la visión era ésta: dos truchas bermejas que venían contra él enfiestas en las colas, y dos ánades volando empós dellas, y que se le paraban delante, y una culebra que le saltaba a los pies. Y veía otrosí que su cuerpo estaba todo bañado en sangre, y que le habían lavado el cuerpo con agua. Y vio que estaba en pie encima de un monte blanco. Y veía que tenía en la cabeza una cosa que le semejaba fuego, y veía un ave blanca que le picaba en la cabeza con su pico.

Cuando fue despierto hizo llamar una gente de una seta que él había estroído y perseguido tanto, que les había estragado y echado de sus tierras y muerto muchos dellos, y decían les Albarhamiun. Y trajeron se los después que los hizo buscar con gran escodruño. Y cuando ellos vinieron fallaron al rey con gran cuita y muy espantado de la visión que viera. Y demandóles que le declarasen aquella visión. Y ellos dijeron: «Señor, esta visión es muy fuerte, y es mucho de temer; y si lo por bien tuvieres, señor, mandar nos has salir de aquí, y disputar nos hemos unos con otros, y leeremos unos libros y el entendimiento que fallaremos, y después de algunos días tornaremos a ti por hacer su departimiento y qué acaecerá ende, y pugnaremos como escapes de su mal». Y el rey fue pagado desto que le dijeron, y mandóles ir.

Y ellos fuéronse, y ayuntáronse en uno, y dijeron unos a otros: Este rey ha matado de nos más de doce mil personas y ha destruido nuestra ley y ha muerto nuestros sacerdotes, y agora descubriónos su puridad, y habemos fallado carrera como nos podamos vengar dél. Y seamos todos de un consejo, que le metamos miedo y que le soltemos el sueño a nuestra guisa; y el miedo le hará hacer cuanto nos quisiéremos y dijéremos. Y digamos le así: «Éste que tú viste, señor, es tu muerte y perdimiento de tu reino, ca tornará en tus enemigos. Y esto no lo puedes desviar en guisa del mundo si no mataras a Helbed, tu más honrada mujer, madre del tu más amado hijo Gembrir, y a Gembrir tu hijo, y el hijo de tu hermana, que tú mucho amas, y a Belet, tu privado alguacil, y a tu escribano, que sabe tus puridades; y que quebrantes la tu mejor espada del tu mayor precio, y que mates el tu elefante blanco que cabalgas, y a los otros dos elefantes preciados, y el tu buen caballo corredor, y a Caimerón el filósofo; desí que hagas poner la sangre déstos en una tina y que te bañes en ella siete veces y que estemos nos en derredor de ti y que te escantemos hasta que te mundifiquemos de los pecados que hiciste; por que mereces de Dios perder el reino y tu honra». Y si nos él creyere y lo hiciere, no le fincará después fuerza ni honra, y si lo quisiéremos matar, podemos lo hacer.

E hiciéronlo así, y entraron a él y dijéronle: «Señor, siempre hayas buenos agüeros y acabada honra. Si por bien tuvieres de te apartar conusco, decir te hemos lo que nos demandaste». Y mandó el rey salir dende cuantos con él estaban. Y dijéronle todo lo que habían comedido de hacer: de matar a todos sus amigos y a sus bien querientes. Y díjoles: «Más valdría la muerte que la vida, si yo matare a éstos, que amo tanto como a mí mismo; y yo mortal só sin falla, ca esta vida breve es, y no seré rey por siempre. Y morir o perder mis amigos una cosa es». Dijéronle los de Albarhamiud: «Señor, si tú te no ensañares, hacer te hemos saber que lo que tú dices no es derecho, mas es yerro en amar tú a otrie más a ti mismo. Sabes tú que en seyendo tu reino en tu poder cobrarás tus amigos y ellos no podrán cobrar a ti. Pues oye lo que te decimos y créenos y faz lo que te mandamos, y mueran tus bien querientes por que tú estuerzas, ca otros podrás haber después en cambio dellos, y si tú los dejas, y dejas a ti perder, nunca habrá cambio de ti».

Y cuando el rey vido que los de Albarhamiud lo acuitaban tanto, cuidó que le decían verdad y hubo muy gran pesar. Y levantóse de entre ellos, y fuese para la casa que tenía apartada para sus tristezas y para pensar en los acaecimientos del mundo. Y echóse de cara en tierra, y revolvíase como pez cuando lo sacan del agua, y comenzó de decir en su corazón: «¿Cuál destas cosas me será más fuerte: desamparar me a muerte o matar a mis amigos? ¿Cuánto es lo que yo puedo haber en mi reino?, ca yo no puedo vivir siempre, y ¿cómo habré yo alegría y placer cuando yo no viere a Helbed, mi mujer, y a Gembrir, mi hijo, y al hijo de mi hermana? ¿Y cómo podré fincar en mi reino si mi privado Belet muere, y el sabio Caimerón, y el caballo corredor y los elefantes? ¿Y no habré vergüenza de me llamar rey, perdiendo yo aquéstos? ¿Y cómo viviré después de ellos?». Y estovo siempre cuitado hasta que fue sabido por toda la tierra, y lo entendieron sus ricos hombres y toda su compaña.

Cuando vio esto Belet, fuese para la mujer del rey y dijo: Yo no sé qué ha el rey, y yo nunca le vi hacer cosa pequeña ni grande, después que lo conozco, que no metiese a mí en consejo y que no hablase conmigo todas sus puridades, por que sabía que le era leal y que me dolía de su mal, y nunca portero ni mandadero había entre nos donde quier que él fuese o estuviese, y aun con sus mujeres estando. Y agora, de pocos días acá, ha se apartado con los de Albarhamiud, y témome que le aconsejaron su daño y el nuestro y de todo el pueblo. Pues llévate y vete para el rey, y pregúntale de su hacienda, y desí dime lo que supieres, ca no puedo entrar a él ni estar con él. Y por ventura los Albarhamiun le mandaron hacer algún pecado y algún hecho laido; y el rey ha por costumbre que cuando se ensaña no se sufre en ninguna guisa, ni se da lugar, donde por ventura aquellos le harán verter algunas sangres.

Dijo Helbed: «Hube unas palabras con el rey, y por eso no le quiero comenzar a fablar». Dijo Belet: «No debes agora parar mientes a los rieptos que hubiste con él, ca no es agora tiempo, estando nos tan cerca de lo que tememos; ca no puede ninguno entrar al rey si no tú, que yo le oí muchas veces decir: «Cuando só en cuita y en cuidado y veo a Helbed, todo lo pierdo, y tórnase me en alegría». Pues llévate, buena dueña, y vete para el rey, y espacia su corazón, y conórtalo y aconséjalo, y dile la que entendieres, y le hará pro; y faz nos merced a todo el pueblo».

Y ella levantóse y fuese, y entró al rey y asentóse a su cabeza, y alzósela de tierra, y díjole: «¿Qué has, señor loado, o qué oíste decir a los Albarhamiud, por que tienes cuidado y dolor? Y yo no lo sé, ca si lo supiere estaría triste contigo. Y tanto veo de la tu tristeza y pesar y cuidado, que me pesa de corazón. Y no puedo ser triste por lo que no sé, ca el rey es tan con el pueblo como la cabeza con el cuerpo; cuando la cabeza está bien el cuerpo está bien. Y nos no podemos ser alegres seyendo nuestro rey triste y con pesar».

Dijo el rey: «Buena dueña, no me acrecientes en mi dolor, ni me preguntes en mi hacienda». Dijo Helbet: «Señor, ¿por qué me lo no dices? ¿Has sospecha en mí? Y no cuidaría yo que llegaría en estado que me sospechases en tu hecho; ca cuando el hombre alguna cosa de cuita lo viene, débese aconsejar con sus amigos y con los sesudos hombres, por que le desengañen de su hacienda. Y tú, señor, no debes haber dolor ni hacer lo haber a tus amigos y a los de tu reino, y hacer haber alegría a tus enemigos y a los que han en ti venganza». Dijo el rey: «Buena dueña, hazme hecho pesar, y no es a ti ni a mí bien en te decir desto nada». Y dijo Helbed: «Más es bien para mí y para ti. Y si me lo dijeres partirás conmigo el pesar y el cuidado». Dijo el rey: «Pues que lo quieres saber, este es el pesar y el cuidado que tengo. Mandáronme los Albarhamiud que mate a ti y a tu hijo y a mi sobrino y a mi privado Belet, y a cuantas cosas honradas y preciadas yo he, tan bien de mis bestias como de las otras cosas. Y dijeron que con esto estorceré y seré salvo de mis pecados».

Y cuando Helbed esto oyó no le mostró ningún miedo, mas sonriósele en la cara y díjole: Señor, por esto no debes estar triste, ca nuestras almas ofrecidas te son, y de grado las dejaremos por librar a ti de tristeza y porque finques en tu reino. Y tú has otras mujeres sin mí, dieciséis mil con Jorfate la buena dueña, que habrás en vez de mí. Mas una cosa te quiero rogar y pedírtela en merced, y faz me la pedir el amor que y he; que desque esto hubieres hecho no fíes ni creas por los de Albarhamiud, ni te aconsejes, ni creas por ellos en cosa del mundo, y que no mates a ninguno arrebatadamente, por que después no te arrepientas; ca no podrás resucitar al que matares.

Y dicen que el hombre cuando hallare algún vidrio en tierra y dudare que no es vidrio, que lo no debe echar hasta que lo muestre a los que lo conocen, y conocen las piedras preciosas. Y miémbrate, señor, que los de Albarhamiud nunca bien te quisieron, y tú has muerto dellos doce mil y no les debías decir tu visión ni otra cosa, ni creer lo que dicen; ca por la mala voluntad que te han, quieren matar tus amigos y tus privados y tus bien querientes, por tal de se vengar de ti. Y quieren te hacer perder todas las cosas que mantienen tu reino, y con que tú estás apoderado, y cuando hubieses muerto éstos, apoderar se han de ti y habrán tu reino así como lo ante habían; mas aquí está Caimerón, muéstrale tu hacienda y demándale consejo, que es sabio destas cosas, y es otrosí dellos, y nos no le sospechamos que te dé leal consejo. Y pregúntale por lo que viste en sueños; y si él te mandare lo que los otros te mandaron, hazlo, y si te mandare ál, verás que aquellos mentirosos son tus enemigos que quieren deshacer del tu reino.

Y cuando el rey oyó esto que le aconsejaba la reina, tuvo que le aconsejaba bien, y cabalgó en su caballo, y fuese para Caimerón, que era cerca dél. Y cuando llegó a su puerta descabalgó y entró a él y humillóse le. Y dijo el Caimerón al rey: «¿Qué te aconteció, rey, que viniste acá, y por qué eres tan demudado y tan triste, y no te veo traer la corona en la cabeza ni la diadema que sueles?». Y el rey díjole la visión que viera y lo que le mandaron los Albarhamiud.

Díjole Caimerón: «No temas, señor, ni te mates, ni hayas miedo desto; ca no morrás ni perderás el reino, y yo te soltaré el sueño. Sepas, señor, que las dos truchas bermejas que se infestaban en las colas y venían hacia ti es un mandadero del rey de Niazor que verná a ti con una arqueta en que habrá piedras preciosas, precio de mil libras de oro. Las dos ánades que viste que volaban delante y se asentaban delante ti, serán dos caballos que te enviará el rey de Balaf, que no habrá semejantes dellos. Y la culebra que se llegaba a tus pies es una espada muy fina que te presentarán de Alhinde, que no le sabrá hombre poner precio. Y la sangre en que te veías bañado es que te enviará el rey de Cadaron unos paños muy ricos que son llamados alholla que relucen en tiniebla. Y lo que veías que te lavabas con el agua, es un rey romano que te enviará unos paños de lino muy albos de vestiduras de los reyes, que no les sabrá hombre poner precio; y lo que vías que estabas sobre un monte blanco es un elefante blanco que te enviará el rey Candor, que correrá más que caballo. Y lo que tenías en la cabeza que semejaba fuego es una corona de oro que te enviará un rey de Armenia. Y la ave que viste que te picaba en la cabeza, esto no te soltaré agora, mas no temas dello, que no te verná dello mal ninguno, ca no es ál si no que te ensañarás contra alguno de tus amigos, desí tornará en tu gracia y en tu amor. Y estos mandaderos que te digo vernan de aquí a siete días».

Cuando esto oyó el rey, hizo preces y gracias a Dios, y loó a Caimerón el sabio, y hubo grande alegría y mal trájose por que descubrió su puridad a los de Albarhamiud. Y cuando pasaron los siete días, así como dijo Caimerón el sabio, vinieron los mandaderos con los presentes hasta que se cumplió todo de la guisa que dijo Caimerón. Y el rey fue muy ledo y hubo gran placer y dijo: «Si no que me hubo Dios merced y me acorrió con consejo de Helbed, fuera perdido en este siglo y en el otro. Y por esto conviene al hombre cuerdo que se aconseje toda vía con sus amigos que sabe que lo desengañarán; ca Helbed me aconsejó muy bien, y yo creíla y halleme ende bien, y afirmó Dios mi reino con el buen consejo de los buenos amigos leales, y vi manifiestamente cómo es Caimerón sabio».

Desí hizo el rey llamar ante sí a todos aquellos que le aconsejaron los Albarhamiun que matase, y díjoles: «Tengo por bien de partir entre vosotros estos presentes, pues que vos ofreciste a la muerte por amor de mí». Dijo Beled: «Señor, no nos debes loar por nos dejar morir antes que tú, ca nos no somos si no para ti, y los presentes no pertenecen a nos, mas solamente a los reyes». Dijo el rey: «Yo quiero que comas del fruto de la tu paciencia, tú y los otros, en querer morir de grado por escapar yo. Y yo he jurado que estas joyas no entren en mi respuesto hasta que cada uno de vos tome su parte». Díjole Belet: «Pues que así es, señor, comienza tú y toma lo que a ti pertenece, y de lo que fincare faz lo que a ti te pluguiere».

Y tomó el rey el elefante blanco, y dio a Gembrir, su hijo, un caballo, y al escribano el otro caballo; dio a Belet la espada, y envió a Caimerón los paños de lino. Y la corona y los paños dorados que no pertenecían si no para las mujeres, mandó a Beled que llamase a Helbed y Orfate, que eran las más honradas de sus mujeres, y asentólas cabe sí, y mandó a Belet que pusiese los paños y la corona ante Helbed, y que tomase cual quisiese. Y ella pagóse mucho de lo uno y de lo otro, y no sopo cuál tomar, y cató a Belet que le mostrase cuál era mejor, y él hízole del ojo que tomase los paños. Y tornando el rey la cabeza, vido como le hiciera del ojo; y ella cuando vido que el rey había visto las señas que le hizo Belet, dejó los paños y tomó la corona, porque no hubiese sospecha della. Y duró después Belet cuarenta años que cada vegada que entraba al rey, cerraba él un ojo y decía que era bizco, por que no barruntase el rey que había, con Helbed ninguna cosa.

Desí albergó el rey una noche, en casa de Helbed, ca así era su costumbre del rey, que una noche estaba con Helbed y otra con Orfate. Y la noche que veno a albergar con Helbed, guisóle un manjar de arroz, ca los reyes de India suelen comer mucho arroz; y entró a él su escudillo de oro en la mano con el arroz y la corona de oro en la cabeza, y estovo en pie antel rey, la escudilla en la mano, y comenzó él a comer dello. Y Orfate cuando sopo que el rey estaba con Helbed, hubo ende celos y vistióse aquellos vestidos y aderezóse lo mejor que pudo y entró en la cámara donde estaba el rey con Helbed. Y lucía la cámara de los paños que ella traía, que relumbraban como el Sol cuando nace. Y el rey cuando la vido pagóse mucho della y codicióla, y dijo a Holbed: «Necia fuiste en tomar la corona y dejar los paños, que nunca hombre tales los vido, y bien parece que Orfate es de mejor seso que tú y de mejor acuerdo y más semeja mujer de rey».

Cuando Helbed vido que el rey alababa a Orfate y denostaba a ella, pesóle de corazón y ensañóse, y dio al rey con la escudilla de arroz que tenía en la mano, por encima de la cabeza, y corrióle el arroz por el rostro y por la barba y por el cuerpo; y esto fue averiguamiento de lo que no quiso soltar Caimerón, y con ello se cumplió la visión. Y el rey mandó llamar a Belet, su alguacil, y díjole: «Ves lo que me hizo esta mujer, y cómo me deshonró y me afrontó, y menospreció. Levádmela y descabezádmela, y no me demandades más consejo de su hacienda ni entredes a mí hasta que la hayades muerto». Y salió dende Belet, y llevó a Helbed, y dijo en su corazón: «No me conviene matar esta dueña hasta que se amanse la saña del rey, ca es mujer muy sesuda y bien aventurada, tal que no ha su semejante entre las reinas, y el rey no se podrá sufrir sin ella. Y Dios ha librado por ella a muchos de muerte, y habemos aun esperanza en ella de aquí en adelante, si visquiere. Y no sé seguro de rebtarme el rey y de culpar me, si apresuradamente la mataré; pues quiero la dejar viva hasta ver qué terná el rey por bien de hacer, y si se arrepintiere por lo que ha hecho y le pesare y se quejare, tornársela he, y si viere que de todo en todo es acordado en la matar, cumpliré yo su mandado. Y si la yo libraré de muerte, haré en ello tres cosas buenas: la una, que la libraré de la muerte, y la otra, que me preciará el rey más por ello sobre todos los hombres del mundo; la tercera, que sabrá el rey que no debe hacer las cosas apresuradamente».

Y levóla para su posada, y encomendóla a dos hombres fieles del rey que guardaban sus mujeres, que la guardasen. Y mandó a su mujer que la guardase y la honrase y conortase hasta que él supiese la voluntad del rey. Desí veno Belet con su espada sangrienta, y entró al rey muy triste. Y el rey díjole: «¿Cumpliste lo que te mandé?». Y dijo: «Señor, cumplí». Y a poco de hora amansó le la saña al rey y membróse de Helbet, como era mesurada y sesuda y entendida y muy apuesta, y fue en gran cuita. Y comenzó de conortarse y de esforzarse, y había vergüenza de preguntar a Belet qué hiciera del pleito de Helbed. Y díjole Belet: «No hayas pesar, señor, ni tristeza por la muerte de Helbed, ni te acuites, ca el pesar ni la cuita no te tiene pro, y desgastan el cuerpo y desátanlo. Pues encomiéndate a Dios y no hagas de guisa que hayan pesar los que te bien quieren, y que hayan alegría tus enemigos, ca si lo oyeren no lo ternán por seso ni por acuerdo; donde ha menester que seas pacífico y no tomes pesar, y si quieres dar te he un ejemplo que semeja a tu hacienda». Dijo el rey: «Di, Belet».

Las dos palomas

Y dijo Belet: «Dicen que dos palomas, maslo y hembra, trajeron de los campos y de las eras trigo y cebada a su nido hasta que lo hinchieron». Dijo el maslo a la hembra: «Agora, mientras falláremos en el campo qué comer, no comamos desto nada. Y cuando viniere el invierno y no falláremos ninguna cosa en los campos, tornarnos hemos a lo que tenemos, y comer lo hemos». Y a la hembra plúgole dello e hicieron uno a otro tal pleito entre sí. Y cuando cogieron el trigo y la cebada, estaba liento, e hinchóse con ello el nido. Desí fuese el marido de aquel lugar a otro, y tardó allá todo el invierno, hasta el verano, por que fallaba bien de comer allá; y después tornáronse cada uno de su parte al nido en el tiempo del verano, seyendo el trigo y la cebada seco y menguado. Y desque lo vido el macho que estaba menguado, cuidó que lo había comido su mujer y díjole: «¿No nos partimos amos con postura que no comiésemos de lo que había en el nido hasta que nos falleciesen los campos? Y veo que te lo has comido». Dijo la hembra: «No comí dello nada, ni me llegué a ello, mas cuando lo ahí pusimos estaba liento, y agora por la diversidad del tiempo está seco». Y él no la quiso creer y comenzóla de picar y de herir, hasta que la mató.

Y después que veno el tiempo del invierno y las aguas, y relenteció el trigo y la cebada, e hinchóse el nido así como estaba de antes; y cuando el marido lo vido lleno, arrepintióse por lo que hiciera en matar a su mujer, y echáse cerca della y no comió ni bebió hasta que murió. Y quien es sabio no se debe apresurar a hacer la justicia o la pena, mayormente en la cosa que se puede arrepentir.

Y tú, señor, no busques la cosa que no podrás fallar, pues olvida esto en que estás y sey pagado con lo que te fincó, y no seas tal como el simio con las lantejas. Y dijo el rey: «¿Cómo fue eso?».

El simio y las lentejas

Dijo Belet: Dicen que un hombre traía un saco de lentejas y entró con él en una espesura de árboles, y puso el saco en tierra y echóse a dormir por que era cansado. Y estando durmiendo descendió un simio de un árbol y tomó un puño lleno dellas; desí subióse en el árbol a comer las. Y cayó se le una lantija de la mano y descendió por buscarla, y trabándose a las ramas del árbol para descender, derramáronse le todas las otras que tenía, y no hubo la primera y perdió todas las otras que tenía.

Y tú, señor, has dieciséis mil mujeres, y dejas de te solazar con ellas y buscas la que nunca fallarás. Y cuando esto oyó el rey, no dudó que Helbed era muerta y dijo a Belet: «¿Por una ira que yo hube hiciste lo que te mandé luego, y te trabaste en una palabra?». Dijo Belet: «Uno es el que dice la palabra y se cumple». Dijo el rey: «¿Y quién es ese?». Dijo Belet: «Dios, cuyas palabras no se cambian».

Dijo el rey: «gran pesar he por la muerte de Helbed». Dijo Belet: «Dos son los que deben haber pesar grande: el que hace pecado y el que nunca buena obra hace; ca estos ambos han poca alegría en este siglo, desí van a pesar durable». Dijo el rey: «Si a Helbed viese viva, nunca habría pesar jamás». Dijo Belet: «Dos son los que no deben haber pesar: el que puna en buenas obras y el que nunca pecó». Dijo el rey: «Nunca veré a Helbet más de lo que la he visto». Dijo Belet: «Dos son los que no se ven: el ciego y el que no ha seso; ca así como el ciego no ve nada, otrosí el necio no ve su pro ni su daño». Dijo el rey: «Si viese a Helbed, muy gran gozo y gran placer habría». Dijo Belet: «Dos son los que ven: el que ha los ojos claros y el sabio». Dijo el rey: «Nunca me harté de ver a Helbed». Dijo Belet: «Dos son los que nunca se hartan: el que otro cuidado no ha si no apañar haber, y el quiere comer lo que no falla y demanda lo que no puede ser».

Dijo el rey: «Debemos nos alongar de tl, Belet». Dijo Belet: «De dos se debe el hombre alongar: del que niega el juicio y la pena y el galardón del otro siglo, y del que no tuelle los ojos de lo que no es suyo, ni sus orejas de escuchar, ni su vergüenza de las mujeres ajenas, ni su corazón del pecado y de la codicia que se le antoja; ca estos atales irán a la pena perdurable». Dijo el rey: «Hecho só vago sin Helbed». Dijo Belet: «Tres son las cosas vagas: el río que no ha agua, y la tierra que no ha rey, y la mujer que no ha marido». Dijo el rey: «Muy cierto respondes, Belet». Dijo Belet: «Tres son los que responden cierto: el que cumple su mandamiento en su reino y en su poderío, y el hombre que sabe la ley y hace sus obras, y el maestro bueno que hace bien la obra y en comparación del que no la sabe». Dijo el rey: «Muy gran pesar recibo en tú ser cerca de mí». Dijo Belet: «Tres son los que deben haber pesar: aquel que ha gordo caballo y hermoso y ha malas mañas; y el que ha mucho caldo y poca carne, por que pierde el sabor del comer; y el que se casa con la mujer de gran linaje y hermosa y no la puede honrar, donde le ha ella de decir lo que le pesa».

Dijo el rey: «Perdióse Helbed de balde y sin razón». Dijo Belet: «Tres son los que se pierden sin razón: el hombre que viste los buenos paños y anda descalzo y de pie, y el que casa con la mujer niña y hermosa y se va para otra tierra y no se ven, y el que tiene buena tierra y la deja eriazo por sembrar». Dijo el rey: «Mereces ser penado, Belet». Dijo Belet: «Cuatro deben ser penados: el malhechor, y el que justicia al que no hace por qué, y el que se asienta a la mesa que no es convidado, y el que demanda lo que no puede haber, y aun que le dicen que no lo puede haber no se deja de lo demandar y aún más de recio». Dijo el rey: «Debieras te sufrir hasta que amansara mi ira». Dijo Belet: «Tres son los que se deben sufrir: el que sube al monte, y el que pesca o caza, y el que cuida gran hecho». Dijo el rey: «¡Quién pudiese ver a Helbed!». Dijo Belet: «Dos son los que codician lo que no pueden haber: el lujurioso que no teme a Dios y quiere cuando muriere haber la divinidad de los santos, y el homiciero que quiere haber la fama de los justos».

Dijo el rey: «Mucho me menosprecias, Belet». Dijo Belet: «Tres menosprecian a sus señores: el que les hace escarnio o dice cosa a sin razón, y el vasallo que es más rico que su señor, y el siervo que denuesta a su señor y lo maltrae». Dijo el rey: «Mucho so escarnido de ti, Belet». Dijo Belet: Cuatro son los que deben ser escarnidos: el que se alaba más que es esforzado y que lidió, y no ha en él señal de lanzada ni de ferida; y el que esfinge que sabe la ley y que es de religión, y es corpulento y gordo y pescozudo, ca el que religión mantiene enmagrece y adelgaza; y la mujer virgen que escarnece a la maridada; y el que dice de lo que es ya hecho y pasado: «Quisiese Dios que no fuese». Dijo el rey: «No eres hombre de seso, Belet». Dijo Belet: «Solamente debe ser tenido por sin seso el zapatero que se en alto y cuando le cae alguna cosa de su menester, estórbase de su labor buscándola».

Dijo el rey: «No hiciste derecho en matar a Helbet, Belet». Dijo Belet: «Tres son los que no hacen derecho: el que cree al que no dice verdad, y el que come aína y labra tarde, y el que no amansa su ira antes que haga justicia». Dijo el rey: «Si hicieras según ley, no mataras a Helbed». Dijo Belet: «Cuatro son los que hacen según ley: el siervo que ha sabor del manjar y quiere lo antes para su señor, y el hombre que se tiene por contento con una mujer, y el rey que demanda consejo a los filósofos, y el hombre que fuerza su saña». Dijo el rey: «Mucho me temo de ti, Belet». Dijo Belet: «Cuatro son los que se temen de lo que no deben: el avecilla que yace en el árbol y alza un pie con miedo que le caerá el cielo de suso y que lo terná con él; y la grúa que se para en un pie con miedo que se sumirá la tierra con ella; y el gusano que está toda vía en la tierra y no se harta della y está siempre hambriento con miedo que le fallecerá la tierra y que quedará sin vito; y el murciélago que vuela de noche y escóndese de día por que cuida que no ha ave tan hermosa, y ha miedo que lo tomarán los hombres y lo criarán en sus casas».

Dijo el rey: «No se debe hombre volver contigo, Belet». Dijo Belet: «Cuatro son los que no se vuelven unos con otros: el santo con el de mala vida, y la luz con la tiniebla, y el día con la noche, y el bien con el mal». Dijo el rey: «Mucho has afirmado mala voluntad en mi alma contra ti, porque mataste a Helbet». Dijo Belet: «Cuatro son los que tienen mala voluntad afirmada: el lobo y el cordero, y el gato y el mur, y el azor y la paloma, y los cuervos y los búhos». Dijo el rey: «Si alguno me mostrare a Helbed, hacer lo hía rico». Dijo Belet: «Cinco son los que codician la riqueza y la precian más que a sí mismos: el lidiador, que no ha otro pensamiento ni otro albedrío si no ganar y robar; y el ladrón que forada las casas y tiene los caminos, y le han de cortar la mano o de matarlo; y el mercader que se mete sobre mar por buscar las cosas temporales; y el que cría los árboles y codicia toda vía que crezcan por tal de haber ende algo; y el alcalld que recibe presente por que juzgue tuerto».

Dijo el rey: «Confundido me has la vida por lo que hiciste en Helbed». Dijo Belet: «Los que son tales como tú dices son siete: el que no es conocido por sabio y es sabio de guisa que aprendan dél; y el rey que no hace bien a ninguno; y el que niega el bien y el servicio que le hacen; y el siervo que ha el señor muy brozno y sin piedad; y la mujer que ama al hijo malo y falso, y se lo encubre; y el que se asegura en el hombre traidor y falso y atrevido a hacer los grandes pecados, y se fía en él; y el que se enoja aína de los mandamientos de Dios y no teme a Dios ni a los divinos». Dijo el rey: «No sabré qué es sueño, con dolor de Helbed». Dijo Belet: «Siete son los que no duermen: el que ha gran haber y no ha repostero, y al que han de matar cras de mañana, y el que acusa al hombre a tuerto, y el que ha gran enfermedad y no puede haber su melecina, y el hombre que tiene tuerto a su mujer, y el hombre que ama los niños a mala parte, y el hombre que pechó lo que despreció debiéndolo».

Dijo el rey: «Dañaste la sapiencia de Helbed». Dijo Belet: «Cuatro son los que dañan sus hechos: el hombre que hace los buenos hechos y daña los con los malos, y el rey que honra al vasallo desleal y malo, y el padre y la madre que precian más al mal hijo que al bueno, y el que dice su puridad al misturero que sabe que no se la terná». Dijo el rey: «Cúmplete esto, Belet, ca en duda me has dejado de mi hacienda. Creo que lo haces por me probar». Dijo Belet: «En nueve cosas se prueban los hombres solamente: el atrevido, en lidiar; y el sabedor, en obrar; y el siervo, en hacer vida con su señor; y el rey, en su ira, qué hará y qué seso habrá; y el mercader, en hacer compañía con su compañero; y los amigos, en sufrir afán; y el que entiende, en las persecuciones, qué arte hará y cómo estorcerá; y el religioso, en temer a Dios y despreciar las cosas mundanales; y el franco, en dar y en partir».

Desí en este lugar calló el rey, y bien entendió Belet que el rey tenía gran pesar por Helbed. Y dijo entre sí: «Ya lo he muy bien entendido y le he dado ejemplos por lo conortar de Helbed». Y dijo: «Veo que ha gran deseo della; por que debo traer se la, pues tanto la ama y tan gran codicia ha de verla; demás que le he dicho muchas cosas y le he estultado de mi palabra. Donde no ha en el mundo rey que le semeje de cuantos fueron y serán, pues que la saña no le hizo que me matase, seyendo yo tan rafez y de tan pequeña guisa, mas siempre fue cuerdo y sosegado y manso y sesudo y mesurado; y no dijo más que debía ni lo mandó, ca es manso le amador de salud y de bien a todos. Y si le acaece alguna mala andancia de parte de las estrellas, no pierde corazón ni se teme, y tiénese por pagado de lo que Dios le quiere dar en parte».

Y díjole: «Señor: tú, por bondad de linaje de ti mismo y por honestas costumbres, eres señor de la lealtad en sufrirme lo que me oíste decir, por ser yo de tan menor guisa; donde do gracias a Dios primeramente, desí a ti, señor, que me no mandaste matar. Y heme aquí donde estoy entre tus manos. Y lo que yo hice no lo hice por él, si no por lealtad, y amando y queriendo tu pro; y si hice en esto desobediencia, razón has de me justiciar o de me perdonar. Y sabe, señor, que Helbed es viva, y dejéla de matar por miedo que te no arrepintieses de su muerte y me hicieses daño por ello».

Y cuando esto oyó el rey, hubo gran placer, y dijo: «Maguer que hizo muy gran cosa y fue mal razonado, bien sé que lo no hizo por enemistad ni por me buscar daño, y hízolo con buen celo, y no debiera yo tornar cabeza por ello, mas debiéralo yo sufrir. Y lo que me hizo que te no matase, no lo causó salvo que cuidaba que la habías muerta porque te lo yo había mandado, y tenía yo toda la culpa; pero has me hecho gran servicio y yo te lo agradeceré bien. Y tú quisísteme probar y temiste de muerte, si lo descubrieses, y no mandara Dios que yo así lo hiciera, que me has hecho gran servicio y soy tenudo de te lo galardonar; pues vete y tráemela».

Y Belet salió dende muy alegre, y mandó vestir a Helbed muy ricos paños y afitarla bien, y trájola al rey. Y cuando el rey la vio fue muy alegre y díjole: «Haz lo que quisieres, que nunca contra tu voluntad haré cosa». Dijo Helbed: «Señor, siempre hayas salud y dures en tu reino; y ¿qué fuera de mí sinon por las tus buenas costumbres y por la tu buena mesura en arrepentirte del mal que habías hecho? Que bien mereciera ser desmembrada por el mal que había acometido, y con la gran piedad me has perdonado de todo ello; y si no que se fió Belet en tus buenas costumbres y en tu gran piedad, cumpliera tu mandamiento». Y entonces dijo el rey a Belet: «Tú me has hecho tanto servicio porque te yo tengo siempre de alabar, porque me diste la vida en no matar a Helbed, y nunca soy tanto pagado de ti como hoy día, y sey apoderado en mío reino y faz dél lo que quisieres». Dijo Belet: «Señor, no he menester de lo tuyo cosa, salvo que tu merced quiera ser vagoroso cuando se ensañare, y que pienses la cosa antes que la mandes ejecutar». Dijo el rey: «Recibo tu consejo; pues toma aquellos paños de Jorfa y dalos a Helbed; que yo quiero que ella sea poderosa sobre todas las mujeres de mi reino, y cuanto ella mandare de mi reino, que sea hecho, y que tú tengas el sello de mi reino». Y luego mandó matar a los Mirmidones por la maldad que le mandaban hacer, porque perdiese a su reino y a sí mismo, y siempre loó mucho a Belet por lo que hiciera y por el gran seso que tuviera.

Dijo el filósofo: «Piensan los entendidos y los enseñados cuánta pro tiene la mesura que, aunque hombre sufra algún pesar, sofriéndose en los comienzos de las cosas, loa hombre su cima y es cosa de loar a todos los hombres, cuanto más a los reyes primeramente».

Capítulo XII. Del arquero y de la leona y del anxara

Dijo el rey al filósofo: «Ya oí este ejemplo dame ejemplo del que se deja de hacer mal por lo que ha pasado y sentido, y por el castigo que recibió en sí por no hacer mal a ninguno». Dijo el filósofo al rey: «Señor, no se entremete de hacer daño a las gentes sinon los hombres necios y los torpes, porque no piensan en las cimas de las cosas, y acaéceles por ende a tanto de mal que se no puede decir; y si alguno dellos estuerce por muerte que le acaezca ante que le venga el mal, va a la pena del otro mundo, y el necio no se castiga si no con el daño que recibe en sí, y con esto se refrena de mal hacer a ninguno; y esto semeja al ejemplo del arquero y de la leona y del anxara». Dijo el rey: «¿Cómo fue eso?».

Dijo el filósofo: Dicen que una leona vivía en un soto ribera del mar, y criaba dos leoncillos, y en saliendo un día a buscar que comiesen, dejó sus hijos en el soto, y pasó por ahí un ballestero y viólos y armó su ballesta y matólos y desollólos, y echó sus pieles a cuestas, y fuese para su posada. Y cuando la leona tornó y vio sus hijos desollados, pesóle de muerte, y hubo tamaño dolor que se echó en tierra y comenzó a dar grandes voces. Y tenía cerca de sí un su vecino que le decían anxahar, y oyóle dar voces y alaridos, y salió a ella y díjole: «¿Por qué lloras o qué te acaeció?».

Dijo la leona: «Pasó por aquí un arquero y vio míos hijos, y matólos, y dejómelos desollados y muertos y levó los cueros consigo». Dijo el anxahar: «No te quejes ni hayas tamaño dolor, y faz derecho de ti misma, que cuanto el arquero hizo en tus hijos, hecho has tú otro tal a los otros, que han pesar dello sus madres y sus amigos, bien así como tú has de los tuyos, que dicen en el proverbio: "Cual hicieres tal habrás"; y cada uno ha de haber de su fruto, quier de pena, quier de galardón». Dijo la leona: «Depárteme eso que has dicho». Dijo el anxahar: «¿Tú de qué te mantienes o de qué vives?». Dijo la leona: «Con la carne de las bestias salvajes». Dijo el anxahar: «¿Seméjate que esas bestias que tú matabas y comías habían alguna dellas padres o madres?». «Sí», dijo ella. Dijo el anxahar: «Pues ¿por qué no oía yo dar tamañas voces y tamaños gritos a aquellos padres y a aquellas madres como fago a ti? Y sepas que no te acaeció esto salvo porque pensaste mal en las cimas de las cosas, y fuiste negligente y desacordada». Y cuando la leona oyó lo que le decía el anxahar, sopo que le decía verdad, y aquello que le había acaecido no era salvo en pena de lo que ella hiciera; y dejó el venar y quitóse de comer carne, y comió fruta e hizo vida de religioso. Y cuando esto vio el anxahar y falló que la leona había hecho gran estragamiento en la fruta del monte fuese para ella y díjole: «Creo que los árboles otro año no levarán fruta por tu causa, porque siendo comedera de carne comes fruta; y si así ha de pasar, ¡guay de las frutas y de los árboles y de las bestias salvajes que las comen!, que priado perecerán». Y cuando la leona oyó lo que decía el anxahar, dejóse de comer fruta y metióse a comer yerba y a hacer vida de religioso.

«Y yo, señor, dijo el filósofo, no te di este ejemplo, salvo porque sepas que el necio no se deja de hacer mal hasta que le acaece algún daño, y así siente que tamaño daño hizo a otro, así como la leona que nunca se dejó de hacer ni de matar a las bestias salvajes hasta que le dio Dios mal quebranto en sus hijos, y con aquello hizo después vida de religiosa.»

Capítulo XIII. Del religioso y de su huésped

Dijo el rey al filósofo: ¿Ya oí este ejemplo; pues dame ejemplo del que deja de hacer lo que le está bien, y hace ál, y no lo sabe ni lo puede aprender, y desí torna a lo que suele hacer y no lo puede cobrar, y finca turbado. Dijo el filósofo: Señor, dicen que en una tierra había un religioso, y demandóle un hombre posada y diósela, y mandóle traer dátiles y manteca, que son cosas extrañas para en aquella tierra, y comieron amos en uno, y en comiendo dijo el huésped al religioso: «¡Qué tan dulces y tan sabrosos son estos dátiles! ¡Mandase Dios que en la tierra donde yo soy naciese tal fruta, como quier que hay otras buenas frutas que cumplen asaz, con que se pueden excusar los dátiles!». Dijo el religioso: «No es buena andanza del que ha menester lo que no puede haber, y procura por ello, y tú bien andante eres, pues te tienes por pagado dello». Y este religioso hablaba hebraico, y pagóse el huésped de aquel lenguaje, y estuvo en esto algunos días por lo aprender. Dijo el religioso: «Con gran derecho debes tú caer en lo que cayó el cuervo, por que quieres aprender hebraico». Dijo el huésped: «¿Y cómo fue eso?».

El cuervo y la perdiz

Dijo el religioso: Dicen que un cuervo vio andar una perdiz, y pagóse mucho de su andamiento, y hubo esperanza de lo aprender, y no pudo; y cuando se fue, que no pudo aprender, quiso tornar a su andar que era de primero y no pudo, que se le había olvidado.

Y así con gran derecho te podrá acaecer otro tal por querer aprender lo que no es para ti; que dicen que loco es el que se entremete, de hacer lo que no le está bien, y mudarse de la medida a otra que no le está bien; que a las veces acaece mucho mal a los hombres en mudarse de la medida alta a la baja y así se derraman sus cosas y sus estados.

Capítulo XIV. Del león y de anxahar religioso

Dijo el rey: «Ya entendido he este ejemplo; pues dame ejemplo de los reyes, cómo hacen a sus privados tornar a su dignidad, habiéndolos castigado y maltratado o despreciado por algún pecado que haya hecho, o por algún tuerto que haya hecho de castigar». Dijo el filósofo: «Si el rey no tornase aquellos que desechó y merecieron alguna pena por algún pecado que hicieron o por algún tuerto de que fueron acusados o mezclados, gran daño, vernía por ende a sus cosas y a sus oficios; mas debe el rey pensar en la hacienda de aquel a que acaece lo semejante; y si fuere tal que deba ser tornado a su medida por su servicio o por ayuda que entienda haber dél, o por consejo o por fialdad, debe de haber mayor razón de tornarlo a aquel estado, y perdonarle y dejarle a vida; que el rey no puede cosa hacer sin sus vasallos y sin sus privados, y ellos no pueden hacer cosa sin ser en el amor del rey. Y los privados han de ser honestos y leales y de buenas mañas y de buen consejo; ca las obras de los reyes son muchas y han menester muchos hombres. Y la carrera por que se enderezan la carrera y los hechos del rey son conocer él aquellos de quien se quiere ayudar, y de qué acuerdo es cada uno dellos, y qué ayuda habrá dél. Y después que esto supiere de cierto, meta en cada un hecho y en cada un oficio aquel que entendiere que lo hará mejor, y así será seguro de no recibir pesar en aquel hecho. Desí debe galardonar al que bien hiciere de sus privados, por el bien que hizo, y castigar y resistir al que mal hiciere; que si menospreciare al bueno y galardonare al malo, confundir se ha toda su hacienda y confundir se ha su hecho. Y eso semeja a la hacienda del león y del lobo cerval». Y dijo el rey: «¿Cómo fue eso?».

Y dijo el filósofo: Dicen que en tierra de India había un lobo cerval, y hacía vida de religioso y de casto. Y en viviendo con los otros lobos cervales y con las gulpejas no hacía lo que ellos hacían, ni robaba así como ellos robaban, ni vertía sangre, ni comía carne. Y los otros vestíbulos contendieron con él y dijéronle: «No nos pagamos de tu vida que mantienes, ni tu benignidad no te tiene pro; ca seyendo uno de nos, no te podrás cambiar de lo que eres, en no comer carne ni verter sangre». Dijo el lobo cerval: «En hacer yo convusco vida, no fago pecado si yo no pecare en mí mismo; ca los pecados de los corazones son, y no por los lugares ni por las compañas. Ca si así fuese que el que mora en el lugar santo hiciese buenas obras y el que mora en el mal lugar hiciese malas obras, o el que mora en el mal lugar hiciese malas obras, seguir se hía que los que se llegasen a los monasterios no pecarían, y los que se llegasen o morasen en los viles lugares pecarían. Y yo no fago vida convusco si no con el cuerpo, mas mis obras y mi corazón no son convusco».

Así que el lobo cerval perseveró en aquel estado, y fue conocido por religioso, tanto que fue hecho saber a un león, que era rey de los vestíbulos de aquella partida. Y hubo sabor dél por la castidad y lealtad que oyera dél, y envió por él, y vénose para él, y habló con él. Y dende a días mandólo llamar, y díjole: Mi reino es grande y mis hechos muchos, y he menester vasallos. E hicieron me entender de ti lo que yo quiero, y probélo y vi que era verdad y por esto he mayor sabor de ti, y quiero te poner sobre mis oficios, y quiero te honrar. Dijo el lobo cerval: «Los reyes deben probar los vasallos para en aquellas cosas en que los quieren meter, y no deben meter a ninguno a su pesar en lo que no es para él; ca el hombre forzado no puede bien hacer la obra. Y yo aborrezco oficio de rey que no lo he usado ni probado, ni sé traer mi hacienda con rey. Y tú eres rey, y has menester de mi linaje, y tienes los y de otros muchos que son sabedores y valientes y femenciosos y arteros, y tales que si tú quisieres habrás escusado a mí». Y dijo el león: «Deja esto estar, ca te no quiero excusar de oficio». Dijo el lobo cerval: «No pueden hacer vida con rey si no dos, y yo no só tal como ninguno dellos; o que sea falso o halagador, que haya por su falsedad lo que le hace menester, y que estuerza bien con su halagar, o muy menospreciado negligente, tal que no le haya ninguno envidia. Mas quien quiere servir al rey sanamente y verdaderamente sin halago, pocas veces acontece que se le ponga en bien su hacienda; ca habrá desamor de los amigos y de los enemigos del rey. Ca el que fuere amigo querrá más valer que él, y acusar lo ha y mezclar lo ha; y por ende el que fuere enemigo del rey desamar lo ha por la lealtad que verá hacer a su señor y por el buen servicio. Y ayuntándose le estas dos cosas está a peligro de muerte». Dijo el león: «No creas que por acusarte los mis vasallos te haga yo ál salvo toda honra y bien, más que tú no quieras; y yo te ampararé dello por mezcla que sea».

Dijo el lobo cerval: «Si me tú quisieres honrar, déjame en estos campos seguro, que me no haya envidia ninguno, sin cuidado, y pagado de hacer vida de las yerbas y del agua; ca el que sirve al rey recibe en una hora de daño y de miedo, más que no recibirá otro en toda su vida; y sé que el que vive poco y seguro, él vale más que el que vive mucho y con miedo y en laceria». Dijo el león: «Ya oí lo que dices. No temas cosa ninguna de todo esto, ca no puedo estar de me no ayudar de ti». Dijo el lobo cerval: «Pues así es, derecho es de te obedecer, y peligro ente desobedecer. Pues faz me pleito que si alguno de tus vasallos me mezclara que sea de los que valan más que yo, por la dignidad que hubieren, o menos que yo, que pienses en mi hacienda y que te no acuites de lo que te dijeren de mí hasta que bien lo sepas antes, y que lo pesquises bien; de sí faz de mí lo que por bien tuvieres. Cuando yo fuere seguro de ti de tanto, ayudar te has de mí mejor, y yo pugnaré de hacer aquellas cosas sobre que me pusieres con mayor femencia, por tal que no haya ninguno carrera para pasar contra mí». Dijo el león: «Otorgótelo». Y púsolo en su repuesto y aprivadólo más que a todos sus vasallos, y acordábase con él y pagábase más todavía dél, y aprivadólo más.

Y honrábalo tanto que pesó mucho aquellos que servían al león; y aconsejáronse en puridad entre sí de lo mezclar con el león y decir mal dél, porque lo el león matase. Y fuéronse a hurto, y tomaron un día la carne del león, que lo supiera bien, y la mandara guardar en muy buen lugar, y hurtáronla. Desí enviaron la a su posada del lobo cerval, y escondieron la ahí, y no lo sopo él, y veniéronse para ante el león. Y después que vieron que el león demandaba aquella carne tan de recio, y aun ensañábase, catáronse unos a otros, y dijo uno dellos: «Como vasallo leal no puede ser que le no hagamos saber al rey su daño o su pro, maguer que le pese. A mí fue dicho que el lobo cerval llevó aquella carne a su casa».

Dijo otro: «No semeja que hiciese tal cosa, empero pesquerir, ca saber y conocer los hombres fuerte cosa es». Dijo otro: «Las puridades no se saben de rafez; mas si vierdes y hallardes la carne en su casa, esto vos dará a entender las otras tachas que dicen dél». Dijo otro: «Si hallardes la carne en su posada, tenedlo por falso, y sea justiciado». Dijo otro: «No debe ninguno ser engañado en fiar se en el engaño, ca sabe que el engaño no faz estorcer al que usa dél, ni se lo encubre». Dijo otro: «¿Y cómo estorcerá quien al rey engaña, o en qué guisa se le encubrirá? Y si engañaré hombre a su compañero no se encubre».

Dijo otro: «Si él esto hizo, a gran cosa se atrevió». Dijo otro: «No se me enceló a mí su falsedad luego que lo vi, y muchas veces lo dije, y aprobar lo he con Fulano, que este engañador se hacía religioso y no vivía si no en falsedad y en pecado». Dijo otro: «gran cosa es tener la falsedad encubierta y mostrar lealtad y castidad». Dijo otro: «Si este divino religioso tal obra hizo, por gran maravilla lo tengo». Dijo otro: «Si esto fallamos por verdad, no es tan solamente falsedad, mas con la falsedad desconocer el bien y la merced del señor, y atreverse a tan gran hecho». Dijo otro: «Vos sois verdaderos conocedores de derechos; no vos puedo desmentir; mas por ver si es verdad o mentira, mande el ree ir a su posada y cátenla». Dijo otro: «Si su posada no es catada, cátenla aína que él atalayas y escuchas tiene en cada lugar». Dijo otro: «Yo sé que el lobo cerval, si su posada fuere catada y su falsedad descubierta, alguna arte o algún engaño hará para hacer dudar al león, y recibirá su excusación».

Y no cesaron de decir tales palabras hasta que lo hicieron creer al león. Y mandó llamar al lobo cerval, y veno antél, y díjole: «¿Qué hiciste de la carne que te yo mandé guardar?». Y díjole él: «Dila a Fulano, cocinero». Y este cocinero era uno de los que lo acusaban, y dijo: «A mí no dio nada». Y mandó el rey catar su posada, y hallaron ahí la carne y trajéronsela. Y allegóse al león un lobo cerval que no hablaba en esto, y mostraba en sí que no era si no muy derecho, y tal que no hablaría si no en las cosas que supiere de cierto, y dijo: «Señor, pues se ha descubierta esta falsedad en este engañador, no estuerza así, ni seades entorpados en él; ca si justiciado no fuere, no descubrirá ninguno al rey la falsedad de otro, ni se escarmentará el malhechor de mal hacer, ni habrá codicia el bueno de bien hacer».

Y mandó el león sacar al lobo cerval dende, y mandó lo prender y guardar. Y dijo uno de los que estaban con el león: «Mucho me maravillo del león, de como es muy sesudo y conocedor de las cosas, cómo se le encubrió su hacienda déste, y cómo no entendía su perrería y su falsedad». Dijo otro: «Pues mayor maravilla será que pesquisará esta cosa y no lo justiciará». Dijo otro: «Pues que esto ha probado con él, si le perdona este mal hecho, no será hombre seguro de su traición». Y en esto ensañóse el león y envió uno dellos por mandadero al lobo cerval que le preguntase como se salvaría o cómo se excusaría. Y tornóse el mandadero, y mudó el mandado, por que se hubo de ensañar el león, y mandó matar al lobo cerval.

E hicieron lo saber a la madre del león, y sopo que era mezclado a tuerto, y que lo mandara matar apresuradamente. Y envió mandar a aquellos a quien el león lo mandara matar, que lo retuviesen hasta que ella se viese con el león; e hiciéronlo así. Y ella fuese a ver con su hijo y díjole: «¿Por cuál pecado mandaste matar al lobo cerval?». Y él díjole el hecho todo. Y ella díjole: Hijo, apresurástete, y el hombre entendido no se estuerce de se arrepentir, si no dando se a vagar y dejar de hacer sus cosas rabinosamente. Y el fruto de la prisa es arrepentimiento; y a ninguno no es de menester ser más maduro en sus hechos que el rey, cuanto más en los salvos y en los leales vasallos; ca así como la mujer no es si no por el marido, ni los hijos si no por los padres, ni el discípulo si no por el maestro, ni los vasallos si no por el duque, ni el religioso si no por la ley, ni el pueblo si no por el rey, ni los reyes no son si no por el temor de Dios, ni el temor de Dios si no en ser el hombre pacífico y cierto de la cosa. Y el mejor, acuerdo de los reyes es en conocer sus vasallos y poner a cada uno en su lugar y en su talle, y sospechar a unos por otros; ca ellos siempre punan en se aterrar unos a otros y en mostrar y descubrir el mal de los malhechores y encubrir el bien de los buenos. Y no debes tú, hijo, pues fuiste pagado del lobo cerval y te fiaste por él, y no te erró hasta el día de hoy, ni viste dél si no fieldad y lealtad, y diciendo tú dél en medio de tu corte gran bien, y hacer le esto por un cuarto de carne que no vale nada.

E hijo, debes saber su hacienda del lobo cerval, y pensar en ti mismo y decir cómo puede esto ser, ca él no come carne ni se llega a ella, tiempo ha pasado. Y así entenderás que no le darías tú la carne y negar te la hía; pues piensa en esto, y sepas que los necios han envidia a los sabios sufridos, y los aliviados a los sosegados, y entremétense cuando pueden a los traer a mal lugar. Y el lobo cerval es sabio y leal y verdadero, por que debes ser cierto de su hecho y parar mientes como los falsos lo acusan a tuerto, y llevaron la carne a su casa. Y por ende no tornes cabeza por lo que ellos dicen y por lo que le aponen; ca la privanza del lobo cerval en gran pro se te tornará, y era pagado de cuanto mal recibía por recibir tú gran placer, y sofría por tu pro lacerio y afán, y tal sirviente como él bueno es.

Y en hablando la madre del león con él, y en castigándolo, llegó uno que sabía de como el lobo cerval era salvo y que era acusado a tuerto, y díjolo así al león. Y en esto entendió el león y fue bien cierto que el lobo cerval era salvo de cuanto le apusieran. Y entonces dijo la madre del león: Ya eres bien cierto desto y lo ves manifiestamente; pues no perdones aquellos que lo acusaron, ca eso te traería otro mayor daño, mas justicialos. Y no te enfiuces en decir: «Poder he sobre ellos»; ca las yerbas flacas, maguer fortaleza no han, hacen dellas sogas con que atan y cuelgan el elefante.

Y tú torna el lobo cerval en su estado y en su dignidad que se había de ser, en todas tus puridades. Y en tu corazón no digas: «Yo lo he hecho mal, y no puedo ser seguro de su mala voluntad, si lo yo tornare en su oficio; ca no se debe hombre temer de malquerencia de todos aquellos a quien mal hace de una guisa, ni debe ser desesperado de su ayuda ni de su seso; mas el que conoce las cosas pone a cada una en su lugar».

Y algunos hombres hay con quien hombre no debe haber amor después que ha con ellos enemistad y otros que no debe hombre haber con ellos enemistad después que ha con ellos amor. Y los hombres con que no debe hombre ser en amor en ninguna manera son éstos: el que desconoce el bien hecho, y el que es atrevido a hacer traición, y el que desdeña el bien, y el cruel, y el descreído que descree el otro siglo, y el avariento, y el lujurioso, y el sañudo mucho que nunca puede hombre haber su gracia, y el conocido por engañoso y por falso y por codicioso, y el negligente que finca por él de hacer toda cosa, y el que pasa más de lo que conviene a él en toda cosa. Antes debe hombre haber amor del que es conocido por verdadero y gracioso y leal, y que ama más las buenas obras y que se teme de pecado, y que ama al pueblo y que les apiada, y no tiene a ninguno mala voluntad, y que agradece el bien quel hace, y que se miembra siempre de sus amigos y es siempre vergonzoso y de buena parte. Y tú has probado al lobo cerval, y conoces lo, por que lo debes tornar a tu amor.

Entonces hizo el león llamar al lobo cerval, y oyólo y recibióle sus excusas, y dijo le: «Yo te torno a tu dignidad y a tu oficio que tenías de mí, y fiaré por ti así como ante fiaba, y poner te he en mejor estado; ca en poner amor con hombre leal que profaza a su amigo de alguna cosa que es a pro dél es muy gran cosa». Dijo el lobo cerval: «Señor bien aventurado, tú sabes cómo fue el comienzo de mi hacienda y el estado en que yo te comencé a servir. Y só ya llegado a esto y no me seguro de los que te sirven, que me acusen y me hayan envidia, por que hayan de mezclarme contigo otra vez, y habrás tú de creer lo que te dijeren de mí, y justiciar me has. Donde no quiero que tengas que yo fío por ninguno de cuantos en tu servicio son; ca maguer me tornes en mi estado después que me quisiste matar, seyendo leal y verdadero y no fallando por qué, desí hicísteme merced en me perdonar por que no había culpa, temo me que cuidarás en tu corazón que te tengo voluntad mala por lo que me hiciste, y esto te hará que me mates. Y demás que los enemigos dirán: "No dejemos así este pleito. Pues que no podemos matar a éste, hagamos arte por quel rey no tenga que cuanto dél dijimos que fue mentira". Y así me echarán en mal lugar. Mas, señor, si tu corazón tornase a lo que era antes contra mí, tal te sería yo como era antes».

Y dijo el león: «Probado te he, y téngote en el mejor estado que sea de los santos y de los justos; ca el hombre justo perdona muchos pecados por una merced; que te yo he hecho mal, y sé de cierto que tus enemigos te han hecho tuerto. Y tú debes me perdonar este pecado por el bien que te hice ante, así que seamos amigos de aquí adelante uno de otro, de más firme amor y de más leal consejo que nunca fuimos». Desí mandó tornar al lobo a su estado y en su dignidad que ante había y al oficio en que era puesto, y cobró su lugar y cobró el león cuanto quiso. Y abajó el león a aquellos que lo acusaran, y echó los de su tierra, y alongó los. Este es el ejemplo de lo que acontece a los reyes y a sus privados, y de como los tornan en sus lugares desque los castigan.

Capítulo XV. Del orebce y del simio y del castigo y de la culebra y del religioso

Dijo el rey al filósofo: «Ya oí este ejemplo; pues dame agora ejemplo del que agradece el bien hecho y lo galardona, y del que lo niega y lo desconoce». Dijo el filósofo: Señor, sepas que las naturalezas de las criaturas son de muchas maneras, y no es ninguna cosa de cuantas Dios crió en el mundo, de las que andan en cuatro pies y en dos pies o que vuelan con alas, más santa ni más mejor que el hombre. Y en los hombres ha buenos y malos, y acaece a las veces que en los vestíbulos y en las bestias y en las aves hay alguna que es más leal y más conocedora del bien hecho que el hombre de bien hecho y que mejor lo galardona. Y esto parece a lo que dijo el filósofo antiguo: Conviene a los reyes entendidos y a los otros hombres que hagan su bien a quien lo merece y a quien lo agradece, y que no haga bien a ninguno hasta que lo pruebe de qué lealtad es, y de qué amor y de qué agradecimiento; y que no hagan bien señaladamente al propinco, si no fuere por ello o lo mereciere, ni deje de hacer bien y ayuda al extraño si lo supiere agradecer cuanto es el bien y la merced que le hacen, y que sea verdadero y sabio y que ame las buenas obras y los buenos dichos.

Y cuando fuere conocido por de buenas mañas, y fuere cierto dél que tal es, merece el bien hecho, y merece ser privado; ca el físico entendido no se atreve a melecinar al enfermo si no después que lo cata y tañe su pulso, y conoce su complexión y la razón de su enfermedad; y cuando esto supiere bien, entonces se mueve a melecinar lo. Otrosí el hombre entendido no debe poner su amor con ninguno si no después que lo probare; ca el que se atreve a fiarse en alguno, no lo habiendo probado, métese en gran peligro y llegado es a fuerte lugar. Y con todo esto a las veces acaece que hace el hombre bien a la cosa flaca cuyo agradecimiento ni conocimiento no ha probado, ni conoce sus costumbres, y sábele agradecer y galardonar muy bien, así como dijo el filósofo de su hazaña que viera: «No debe ninguno menospreciar ninguna cosa pequeña ni grande, quier de hombre quier de animalia, que yaga en mal lugar o en tribulación, pudiendo lo librar ende; y haciéndolo con merced te, con piedad que le haya, tenga esperanza del galardón de Dios, y no de esperar de haber gracias de aquel a quien bien hiciere ni debe ser seguro del tiempo que le haga haber menester aquel pequeño menospreciado a quien bien hubiere hecho, que se lo galardonará; mas debe probar todas las cosas y hacer las bien, según probare en ellas». Y esto parece a la hazaña que dijeron los filósofos. Dijo el rey: «¿Y cómo fue eso?».

Dijo el filósofo: Dicen que unos hombres cavaron en el monte una lobera para los vestíbulos, y cayeron en el la un simio y un tejón y una culebra y un hombre, y no se hicieron unos a otros ningún mal. Y acaeció que pasó por ahí un religioso y vídolos yacer allí, y dijo: «Yo no podré mejor obra hacer que librar a este hombre de aquesta tribulación de aquestas bestias, ca todas le quieren mal». Desí tomó una soga y colgóla en la foya, a que se trabase el hombre para lo sacar, y trabó se a ella el simio, como es ligero, y salió de la foya. Desí colgóla segunda vez, y trabóse a ella la culebra, y sacóla. Desí colgóla otra vez, y trabóse a ella el tejón, y sacólo. Desí fincó el hombre en la foya, y diole el religioso la soga, y trabóse della y salió. Y derramáronse las animalias y fuese cada una a su lugar.

Y fincó el hombre, y el religioso preguntóle por su tierra y posada, y él díjole que moraba en la ciudad de Jajon, y que era orebs. Otrosí el simio vivía cerca de aquella ciudad, en el monte del término, y el tejón vivía así mismo en una jarín, y la culebra criaba en el muro de la ciudad. Y agradeció el orebs al religioso el bien que le hiciera, y díjole: «Tú me has hecho gran bien y me libraste de muerte; y si a la ciudad vinieres, demanda por mí, ca adeudado te só por este bien que me hiciste». Y fuese.

Desí a pocos días hubo de venir el religioso a aquella ciudad, por cosas que había menester. Y en llegando cerca de la ciudad, vídolo el simio, y conociólo, y descendió de un árbol en que estaba y vénose para el lugar, y besóle la mano y humillósele y mostróle grandes gracias e hízole señas que se posase. Y fuese el simio y tornóse con fruta para él, y comió el religioso della, y albergó ahí esa noche a solaz del simio. Y fuese el simio luego al tejón y díjole: «¿En qué guisa galardonaremos a este religioso el bien que nos hizo?». Desí dijo el simio: «Yo sé un lugar en esta ciudad por do entraremos al alcázar; y si tú me siguieres y ampararas de los hombres, fío por Dios que le daremos buen galardón». Y dijo el tejón: «Hecho sea». Y fueron se ambos, y entró el simio por un lugar que sabía, y estovo el tejón al portillo atendiendo hasta que se tornó el simio con guarnimentos de oro y de piedras preciosas, y viniéronse para él y diéronselo, y no le dijeron dónde los hubieran ni cómo.

Y dijo el religioso en su corazón: «Estos son muchos guarnimentos y muchas piedras, y yo no he que hacer con ellos si no venderlos. Y tengo el orebs en esta ciudad y téngole hecho el bien que hice a estos vestíbulos, y él ha mayor derecho de me lo galardonar más que éstos, y yo ir me para él, que me las venda. Y no quiero otro galardón dél si no éste, y no lo quiero embargar en otra cosa; y aun yo se lo galardonaré este trabajo que en ello hubiere». Y vénose para casa del orebs; y él, cuando lo vido, recibiólo muy bien y demandóle por su hacienda y por qué viniera a aquella ciudad, y él contó se lo. Desí sacó los guarnimentos y mostró se los, y rogóle que se los vendiese. Y conoció los el orebs. Y andaba ya el roído por la ciudad del hurto dellos, y eran muchos hombres sospechados y otros presos. Y dijo el orebs al religioso: «Huelga aquí hasta que yo torne a ti con recaudo».

Y salió el orebs dende, y dijo: «Hame Dios mostrado cosa por que habré la merced del rey, y seré honrado dél y de los mayores de su reino; y sabrán que só fiel por esto y fiarán de mí. Y yo iré al rey y hacer se lo he saber». Y fuese para el rey, e hizo le saber de como él tenía en su posada al que tenía los guarnimentos. Y envió el rey a su alguacil y asaz de gente, y fueron a la casa del orebs y fallaron y al religioso con los guarnimentos, y prendieron lo y llevaron lo preso al rey. Y el rey mandólo luego atormentar, y después, que lo trajesen por la villa y que lo enforcasen. Y fue atormentado, y trajeron lo por la villa, y comenzó el religioso a llorar y a decir: «Si yo creyera los dichos de los filósofos de lo que dijeron del poco agradecimiento del hombre, no llegara yo a esta tribulación».

Y del roído de como lo llevaban salió de su forado la culebra y vido al religioso así, y conocíolo y dijo: «Hoy ha menester a mí este religioso, así como yo hube menester a él el día que yo estorcí por él de muerte; y quiero guisar cómo él estuerza cuanto él pueda, y así lo haré». Y fuese y entró en la casa del rey y mordióle un hijo muy mal, y no lo quiso matar. Y cuando el rey lo sopo, hizo ayuntar a todos los físicos y los encantadores, y dieron le a beber sus melecinas y encantaron lo, y no lo tuvo pro.

Y cuanto más le hacían, tanto más le acrecentaba el dolor y tanto más se amortecía, y traspúsose. Y mandó el rey a los sorteros que echasen suertes, y no dejó en toda la ciudad físico ni escantador ni hombre alguno de quien hubiese esperanza que le daría consejo en aquello que le acaeciera al niño, que lo no mandara traer, y mandó les pensar del niño y guisar cómo guareciese. Y ellos comenzaron a pensar dél y a melecinar lo y a escantar lo, hasta que habló el niño y dijo que cuando se traspusiera, que le dijeran en sueños que el rey mandó atormentar a un religioso, y aforcarlo a tuerto y a gran sin razón; el cual rogó a Dios que mostrase su milagro por que él fuese salvo; y que él no guarecería hasta que lo tanjese el religioso y rogase a Dios que le diese salud, y si no que el niño era muerto. Y envió el rey aprisa por el religioso, y trajeron se lo, y mandó que escantase a su hijo, y dijo el religioso: «Yo no sé escantar, mas haré lo que supiere». Y puso su mano encima del niño, y oró y rogó a Dios, y dijo así: «Señor, Dios, si tú sabes que yo digo verdad al rey en cuanto digo de mi hacienda, dale salud y holgura».

Ca él le contó al rey entonces toda su hacienda y su acaecimiento. Y luego, acabada esta rogatura, fue el niño sano y guarido. Y mandó el rey dar aquellos ornamentos al religioso, y del su haber mucho más, y mandólo soltar y pidióle que le perdonase lo que le mandara hacer. Y mandó el rey que dende en adelante no entrasen en su casa ni en su privanza si no hombres probados y conocidos en obras, y que aquéllos tuviesen sus oficios y el su servicio. Desí mandó el rey atormentar al orebs, y mandó lo enforcar a la puerta de la ciudad.

Y en esto que hizo el religioso al orebs y a los vestíbulos y de cómo cada uno se lo galardonó, hay gran maravilla y gran hazaña por que debe hombre tomar ejemplo para saber en cuáles lugares debe hombre hacer bien y en cuáles no lo debe hacer.

Capítulo XVI. Del hijo del rey y del hidalgo y de sus compañeros

Dijo el rey al filósofo: «Ya oí todos tus ejemplos; pero oí te decir que no ha cosa que más haga al hombre ser bien andante y rico y abondado y en buen estado, que buen seso. Y si así es, ¿por qué vemos el necio haber tanta de honra y riqueza, y cuanto codicia, cuanto no puede haber el cuerdo y el entendido y sabio y de buena mantenencia? Y vemos muchas veces que viene mucha rencura y mucha mengua y ocasiones y tribulaciones en este mundo a los sabios y cuerdos y de buen entendimiento, y más que a los negligentes y a los que no se albedrían y a los de flaco seso y a los aliviados». Dijo el filósofo: «Señor, así como el hombre no ve si no con sus ojos, ni oye si no con sus orejas, así el saber no se acaba si no con sufrimiento y con seso y con certidumbre; empero a todo esto vence la ventura que es prometida a cada uno. Así que algunos son a que Dios da buena andancia en su riqueza, y recaudan lo que quieren sin su albedrío y sin ninguna obra, y algunos son que se les acaba su buena andancia, que los guía Dios a ser envisos y los enderesca y los enseña de guisa que conocen bien las cosas y las saben bien traer, y es les esto movido de la ventura que Dios dio y prometió por juicio; empero no haya ninguno esperanza en ninguna buena manera, ni en ninguna buena, bondad que hombre haya, que dure sin seso y sin sufrimiento y sin buen acuerdo con que mantenga su hacienda. Y ninguno no puede por arte ni por seso desviarlo que Dios le juzgó y prometió de antes. Y esto parece en el ejemplo del hijo del rey que hizo escribir sobre la puerta de su ciudad que decían Matrofil, que el buen entendimiento y la valor o la femencia y la arte en este mundo, todas son en poder de la ventura». Dijo el rey: «¿Cómo fue eso?».

Dijo el filósofo: Así fue que cuatro mancebos se ayuntaron en un camino: el uno era hijo de rey, y había de ser rey después que muriese su padre, y otro su hermano forzólo y echólo fuera del reino después de la muerte del padre; y él fuese escondidamente con cuita por guarir, con miedo que lo prendiese su hermano y lo matase; y el segundo mancebo era hijodalgo; y el tercero era hijo de un mercador; y el cuarto, hijo de labrador. Y halláronse todos cuatro en un camino, y anduvieron tanto fasta que les menguó la despensa, y fueron muy lazrados y hambrientos, y no tenían cosa ninguna si no los paños que tenían vestidos. Y andando por el camino, hablando unos con otros, hubo de caer entre ellos contienda sobre las cosas deste mundo cómo andan, y en cuál guisa puede hombre haber riqueza y gozo y alegría.

Dijo el hijo del rey: «Los fechos deste mundo todos son en el poderío de Dios y en la ventura que ha prometido a cada uno; y cuanto le es por él prometido, todo le ha de venir de todo en todo; onde ser el hombre sufrido a la ventura y a entenderla es muy buen seso». Dijo el hijodalgo: «A quien Dios quiere dar beldad y hermosura y apostura en todos sus miembros y buenas mañas, puede haber mucho bien por ello, y no ha cosa que más le ayude a haber algo que esto». Dijo el hijo del mercador: «No cuido yo que ha cosa en el mundo de que hombre pueda haber grande algo, como en haber buen entendimiento y sabiduría y acucia, y comprar y vender». Y dijo el hijo del labrador: «Yo no cuido que hombre pueda haber de comer para un día si no labrare y trabajare». Y en contendiendo así sobre esto llegaron a la ciudad a que iban, y asentaron todos cerca de la ciudad, de fuera, que no tenían cosa deste mundo si no los vestidos que vestían. Desí comenzaron se de arrufar uno contra otro por lo que se alabara, que debía hacer cada uno dellos lo que dijera, Y dijeron al hijo del labrador: «Mezquino, vete y trabaja como dices, y gana, que comamos un día».

Y fuese el hijo del labrador y entró en la ciudad y preguntó a unos hombres que estaban hablando, y díjoles: «Yo só hombre extraño en esta ciudad, y tengo otros tres compañeros, y no tenemos ninguna cosa que comer. Decidme cuál obra haría por mis manos de la mañana fasta la noche, para ganar que comiésemos cuatro hombres». Dijéronle: «La leña es muy cara en esta ciudad, y el monte es a una legua de aquí en tal lugar, y van allá los leñadores. Pues ve allá, faz leña con ellos y venderás cuanta pudieres traer, por un maravedí, y esto te cumplirá a ti y a otros tres». Y fuese el hijo del labrador, y hizo leña, y trájola a cuestas cuanta le valió un maravedí, y hubo vianda cuanta cumplió a él y a sus compañeros aquel día.

Y cuando fue otro día de mañana dijeron: «Echemos suertes, y al que cayere la suerte vaya a averiguar su dicho». Y echaron suertes y cayó la suerte al hijodalgo, que era muy hermoso y muy apuesto. Y dijéronle: «Llévate, y faz nos algo con tu hermosura y con tu beldad, y faz veridad lo que dijiste». Y fuese el hijodalgo y llegó a la puerta de la ciudad. Desí pensó en su corazón y dijo: Yo no sé hacer nada ni sé qué haga por que dé a mis compañeros que coman, y habré vergüenza de tornar a ellos. Y pensó de se ir y dejar los; y arrimóse a un árbol que estaba en medio de la ciudad, y comenzó de catar a los que pasaban por ahí. Y pasó por ahí una dueña hijadalgo, caballera en su mula, y sus mujeres en pos della y sus criados. Y vido lo ahí ser, y desconociólo y entendió que era hombre extraño, y vido lo tan hermoso y tan apuesto, y así tan cuidoso, y hubo compasión dél.

Y desque llegó a su posada envió una su mujer a él, y la mujer fue a él, y hallólo adormecido del cuidado que tenía. Y despertólo y díjole: «Mi señora, doña Fulana, mujer de don Fulano, me envía a ti, y ruégate que la vayas ver a su posada». Y dijo él: «¿Qué me quiere tu señora, o para qué me manda llamar, ca ni sabe quién me so ni me conoce?». Dijo la mujer: «Cuida de ti una cosa, y quiere preguntar por tu hacienda, y por saber tu estado, y por te hacer lo que debe tal dueña a tal como tú». Y levantóse el mancebo y fuese con ella a la posada de la dueña. Y esta dueña era muy noble; y desque fue entrado preguntóle ella y rogóle que le dijese su hacienda y su nombre. Y él recontó, le en qué manera viniera a aquella ciudad, él y sus compañeros, y que eran extraños, y que no conocían a ninguno. Y mandóle aquella dueña dar posada para él y para sus compañeros, y mandóles dar que dependiesen él y ellos cien maravedís. Y estuvieron así algunos días a su placer, fasta que fueron comidos los dineros.

Desí dijeron al hijo del mercador: «Averigua lo que dijiste, y ayúdate de tu agudez y de tu sabiduría, y gana que comamos». Y dijo él: «Hacer lo he si Dios me ayudare». Y fuese el mancebo y demandó por el lugar do mercaban los de aquella ciudad. Y vido arribar una nave, y ayuntáronse unos mercadores de la ciudad por comprar de los señores de la nave cuanto ahí traían, y comenzaron los precios dello, e iba él en pos dellos. Desí asentáronse a parte, y consejáronse y dijeron unos a otros: «Vayamos nos ahí y no compremos cosa alguna, y ellos vernán a hacer nos mercado de cuantas mercadorías hayan, y haber las hemos rafez de buen mercado». Y desque fueron idos, fuese el hijo del mercador para la nave, e igualóse con los dueños de las mercadorías, y prometióles cuanto los otros les daban por ellas y gelas no quisieran dar. Y cuando los mercadores lo supieron, vinieron se luego para la nao y hallaron que la había comprado aquel mancebo; y dieron le mil maravedís de ganancia, y tornóse con ellos para sus compañeros. Y mejoraron su estado, y tuvieron que comer, y moraron allí.

Y después dende a días vinieron al hijo del rey y dijeron le: «¿Fasta cuándo atenderás tú la ventura y cuándo ganarás por ella que comamos?». Y díjoles él: «Por buena fe no sé qué haga, ni puedo nada ganar, ni espero ál, salvo la ventura que me ha de venir de lo que Dios me juzgó y me dio en parte, y no dudo que me verná de todo en todo». Y salió de allí, y anduvo fasta que llegó a la puerta de la ciudad. Y acaeció que murió ese día el rey desa ciudad, y no dejó si no un hijo que había de heredar el reino después dél, ca todos sus parientes eran muertos y finados fueras aquel, y aquel hijo había de heredar. En pasando por allí, llevando el cuerpo a enterrar, estaba aquel mancebo asentado en los poyos de la puerta de la ciudad, y no se movía por aquel duelo ni mostró pesar. Y desconociéronlo, y preguntó le un duque y díjole: «¿Quién eres y por qué te sentaste aquí y no te moviste por el duelo del rey cuando pasó por aquí?». Y el mancebo no le respondió; y ensañóse el duque, y denostó lo y echó lo fuera de la ciudad.

Y desque fue pasado el llanto tornóse el mancebo y asentóse en su lugar, y tornáronse los otros después que hubieron enterrado al rey, y él estaba asentado en su lugar. Y vido lo aquel duque, y vénose para él y díjole: «¿No te defendí, que no estuvieses en aquel lugar?». Y hízolo prender, y mandólo levar a la prisión. Y cuando fue otro día alzaron por rey al hijo del rey que finó; y comenzó cada uno de los ricos hombres y de los hijosdalgo a bendecir al rey y a decir cada uno la mejor razón que sabía. Y habló ahí aquel duque, y díjole: «Señor, quiero te decir lo que me aconteció ayer, cuando levábamos el cuerpo del rey: vi a un mancebo asentado en un poyo, cerca de la puerta de la ciudad, y él parecióme hombre extraño en su gesto y en sus vestidos, y habléle y no me respondió, y echélo dende. Y después que tornamos, hallélo en aquel lugar, y preguntélo por qué lo hiciera, y no me respondió, y tuve que era esculca, y hícelo prender y poner en la prisión».

Cuando esto oyó el rey envió por el mancebo, y mandó lo soltar de la prisión, y que gelo trajesen; y trajeron gelo. Y el rey preguntóle quién era y de qué tierra; y díjole: «Yo só Fulano, hijo del rey de Marmia, y yo era heredero del rey; y desque él fue finado, echóme mi hermano del reino. Y con miedo de muerte tuve de huir y venir me para vuestro padre, en esperanza que me ayudaría y me ampararía. Y cuando vine y lo vide ayer llevar a enterrar, pesóme tanto, de guisa que desesperé y perdí el seso y el entendimiento. Y asentéme allí cerca de la puerta de la ciudad cuidoso y maravillándome de las cosas que guisa la ventura». Cuando esto hubo dicho, conoció lo el rey y los otros nobles hombres que el mismo era, y dijeron lo todos al rey. Y el rey recibiólo bien, y prometióle grande algo, y que él guisaría en cuanto pudiese como aquella esperanza que había para cobrar su reino, que él lo haría. Y mandóle dar posadas y bestias y haber.

Y era la costumbre de aquella tierra que cuando alzaban rey de nuevo traían lo por la ciudad cabalgando en un elefante, dende a siete días; y cabalgaban con él sus caballeros y sus ricos hombres, lo mejor guisados que ellos pudiesen, y con muchas maneras de juglares y hacían gran fiesta, y era llamado por nombre del rey. Y después que aquel rey nuevo hubo pasado los siete días, y quisieron lo traer en el elefante como acostumbraban hacer a los otros reyes, mandó el rey guisar un elefante para aquel infante que era echado de su reino, y que lo trajesen en él, así como a él; y dijo a los suyos: «Este infante es rey en su tierra, así como yo en ésta, y hicieron lo así como a mí».

Y anduvieron con él por aquella ciudad en aquella fiesta. Y desque el rey fue tornado a su alcázar mandó hacer gran hospedazgo al infante, y que le diesen cuanto había menester, fasta que él catase por su hacienda. Y el infante buscó a sus compañeros y trájolos a su posada y hízoles mucha honra. Y el rey pagóse todavía del infante, y casolo con su hija, y desque fue casado, honrólo y dióle algo, a él y a sus compañeros, a cada uno en su estado. Y a poco de tiempo el rey mandóle dar a su yerno muchos caballeros y gran haber, para que lo levasen, a él y a su mujer, a su reino; y escogió el rey para esto los mejores de su reino, y los más esforzados y mejores y más sabedores en lidiar.

Y tornóse el infante para su tierra; y cuando lo sopo el hermano que venía con tanta honra y con tan gran poderío, salióle a recibir y pidió le merced y tregua, y desamparó le su reino. Y pusieron entre amos sus pleitos, y prometieron su fe en uno, y prometióle el hermano ciertas parias; y reinó el infante en paz en aquella tierra. Y mandó escribir a la puerta de la ciudad estas palabras: «Lacerio de un hombre que hará por sus manos en un día, puede ganar a él y a tres compañeros de comer y de beber; y cumplimiento en el hombre de beldad y de buen enseñamiento y gran linaje hace le ganar amor de los hombres, y hácele perder soledad, maguer sea extraño y fuera de su tierra, y hácele ganar en un día cien maravedís; y el seso y la apostura y la sabiduría y el entendimiento en mercaduría hácele ganar en un día veinte maravedís; y el encomendar se hombre a Dios, y meter su hacienda en su mano y atender su juicio, hace al rey que perdió su reino cobrarlo, y tornar en mejor estado que era. Y todas las cosas son por el juicio de Dios y por ventura así; ca no ha cosa de cuantas Dios crió que se pueda mudar un paso, ni cuidar hacer alguna cosa si no por el mandado de Dios y por lo que ha prometido y juzgado. Y todas las cosas son en su poder, y él las mantiene, y él se torna; que ninguno no sabe cómo las ordena ni cómo las confirma».

Desí mandó llamar a sus compañeros, aquellos con quien anduvo el camino, y díjoles: «Desque fuimos llegados en un camino e hicimos compañía siempre fuimos en encomienda de Dios, y cuanto cada uno de nos dijo y hizo por averiguar su fecho, hízolo por Dios y por que le era prometido; ca si no fuese por la aventura de Dios y por su juicio, no dijérades lo que dijisteis, ni acordara Dios a ninguno de vos a hacer lo que dijera, ni averiguar lo que se alabara a sus compañeros. Y yo tenía por muy gran cosa de ganar algo; ca no podía ni sabía, ca era forzado de mi hermano y era huido con miedo de muerte, así que no sope ál que hacer, si no de me amparar al poderío de Dios, y tener me por pagado de su juicio, y que él me acarreó de ir a aquella ciudad, no a sabiendas de mí. Desí hízome ir al su rey, y mostróme razonar con él, y membróme a le decir por qué me hubo merced, y creó lo que le dije, no pensando en ello ni sabiendo en qué fenecería mi hacienda; mas fue y cosa que me puso Dios en corazón, y me Él hizo decir, de guisa que gané amor de aquel rey con quien nunca había hablado. Y guisóle por la ventura de Dios que hube de ser rey en mi tierra, y vencí a mis enemigos, sin poder que yo hubiese y sin fuerza, mas fue por el juicio de Dios que se hubo de cumplir. Pues loado sea Dios, en cuya mano son todas las cosas; ca ninguno no puede por su fuerza ni por su arte contrastar lo que ha de ser por su mandado».

Desí mandó el rey llegar los grandes hombres de su reino y sus caudillos y alcalles y religiosos, por hacerles sermón. Y hizo su sermón breve y bien departido con gran sabiduría, y predicóles y acucióles a hacer buenas obras con quo se llegasen a Dios y le no fuesen desobedientes. Y levantóse un hombre bueno religioso de los que el rey mandara y venir, y díjole: Señor, has hablado con buen entendimiento y con seso y con acuerdo, y sabemos que cuanto dices todo es verdad, ca Dios guisó, y guisó que reinases en nos, y tú que los merecías con seso y con el acuerdo que Dios te dio, y por tú esperar su merced y fiar en él; ca cuando Dios quiere dar mejoría al hombre en buen entendimiento y sufrimiento y buen seso, y le da por naturaleza de ser piadoso y mesurado a sus pueblos, derecho es de reinar. Y el mejor andante hombre deste mundo y del otro es aquel a quien Dios quiere hacer merced en le dar seso y acuerdo y saber. Y ha nos Dios fecho merced en que te nos dio por rey, en vez de que murió; por ende rogamos a Dios que te haga piadoso sobre tus pueblos y bien aventurado a su servicio.

Las palomas y el tesoro

Desí levantóse otro religioso y loó a Dios y agradeciólo. Desí dijo: Yo había, ante que entrase en la orden de religión, dos maravedís. Y metióme Dios en corazón de amar el otro siglo, y hacer las buenas obras. Y dije en mi corazón: «No es ninguna cosa que de mejor merecimiento sea, según Dios, que comprar un alma y franquear la por el amor de Dios». Y fui al mercado, y hallé un pajarero que tenía dos palomas y querría las vender, y azomélas, y daba le por ellas un maravedí y no me las quiso dar si no por dos maravedís, y yo no tenía más, y hízose me muy grave de comprar las por cuanto tenía, y compré la una por un maravedí. Y hube piedad dellas, y dije: «Por aventura son parejas, macho y hembra; y si las partiere una de otra morrán más, con pesar que habrán la una de la otra, y si las dejare al pajarero comprar las ha otro para comer y matar las ha». Y comprélas y tomé las por dos maravedís. Y dije: «¿Cómo haré dellas? Ca si las diere de mano por lo poblado cerca de los hombres, he miedo que no podrán volar, por que son flacas y magras de la premia que han recibido y del atar, y no só seguro que las no cace alguno otra vez, y no les terná pro el bien que les yo quiero hacer». Desí levé las a un campo a un lugar do había buen pasto, y lueñe de los hombres, y dejélas ir, y comenzaron a volar, catando las yo. Y cuando las palomas se alongaron de mí, posaron en tierra y fueme para ellas, y con miedo que las no tomase alguno. Y cuando fui cerca dellas volaron y posaron en un ramo de un árbol, y seguílas fasta que fue cerca dellas, y asentáronse en tierra y comenzaron, de picar y de herir a la raíz de aquel árbol.

Y llegué al árbol por ver qué hacían, y cabé con una vara en aquel lugar do ellas picaban, y hallé y una jarra llena de maravedís, y descubríla y vi lo que había, y entendí que no lo habían fecho si no por me galardonar lo que les hiciera. Y rogué a Dios que les hiciese hablar, de guisa que hablase con ellas, y hablaron, y díjeles: «Vos, aves, que así sabedes lo que es so tierra, ¿cómo caíste en la red del pajarero?». Y ellas dijéronme: «Hombre bueno, ¿no sabes que la aventura del juicio de Dios vence toda cosa y que ninguno no le puede contrastar? Y cuanto viste que acaeció de nos y de ti fasta que llegaste a la raíz deste árbol no fue si no por la aventura que nos fue prometida. Pues la más bien aventurada criatura es aquella a quien Dios promete en su juicio bien, y la más mala aventurada es aquella a quien Dios promete lo contrario».

Capítulo XVII. De las garzas y del zarapico

Dijo el rey al filósofo: «Ya oí este ejemplo dame agora ejemplo de los dos aparceros que se fían uno de otro, cuando el uno es engañoso al otro y le tiene mala voluntad, y puna en haber mejoría en aquella cosa en que son aparceros y la quiere haber todo en su cabo, sin el otro aparcero». Dijo el filósofo: «Una de las cosas por que hombre bien estuerce y es salvo, es ser enviso; y una de las cosas por que es el hombre enviso es ser sospechoso del compañero fasta que sea bien cierto que le tiene buena voluntad. Y quien cuida bien de su aparcero no lo habiendo bien probado, no es bien seguro; ca la fianza y la gran creencia lo echó en gran pesar. Y la semejanza desto es el ejemplo de las garzas del zarapico». Dijo el rey: «¿Cómo fue eso?».

Dijo el filósofo: Dicen que cerca de la ribera de la mar había un piélago donde entraban muchos ríos, y era apartado de los pescadores, y no llegaba y hombre del mundo. Y nació y un cañaveral, y hiciéronse y muchos peces. Y las aves que solían venir a las riberas y a los piélagos y a las marismas no venían ni se allegaban a él, ni pescaban y pescado tiempo había; ca tenían sus nidos y sus hijos en la mar, y teníanse por abastados de lo que hallaban en el mar. Así que una ave que decían garza hubo sabiduría dél, y vido que era lugar muy apartado de la carrera de los pescadores y muy yermo, y hubo gran sabor de morar y, y de mudar ahí su nido. Y dijo en su corazón: «Cuando yo trajere mi nido y mi hembra a este lugar, excusaremos, con lo que aquí ha, de hacer embargo a las otras aves en el pescado del mar, y habremos este lugar por heredamiento para nos y para los que de nos vinieren, y ninguno otro no habrá a ello derecho, ca nos lo habremos más con derecho».

Y puso en su corazón de mudar su hembra y su nido para allí; y cuando fue tornado a la mar, dijo a su hembra lo que viera y lo que tenía en corazón de hacer. Y la hembra había puesto su nido en la ribera, en que tenía sus huevos, y era ya la sazón en que los debía sacar. Y había ella un zarapico mucho su amigo que ella mucho amaba, y sin él no veía placer, y a quien hacía parte en todas sus cosas. Y después que su marido hubo dicho su acuerdo a la mujer, pesóle mucho por se apartar del zarapico, y quiso que hubiese parte en aquel vicio, y guisó cómo le hiciese saber aquello que el marido y ella quería hacer, por que él guisase cómo se fuese con ellos para aquel lugar. Y dijo al marido: «Ya es tiempo que yo debo sacar mis pollos; y dijéronme una cosa que, haciendo gela al tiempo que han de salir, seremos seguros que les no acaecerá ocasión; y yo quiero ir buscar aquella melecina que dijeron, por llevar la conmigo al lugar que nos mudaremos». Y dijo el marido: «¿Y qué es?». Dijo la hembra: «Un pece de los peces de Fulana isla; ninguno no lo conoce si no yo. Pues échate sobre los huevos en mi lugar, mientras yo voy a aquel lugar». Dijo el marido. «No debe el hombre entendido enfiuzarse en cuanto los físicos dicen; ca a las veces dicen graves cosas y muy caras, que ninguno no puede haber, si no a gran peligro de sí; ca en

169

algunas veces dicen que han menester unto de león y de otros vestíblos; y no debe el hombre entendido meterse a peligro por buscar león y vestíblo en ningún lugar para todo cuanto provecho ha en todos sus untos. Y tú no te faz fuerza de te ir a esa isla. Levemos nuestro nido así como está al lugar donde lo queremos levar; ca hay muchos peces y gran cañaveral, y es encubierto lugar, y muy apartado de las carreras. Y sepas que quien cree a los físicos en buscar las melecinas y se mete a peligro, no es seguro que le contesca lo que aconteció al simio que buscaba el celebro de la serpiente». Y dijo la hembra: «¿Y cómo fue eso?».

El simio y la medicina

Dijo el marido: Dicen que en una isla había un simio y estaba muy vicioso de fruta. Y acaeció que ensarneció, de guisa que se cuidó perder, y no podía buscar su vito, tanto era enflaquecido. Y pasó por ahí otro simio y díjole: «¿Por qué te veo en tal estado? ¿Qué te ha tornado tan magro y tan flaco?». Dijo el simio: «No sé por qué es, si no la ventura que me fue prometida; ca ninguno no puede huir ni excusar el juicio de Dios». Dijo el otro simio: «Yo conocí un simio a que conteció esto que a ti aconteció, y no halló melecina que lo guareciese fasta que le trajeron celebro de una serpiente negra, y hizo dello ungüento. Y si tú pudieres haber celebro de serpienta negra, ésta es tu melecina». Dijo el simio: «¿Y cómo podré yo haber celebro de serpienta negra? Ca yo no puedo haber mi vito destos árboles que son aquí cerca, si no cuando me dan limosna los vestíblos las bestias fieras con que me desvito; y si no por esto, muerto sería de la flaqueza y de la magrez».

Dijo el otro simio: «Yo oí un hombre encantador en Fulán lugar en esta isla, cerca de la cueva de una serpienta negra; y yo conozco y creo que la ha muerta. Y yo iré a la cueva, y entraré en ella, y si hallare la serpiente muerta, tomaré su celebro y aducir te lo he». Dijo el simio sarnoso: «Si pudiere ser, faz lo, ca me harás en ello gran merced, y habrás por ello buen galardón de Dios». Y fuese el simio, y llegó a la cueva, y era muy ancha, y vido el rastro de los encantadores, y no dudó que la serpiente era muerta, y desque fue adelante halló la serpienta viva, y saltó a él y tragólo.

«Y yo no te di este ejemplo si no por que sepas quel hombre entendido, maguer gran necesidad haya, no le conviene que meta su alma a peligro, buscando la melecina en los lugares donde se teme la enfermedad que nunca habrá melecina.» Dijo la hembra: «Entendido he lo que dijiste, mas no puede ser que yo no vaya a aquella isla, ca no has que temer en ir yo a aquel lugar, ca es pro de nuestros pollos, y guarda de toda ocasión». Dijo el marido: Pues que éste es tu acuerdo, no lo hagas saber a ninguno lo que tenemos en corazón de hacer, ca dicen los sabios: «Comienzo de todo bien es el buen entendimiento, y la señal del buen entendimiento es celar la puridad». Desí fuese la hembra al zarapico, que era en la mar buena pieza, y hizo le saber lo que tenía en corazón ella y su marido de mudar se en aquel piélago de aquellos peces y aquel cañaveral y aquel apartamiento en aquel lugar tan apartado y tan seguro. Y díjole: «Si pudieres guisar que seas y con nosotros, con consentimiento de mi marido y con su placer, hazlo». Y el zarapico hubo gran sabor de aquel lugar, y quiso ser cerca de la garza hembra por el amor que había entre ellos, y díjole: «¿Por qué demandaré yo licencia de tu marido para esto? Ca él no ha mayor derecho en aquel lugar que yo, que es piélago comunal a él y a todos, y tamaña parte habemos nos allí como él, o más. Y vete tú al piélago, y si es tan vicioso y tal como tú dices ir me he yo allá, y haré yo mi nido allí; y si tu marido contendiere conmigo, hacer le he yo entender que aquel lugar no lo ha por herencia de su patrimonio, ni ha mayor derecho a él ella que yo». Dijo la hembra: «Yo sé que es así como tú dices; empero quiero tu vecindad y tu solaz. Y si tú fueres allá contra voluntad de mi marido y a su pesar, temo que nacerá entre nos enemistad y mal querencia, y turbar se ha la pura amistad y el puro amor que te cuido haber, y la alegría tornar se ha en tristeza, y en vez de amor habremos aborrencia y desamor».

Dijo el zarapico: «Verdad dices, en cuanto a mí parece; mas ¿cómo guisaremos que le plega a él, y que él mande que haya yo un nido en aquel piélago?». Dijo la hembra: Yo te diré cómo hagas. Vete para mi marido y dile, así como que no sabes que él se quiere mudar en aquel lugar: «Yo pasé por un piélago en tal lugar donde hay muchos peces y muy apartado de los hombres y de las aves, y quiero allá mudar mi nido. ¿Quieres te ir allá conmigo? Ca es tal lugar que con lo que ahí está excusaremos de hacer embargo a las otras aves en los otros peces de la mar». Y decir te ha él que ante fue él allá que tú, que él se quiere mudar allá. Y cuando él te dijere aquesto, dile tú: «Pues que así es, mayor derecho has tú en lo haber que yo; empero si tú quisieres, moraré yo contigo y seré tu vecino, y habré un nido cerca de ti; ca fío por Dios que no habrás de mí daño, mas habrás solaz y esfuerzo en mí». Y hízolo así el zarapico, y fuese contra el marido. Y fuese la hembra y pescó un pece y levólo al marido, y díjole: «Éste es el pece de los peces que nos dijeron para melecinar nuestros pollos».

Y en llegando al marido halló y al zarapico, que le había ya otorgado lo que le rogara. Y hizo muestra la hembra que le pesara, por toller de sí la mala sospecha de su marido. Dijo la hembra: «Nos no hubimos sabor de aquel lugar, si no por que es apartado de las aves. Y si tú faces ahí parte al zarapico, temo que vernán ahí muchas aves otras y habrán ahí parte conozco, y sabes que lo más por que dejamos aquel lugar nuestro y nos mudamos ende, no es así si no por huir de su compañía». Y dijo el marido: «Bien entiendo lo que dices; mas fío por el zarapico que habremos en su vecindad esfuerzo y solaz, y ayuda contra otros; ca nos no somos seguros de las aves de la mar que no nos contrallen este lugar y nos lo embarguen, y no es mal haber al hombre ayuda y amigos de quien fíe. Ca no debemos ser engañados en la fuerza y valentía que habemos más que las otras aves; ca por aventura los flacos, cuando se ayudan, pueden con el fuerte y con el valiente, así como pudieron los gatos con el lobo». Y dijo la hembra «¿Y cómo fue eso?».

Los gatos y el lobo

Dijo el marido: Dicen que en una ribera de la mar había muchos lobos. Y había entre ellos uno que era más fuerte y más lozano y más glotón, y que menos se tenía por pagado de su estado. Y salió un día a venar por haber mejoría de los otros, y llegó a un monte donde había muchos vestíblos y muchas bestias salvajes, y no habían salida ni carrera para otro lugar, y yacían y encerrados comiendo de aquellas yerbas y de aquellas frutas, y haciendo sus hijos. Y cuando vido el lobo que no había otra salida, fue cierto que sería muy vicioso y abundado, y moró y un tiempo. Y había en aquel monte muchos gatos, y eran fechos a comer las carnes de aquellas bestias, y habían un rey de sí.

Y ellos cuando veían que tamaño daño recibían por la vecindad del lobo, ayuntáronse y aconsejáronse en que manera holgarían de aquel lobo. Y había en aquellos gatos tres que habían mejoría de todos los otros y con quien se aconsejaban todos los otros. Y dijo el rey al primero dellos: «¿Qué parece que debemos hacer a este lobo que nos ha fecho tan gran daño en nuestro vito?». Y dijo el gato: «No veo ál por bien si no sufrir y ser pagados de lo que la ventura hace; ca no podríamos lidiar». Dijo el rey al segundo: «¿Qué consejo nos das tú?». Dijo el gato: «Tengo por bien que nos mudásemos deste monte y buscásemos otro, y quizá hallar lo híamos tan vicioso; ca si nos tuviésemos por pagados con el relieve de la caza del lobo, haremos muy estrecha vida y pereceremos de hambre». Dijo el rey al tercero: «Y tú, ¿qué tienes por consejo?». Dijo: «Otra cosa». Dijo el rey: «¿Y qué es?». Dijo: «No tengo por consejo dejar nuestros lugares, ni tener nos por pagados deste estado en que vivimos, mientras que hubiéremos esperanza de ser más abundados, ni otrosí sufrir lo en que vivimos, ni huir; mas tengo por seso y por consejo, si me tú quisieres creer, y los que contigo son, una cosa, por que fío en Dios que venceremos nuestro enemigo y tornaremos al mejor estado que nunca fuimos». Y dijo el rey: «¿Qué consejo es?».

Dijo él: «Tengo por consejo que paremos mientes al lobo, cuando cazare alguna bestia y la llevare por comer la, que lo sigamos tú y yo contigo, y pieza de los gatos que son conocidos por fuertes y valientes y esforzados, sufridores, atrevidos, así como que imos buscar la relieve de lo que él come, ca es muy seguro de nos, y será engarrado de nos. Y cuando fuéremos cerca dél, saltaré yo en sus ojos, y quebrantar gelos he con mis uñas. Desí saltarán cada uno de los otros gatos, y pensarán del lugar do trabaren, y no nos quitemos dél fasta que lo dejemos muerto; ca maguer que alguno de nos se pierda, el rey y los otros que quedaren cobro habrán de nos, Sol que huelguen deste lobo». Y hicieron lo así. Y en venando el lobo una bestia por comerla, y llegando la a una ribera saltó en él aquel que diera el consejo al rey, y quebrantó le los ojos con las uñas y cególo. Desí saltó en él el rey y túvole la cola, con los dientes, y llegáronse cada uno de los otros y echaron mano dél, y no lo dejaron ni se partieron dél fasta que lo dejaron muerto.

«Y yo no te di este ejemplo si no por que sepas que en la vecindad del zarapico habremos solaz y pro y esfuerzo.» Y plugo a la hembra, como placía a su marido, la morada del zarapico con ellos. Y mudáronse las garzas y el zarapico a aquel lugar. Y hicieron ahí sus nidos. Y apartóse el zarapico con su nido del nido de las garzas, y hubieron gran sabor de aquel apartamiento en que eran, y mostrábanse unos a otros muy grande amor y gran solaz y gran honra; empero el amor que era de la hembra al zarapico era más verdadero y más firme, que no entre el zarapico y el marido, y fiaban unos por otros por el amor antiguo.

Desí acaeció que se secó un río de los que caían en aquel piélago, y apocóse el pescado. Y el zarapico dijo en su corazón: «Maguer que es gran deudo de guardar hombre los amigos y de amarlos, mayor derecho ha de guardar a sí mismo; ca dicen que quien así mismo no es leal, menos lo será a otro. Y quien no para mientes en sí, y no está presto antes que las ocasiones le vengan, cercar le pueden por ventura tantos de perdimientos que no se podrá dellos amparar. Y estas dos garzas que han conmigo aparcería en este piélago hacen me daño, en los peces, tanto que quizá con cuita habréme de tornar, como de cabo, a la mar; y yo só pagado deste lugar, y seráme fuerte cosa de me partir dél, pues es convenible; onde no veo más fuera matarlas, y holgaré sin ellas, y hincaré en este piélago sin aparcero y sin contendor; mas comenzaré primero en el marido, y guisar lo he con su hembra, ca ella es de flaco seso y fíase mucho en mí y créese por mí, y desque él muerto fuere, ligera cosa es de matar a ella; tanto fía por mí». Desí vénose el zarapico y la hembra muy cuidoso y muy triste, y dijo la hembra: «¿Qué has, porqué estás triste, mío amigo?». Dijo el zarapico: «Estó triste por las tribulaciones que corren en este mundo. ¿Viste nunca ninguno que estorciese de los pensamientos del mundo y de las mal andancias deste siglo, en sí o en sus amigos, y viste a alguno que esté a miedo que durase en alegría o en vicio porque hubiese de durar años?». Dijo la hembra: «Gran cosa es ésa por que tú estás triste». Dijo el zarapico: «Así es como tú dices, y no es por ál, si no por ti; mas si tú me creyeres y hicieres lo que yo dijere, por ventura desviaremos el mal que cuido y temo que te ha de acontecer». Dijo la hembra: «¿Y qué es?».

Dijo el zarapico: «Maguer que nos seamos de sendos linajes, es tanto de amor que puso Dios entre nos, y tanto solaz, que es más que si fuésemos parientes caronales. Y en el parentesco acaece a las veces tamaña enemistad y tamaña malquerencia, que es mayor daño que el espada tajante y el tósico mortal. Y dicen: "Quien no ha hermano no ha enemigo, y quien no ha parientes no le ha ninguno envidia". Y yo quiero te hacer un poco de pesar por tu provecho, por mejorar tu estado, como quiera que lo tengas por fuerte cosa y por muy desaguisada; mas pienso en lo que me lo hace decir. Y pienso en que las venturas que vienen a las criaturas en este mundo hacen más que esto; onde quien es certero de la ventura desampárase a los mandamientos de Dios, y huelga. Y escúchame y guíate por mí, y no me demandes la razón de lo que te yo mandare hacer, fasta que sea acabado».

Dijo la hembra: «Tanto miedo me has puesto y tan gran espanto, que cuido que me sumirá la tierra. Y só placentera de perder mi alma por ti; ca dicen que quien su alma no desampara por su amigo para que le ayude a las cuitas, este tal, según Dios, es engañoso y falso». Dijo el zarapico: «Aconséjote que guises en como mates a tu marido, y holgarás dél; ca en matarlo será tu gran pro, y librarás a ti y a mí de una tentación que he pavor que nos averná, según que yo he barruntado en él, que nos tiene encubierta. Onde no me quieras preguntar nada, salvo hacer lo que te aconsejo. Sepas que si no fuese por la gran pro que y ha, no me atrevería yo a tan gran cosa. Y bien te haría yo saber la razón por que te dé yo este consejo, si tú hubieses acabado lo que te yo mando hacer. Y yo te buscaré después un marido de mis amigos los garzos, y escogerte he el que yo por mejor pudiere, y el que más hace por mí, y el que de mejor voluntad vivirá conozco en este piélago, y te guardará y te honrará por mi amor. Y tú eres muy sesuda y muy buena; y sepas que si tú no faces lo que te digo y no me creyeres, acaecer te ha lo que acaeció al mur que no quiso creer al gato que le consejaba lealmente». Dijo la garza: «¿Y cómo fue eso?».

El ratón y el gato

Dijo el zarapico: Dicen que en una tierra había un religioso en una choza, y eran los hombres muy pagados de aquella choza y de le dar de sus comeres. Y habían y muchos mures que le venían a comer su vito, y hubo el religioso un gato, y atólo en la choza por amortarlos y por matarlos dende. Y entre aquellos mures había un mur que era muy grande y muy fuerte, y más atrevido que todos, y cuando vido al religioso atar el gato en la choza, sopo que haría y él mal de morar con el gato, y llamólo y díjole: «Yo sé bien que el religioso no te tiene si no por matar a mí y a mis compañeros, y yo amo tu compañía y tu solaz y quiero haber tu amor por ser seguro de ti y de tu artería. Y moraré aquí con placer de ti, y prométote que te no encubra mi buen consejo ni el pro que te pueda hacer». Dijo el gato: «Bien entiendo lo que dices, y por que tú hubiste sabor de mi amistad, yo te hago tal pleito que te yo no busque mal; empero no te quiero prometer lo que te no podré tener, ca el religioso me hizo fiel de su choza, y me compró por desmanar el daño que le hacías, tú y tus compañeros, y yo nunca le seré traidor, contra lo que cree de mí. Onde es menester que busques por donde salgas a los campos o a otra morada de las que son aquí enderredor, si tú quisieres que sea yo tu amigo, ca ser lo he en otro lugar. Y si así no lo hicieres, no habrás de mí homenaje ni seguranza, ca yo no podré estar que lealmente no sirva a mi señor en lo que me puso por guardar». Dijo el mur: «Yo te comencé a rogar y pedir por merced, y tú debes recibir mi ruego, y no quieras que vaya sin tu amor».

Dijo el gato: «Derecho es que yo reciba tu ruego, y hacer lo que tú quisieres; mas ¿en cuál guisa lo haré? Ca vos todos los mures vos ayuntades contra mi señor, y él es muy sañudo contra todos vosotros; y si yo no le fuere leal en vos matar, temo que me matará. Onde te apercibo, y te aconsejo que te mudes desta casa, salvo y seguro para donde quisieres, y dote plazo de tres días a que busques buen lugar en que te acojas y donde mores. Y yo ir te ver y requerir, y mostrar te he mi amor más que tú me pediste». Dijo el mur: «Fuerte cosa es dejar el hombre su lugar; mas estarme he yo en mi forado, y guardar me he de ti cuanto pudiere». Y cuando fue otro día salió el mur del forado para buscar su vianda, y vido lo el gato, y no se le movió por no le falsar el plazo que le diera, y fue en esto el mur engañado, y salió muchas veces. Y cuando el tercero día fue pasado, estando el gato en celada, salió el mur a andar por la casa, y saltó el gato en él y matólo.

Y yo no te di este ejemplo si no por que sepas que el hombre entendido no debe refertar la palabra de su amigo leal, ni tener por dura la palabra del castigador; ca dicen que tal es la palabra del leal amigo, en cuanto la ha por dura el consejado, como la melecina amarga que tuelle al cuerpo la mala enfermedad. Y tú guárdate y no seas engañada en el amor que te muestra tu marido; ca si lo matares verás luego la holgura manifiestamente y habrías mejor marido con que mejor placer hubieses. Y cuando oyó la hembra lo que le dijo el zarapico, hubo muy gran pavor; empero prísole gana del marido nuevo que le prometiera, y dijo: «Entendido he lo que tú dijiste, y no te sospecho en nada, y lo que tengo en corazón de amor contra ti me muestra el amor que tú me has, ca yo sé bien que tú no me aconsejarías tan desabridamente y tan esquiva si no con amor y con lealtad que me has. Y si fuese esto que me consejas cosa tal de que hubieses mayor pro de ti solo sin mí, debíalo hacer por tu amor y seguirme en tu voluntad, cuanto más seyendo cosa en que yo he parte. Mas ¿con qué guisa podré yo matar a mi marido y con qué podré con él?».

Dijo el zarapico: «Yo te mostraré una arte tal, que si la hicieres recaudarás lo que quisieres». Y dijo la hembra: «¿Cuál es?». Dijo el zarapico: «Yo sé en Fulán lugar un piélago do hay muchos peces, y andan ahí muchos pescadores. Y cuando pescan algún pece grande toman una estaca y espetan lo en ella desde la cabeza fasta la cola. Y tú vete a aquel lugar, y toma uno de aquellos peces que así vieres, y tráelo al marido y dágelo a tragar, y cuando lo tragare, atravesar se le ha el estaca en la garganta y morrá». Y hizo la hembra cuanto le aconsejó el zarapico, y voló y fuese allí donde los pescadores andaban, y tomó un pece de aquellos espetados, y adujo gelo y puso lo cerca del maslo su marido. Y él tragólo, y rompióle el palo la garganta, y murió. Y fincaron el zarapico y la hembra en uno algunos días, y él mostrábale grande amor y hacíale grande honra.

Desí demandó ella al zarapico el marido que le prometiera, y él voló y fuese a un árbol que era y cerca, y halló un lobo cerval que buscaba qué comiese, y llamólo y díjole: «Cuitado, ¿qué has y qué es lo que quieres?». Dijo el lobo: «Busco de comer». Dijo el zarapico: «Yo he una amiga de las garzas, la más gorda que ser puede, y quiero la engañar de guisa que te la traiga a la cueva, ca es de Fulán lugar. Pues vete a aquella cueva y estáte y en celada, y cuando llegare la garza allá, salta en ella y mátala». Y hizo así el lobo cerval, y fuese para la cueva y metióse en celada.

Y tornóse el zarapico a la hembra y díjole: «Fue a un garzo que es mucho mi amigo en Fulán lugar, y díjele de ti cuán hermosa eres, y cuán enseñada, y cuán cumplida, y del amor que has conmigo, y del lugar en que somos, y de cómo has menester marido; y rogóme que te llevase a él, que te quería ver. Y vayamos para él». Y ella acordóse con él, y volaron amos y llegaron a aquel lugar. Y dijo el zarapico a la hembra: «En aquella cueva yace, y si agora no es ahí, luego verná». Y ella, con deseo del marido, fuese luego para aquel lugar. Y el lobo que yacía en celada saltó en ella detrás de una peña do estaba, y levóla en la boca y matóla.

Y este es el ejemplo del que se fía por el aparcero falso, que se no debe fiar, cómo perece.

Capítulo XVIII. De la golpeja y de la paloma y del alcaraván; y es el Capítulo del que da consejo a otro y no lo tiene para sí

Dijo el rey al filósofo: «Ya entendí este ejemplo. Dame agora ejemplo del hombre que da consejo a otro y no lo da a sí mismo». Dijo el filósofo: «Este ejemplo es tal como el de la paloma y de la gulpeja y del alcaraván». Dijo el rey: «¿Y cómo fue eso?».

Dijo el filósofo: Dicen que una paloma sacaba palomillos de un su nido que había en una palma muy alta, y la paloma, para mudar su nido allí, había gran trabajo; tanto era de alto. Y cuando ponía sus huevos sacábalos, y desque los tenía sacados veníase una gulpeja a ella, que la solía requerir a la sazón que salían y que andaban ya sus palominos y parábase a la raíz de la palma, y daba voces amenazando la que subiría a ella si le no echaba los palominos. Y ella echaba gelos con gran miedo que había, por amor de vivir; ca le decía que si no gelos echase que subiría y que comería a ellos y a ella.

Y estando ella así un día y sus palominos, eguados, asomó un alcaraván y posó en la palma, y vido la paloma estar muy triste y muy cuitada, y díjole: «¿Por qué estás demudada?». Dijo ella: «Ha me deparado mi ventura una gulpeja, y Sol que sabe que mis palominos son criados, viéneme amenazar y a dar voces a la raíz desta palma, y yo con miedo echo gelos». Y dijo el alcaraván: «Cuando viniere a hacer lo que dices, dile tú: "No te echaré mis hijos, si no que subas por ellos y que los comas, y si no yo te echaré ninguno"». Y desque le hubo aconsejado el alcaraván esta arte, voló y asentó ribera de un río. Y la gulpeja vino a la paloma como solía hacer, y paróse a raíz de la palma y dio voces y gritos, y amenazaba como solía hacer. Y la paloma respondióle y díjole lo que el alcaraván le enseñara.

Y díjole la gulpeja: «¿Quién fue el que te dijo esto?». Dijo la paloma: «El alcaraván me lo dijo, que está a la ribera del río».

Y la raposa fue a buscar lo y hallólo parado en pies, y díjole: «Dios te salve, amigo. ¿Qué faces aquí? ¿Sabes por qué te vine a buscar? Porque me dijeron que sabes muchos bienes para se guardar home de los accidentes de los aires del cielo, y vine a ti por decoger algún bien de ti». Y dijo el alcaraván: «¿Y qué quieres saber de mí?». Dijo la gulpeja: «Cuando has frío a los pies, ¿qué es lo que faces?». Dijo el alcaraván: «Alzo el un pie y métolo así a carona de mi vientre; y cuando aquél es caliente, alzo el otro y quito aquél, y súfrome desta guisa». Y díjole: «Cuando el viento te da del diestro, ¿qué faces y dónde pones la cabeza?». Dijo el alcaraván: «Póngola al siniestro». «¿Y cuando te da del siniestro?» Dijo: «Póngola al diestro».

Dijo la gulpeja: «Y cuando te da el viento de todas partes, ¿dónde la pones?». Dijo el alcaraván: «Póngola so mi ala». Dijo ella: «¿Y cómo la puedes poner so tu ala, ca no me parece que se podrá hacer?». Dijo él: «Por Dios, muy bien». Dijo la gulpeja: «Pues demuéstrame cómo faces, ca en verdad gran mejoría habedes las aves sobre nos, ca sabedes en una hora lo que nos no sabemos en un año, y aun metedes vuestras cabezas so vuestras alas por viento y por frío. Pues muestra me cómo hacer». Y metió el alcaraván su cabeza so su ala, y dio salto en él la gulpeja y matólo. Y díjole: «Enemigo de Dios; mostraste carrera como te matasen, y diste consejo a la paloma para que estorciese de la cuita en que estaba».

En este calló el rey. Y dijo el filósofo: «Señor, hayas poder sobre las mares, y déte Dios, mucho bien con alegría, y goce tu pueblo contigo, y hayas buena ventura; ca en ti es acabado el saber y el seso y el sufrimiento y la mesura y el tu perfecto entendimiento. Ca en tu consejo no ha halla, ni en tu dicho yerro ni tacha, y has ayuntado en ti fuerza y mansedumbre; así que en la fid no eres hallado cobarde ni en las prisas no eres aquejado. Y yo te he departido y glosado y explanado las cosas, y te he dado respuesta de cuanto me preguntasteis, y por ti loé mi consejo y mi saber en cumplir lo que debía, y el derecho que debo con buena memoria de ti, trabajando mío entendimiento en el consejo y en el castigo leal y en el sermón que te dije».

Aquí se acaba el libro de Calila y Dimna, y fue sacado del arábigo en latín y romanzado por mandado, del infante don Alfonso, hijo del muy noble rey don Fernando, en la era de mil y doscientos y noventa y nueve años.

El libro es acabado. Dios sea siempre loado.

Fin

Vocabulario

Abarzar: abrazar.
Aborrido: aborrecido.
Abnue: chacal.
Abusión: injusticia.
Acaer: acaecer.
Acedado: agriado, de mal humor.
Acostarse: apoyarse, acercar.
Acucia: diligencia, prisa.
Adobar: componer.
Afacimiento: amistad.
Afeitar: preparar, persuadir.
Afeuciarse: confiarse.
Afiar: dar en fianza.
Afitar, como afeitar: componer, arreglar.
Agro: agreste.
Aguazal: terreno salino.
Aguciar: acuciar, animar.
Agucioso: acucioso, diligente.
Ál: (Passim) otra cosa.
Albarhamin (tiene distintas formas): bracmanes.
Albarraz: especie de lepra.
Albedriarse: arbitrarse, reflexionar.
Alcalld: alcalde, juez.
Aleve: mala acción, malo.
Algo: hacienda.
Alhageme: alfajeme, barbero.
Alholla: tela de púrpura.
Alimania: alimaña.
Alueñe: véase lueñe.
Amortar: amortecer.
Amparar: defender.
Anviso: véase enviso.

Anxahar: lobo cerval.

Apesgar: como pesgar, pesar.

Aponer: atribuir, imputar.

Apos: comparado con.

Armadija: trampa, cepo.

Arrufarse: encolerizarse.

Asmamiento: pensamiento.

Asmar: considerar, pensar.

Asoras: súbitamente.

Astrugo: véase malastrugo.

Atalaya: hombre que observa.

Aterrado: perdido, acabado.

Atoleólo: quizás errata por «atollólo» de atoller, coger.

Atriaca: contraveneno, antídoto.

Aturar: perdurar, permanecer.

Aventar: abanicar.

Aviltar: afrentar.

Axara: véase anxahar.

Azomar: ajustar el precio de una mercancía.

Azorero: el que cuida de los azores.

Baratar: proceder, hacer.

Beudez: borrachera.

Beudo: beodo.

Bosa: bolsa.

Broznamente: duramente.

Broznedat: rudeza.

Bujeta: cajita de madera.

Ca: (passim), pues.

Cabo, en su cabo: solo, retirado.

Camiar: cambiar.

Carona: calor de la carne.

Caronal: carnal.

Carpirse: arrancarse los cabellos, maltratarse.
Castigar: aconsejar.
Castigo: consejo.
Catar hora: buscar el momento.
Celado: oculto.
Cólora: cólera, bilis.
Combrá: futuro de comer, página.
Compaño: compañero.
Compañones: testículos.
Compreso: preso juntamente con otro.
Concejeramente: públicamente.
Condesijo: escondrijo.
Conducho: comida, manjar.
Confasión: confección, medicina.
Conlivio: medicamento.
Conortar: consolar, aliviar.
Conorte: consuelo, alivio.
Connusco: con nosotros.
Contendor: contendedor.
Convolver: revolver.
Convusco: con vos.
Corto: cortado.
Costribar: estreñir.
Cras: mañana.
Cuestas: costillas.
Cuestión: pregunta.
Curador: el que cura o cuida de algo.

Dagastonar: engastar.
Dar: decir, declarar.
Decorar: recitar.
Defender: prohibir.
Delibre: astuto, inteligente.
Derrundiado: derrumbado.

183

Desfiuzarse: desesperarse.
Desfuciado: desconfiado.
Desmanar: apartar, evitar.
Despender: gastar.
De vagar: despacio, concienzudamente,
Dioso: viejo, de días.
Diudo: enamorado, deudo,
Diuso: de yuso, de bajo.
Dolar: doblar.
Donario: gracia, donaire.
Dubdar: sospechar.
Ducir: conducir.

Eguado: igualado.
Enartar: engañar.
Encelar: ocultar.
Encimar: acabar, llevar a buen fin.
Enfestar: levantarse, erguirse.
Enfiesto: erguido, levantado.
Enfingir: ilusionarse.
Engeño: ingenio.
Enridar: enrizar, azuzar.
Enrisar: enrizar, azuzar.
Enviso: avisado, listo.
Eriazo: erial, tierra sin labrar.
Escapar (léase espaciar): explicar, calmar.
Escodruño: escudriño.
Escorrecho: fuerte, vigoroso.
Escosa: seca, árida.
Escucha: centinela.
Esculca: espía.
Espendido, acaso espandido: desparramado.
Estorcer: librarse.
Estroído: destruido.

Estultar: tratar de tonto a alguien.

Faldrido: letrado.
Faldrimiento: habilidad.
Faza: hacia.
Fedroso: hediondo.
Femencia: esfuerzo.
Femenciar: esforzar.
Femencioso: esforzado.
Festinar: apresurar.
Feuciarse: confiarse.
Figo (mal del): tumores alrededor del ano.
Fucia: confianza.
Fueras: excepto.
Fuste: palo.

Gamonal: tierra en que se da la planta llamada gamón.
Ge, gelo, -a: (passim) se, selo, a.
Gigonza (léase girgonza): una clase de piedras preciosas.
Golosía: glotonería, ambición.
Guarescer: curar.
Guarir: curar.
Guisar: arreglar.
Gulpeja: vulpeja, zorra.

Haber: riquezas.
Hermar: abandonar.
Homecillo: odio, aversión.
Homiciado: enemistado.
Homiciero: intrigante.
Hora: véase catar hora.
Huyar: llegar a, adelantarse a.

Jarín: jara.

Jarope: jarabe.

Lacerio: molestia.
Laido: feo, reprobable.
Lazdrado: desdichado.
Ledo: contento, alegre.
Librar: sentenciar.
Liento: húmedo.
Lijoso: inmundo.
Lóbregas: bodega.
Luciérnega: luciérnaga, gusano de luz.
Lueñe, llueñe y alueñe: lejos.

Malastrugo: desgraciado.
Malvestad: maldad.
Manga: trompa.
Mantillo: membrana en que está envuelto el feto.
Marrido: apenado, afligido.
Maslo: macho.
Menazón: diarrea, disentería.
Menge: médico.
Mermidones: como Albarhamin, bracmanes.
Mestura: intriga.
Mesturero: cizañero, enredador.
Mezcla: intriga.
Mezclado: indispuesto, intrigado.
Mundificar: limpiar, purificar.
Mur: ratón.

Nadi: nada.
Nocir, nucir: dañar.

Orebs, orebce: orífice, el que trabaja el oro.

Pagarse: estar satisfecho.

Paladinas, en paladinas: públicamente.

Parias: tributo.

Pavón: pavo real.

Pecachado: agachado, acobardado.

Pechar: pagar una deuda.

Pella: pelota.

Pensar: dar pienso, cuidar.

Pesgar: pesar, agobiar.

Pesquerir: buscar.

Pieza: cantidad.

Plado: prado.

Plego: juntura.

Poridat: secreto.

Porná: futuro de poner.

Postema: angina.

Preses: preces, oraciones.

Priado: presto, prontamente.

Profazar: hablar mal, reprender.

Punar: pugnar.

Quedar: aquietar, reposar.

Rabinoso: rabioso.

Rafez: vil, despreciable, barato.

Rebtar: reprender.

Rebto: culpa.

Recabdo: razón.

Recender: exhalar el perfume.

Recudir: replicar, responder.

Refertar: contradecir.

Refez: véase rafez.

Registir: resistir.

Relentescer: humedecerse.

Relieve: restos de comida.
Remasera: nombre de una medicina desconocida.
Repentencia: arrepentimiento.
Repostero: guardador del tesoro.
Respuesto: tesoro.

Salterio: instrumento musical de cuerdas.
Salvar: besar, saludar.
Sartas: se refiere a sartas de perlas.
Saulan: palabra mágica sin significación.
Seían: imperfecto del verbo ser.
Sei, sey: imperativo de ser.
Señero: solo.
Seta: secta.
Sínsamo: sésamo.
Sirgo: seda.
Sísamo: sésamo.
Sobejano: excesivo.
Sobrevienta: sobresalto.
Sol: con solo, solamente.
Sollar: soplar.
Sollón: resollante.
Soseido: sujeto, sometido.
Sospirón: respiradero.
Supitaño: repentino.

Tartalear: removerse inquietamente.
Terrería: astucia.
Terrero: astuto.
Tésico: tósigo, veneno.
Tittuy: gaviota.
Toller: quitar.
Tremedal: paraje cenagoso que retiembla al menor movimiento.
Triaca: véase atriaca.

Trobejar: trebejar, jugar.
Tuerto: a tuerto, injustamente.
Turar: perdurar.

Vagar: véase de vagar.
Vegambre: véase vigambre.
Venar: cazar.
Veridad: verdad.
Vestíblo: animal en general.
Vidigambre, vigambre: veneno.
Vito: alimento.
Vuelto: enemistado.

Y: allí, en esto.

Zanecer: alegrarse, divertirse.
Zoco: plaza, mercado.

Libros a la carta

A la carta es un servicio especializado para

empresas,

librerías,

bibliotecas,

editoriales

y centros de enseñanza;

y permite confeccionar libros que, por su formato y concepción, sirven a los propósitos más específicos de estas instituciones.

Las empresas nos encargan ediciones personalizadas para marketing editorial o para regalos institucionales. Y los interesados solicitan, a título personal, ediciones antiguas, o no disponibles en el mercado; y las acompañan con notas y comentarios críticos.

Las ediciones tienen como apoyo un libro de estilo con todo tipo de referencias sobre los criterios de tratamiento tipográfico aplicados a nuestros libros que puede ser consultado en Linkgua-ediciones.com.

Linkgua edita por encargo diferentes versiones de una misma obra con distintos tratamientos ortotipográficos (actualizaciones de carácter divulgativo de un clásico, o versiones estrictamente fieles a la edición original de referencia).

Este servicio de ediciones a la carta le permitirá, si usted se dedica a la enseñanza, tener una forma de hacer pública su interpretación de un texto y, sobre una versión digitalizada «base», usted podrá introducir interpretaciones del texto fuente. Es un tópico que los profesores denuncien en clase los desmanes de una edición, o vayan comentando errores de interpretación de un texto y esta es una solución útil a esa necesidad del mundo académico.

Asimismo publicamos de manera sistemática, en un mismo catálogo, tesis doctorales y actas de congresos académicos, que son distribuidas a través de nuestra Web.

El servicio de «Libros a la carta» funciona de dos formas.

1. Tenemos un fondo de libros digitalizados que usted puede personalizar en tiradas de al menos cinco ejemplares. Estas personalizaciones pueden ser de todo tipo: añadir notas de clase para uso de un grupo de

estudiantes, introducir logos corporativos para uso con fines de marketing empresarial, etc. etc.

2. Buscamos libros descatalogados de otras editoriales y los reeditamos en tiradas cortas a petición de un cliente

www.ingramcontent.com/pod-product-compliance
Lightning Source LLC
Chambersburg PA
CBHW022154240626

47153CB00007B/2650